Bibliografische Information der Deutschen Nationalbibliothek: Die Deutsche Nationalbibliothek
verzeichnet diese Publikation in der Deutschen
Nationalbibliografie; detaillierte bibliografische
Daten sind im Internet über www.dnb.de abrufbar.

Herstellung und Verlag:
BoD – Books on Demand, Norderstedt

ISBN: 9783738610635

Vorab,

dieses ist eine Geschichte, die von einer Phase in unserem Leben erzählt, in der man sich völlig entwurzelt vorkam.

Sämtliche Erinnerungen und auch irgendwie die ganze Persönlichkeit waren mit einem Mal ausgelöscht!

Bei dem Kampf, wieder auf die Beine zu kommen, kochten die Emotionen oft sehr hoch.

Darum habe ich mich bewusst dazu entschieden, aus meiner ureigensten Sicht zu schreiben. Auch die derbe Wortwahl, deren ich mich sonst nicht bediene, wollte ich originalgetreu wiedergeben.

Trotz tiefer Dankbarkeit, dass kein Menschenleben gefordert wurde, war unser Leben doch ganz schön aus den Fugen geraten.

Das Buch ist meiner tollen Familie gewidmet, die fest zusammen gehalten hat und mit der ich gemeinsam wieder durchgestartet bin.

Mein Mann und meine Söhne haben sich den Buckel krumm gearbeitet, auch das möchte ich erwähnen.

Ich bin dankbar, dass es meine Enkelkinder gibt, die uns oft abgelenkt haben.

Ich danke den vielen Menschen, die uns durch Worte und Taten unterstützt haben.

Diese große Unterstützung begleitet mich durch unser neues Leben. Dieses neue Leben gibt es tatsächlich, auch wenn ich zwischendurch den Glauben daran verloren hatte.

Namen, Personen und Orte sind frei erfunden und Ähnlichkeiten mit lebenden Personen rein zufällig.

5. Febr. 2012

Das Kreischen meines Weckers reißt mich aus dem Schlaf. Mit einer Hand versuche ich den Schalter zu finden um den Lärm abzustellen und frage mich, warum am Sonntag der Wecker bimmelt. Während ich bemerke, dass meine Nase eiskalt ist, fällt mir ein, dass heute die Taufe meines ersten Enkelkindes ist und es scheint über Nacht einen Temperatursturz gegeben zu haben. Schnell stehe ich auf und sehe auf das Außenthermometer. Minus 17 Grad. Na toll, denke ich bei mir, die schöne weiße Bluse kann ich bei der Kälte vergessen. Was ziehe ich denn jetzt an? denke ich. Mir ist nicht klar, dass dies über lange Zeit mein kleinstes Problem sein würde. Als ich auf den Knopf der Kaffeemaschine drücke, tönt die Stimme meines Mannes aus dem Schlafzimmer.

„Was tust du? "

„ Ich mache mir einen Kaffee!" antworte ich.

„ Es ist halb sieben!" sagt mein Mann.

„ Heute ist Taufe, hast du das vergessen?" frage ich vorwurfsvoll.

„Ja aber erst in 3 Stunden."

„ Ich muss mich ja noch anziehen", rufe ich zurück, während ich den Kühlschrank öffne und nach der Buttercremetorte sehe, die ich für heute gebacken habe.

„Das dauert 5 Minuten sich anzuziehen", nervt mich die Stimme aus dem Schlafzimmer.

„Ich muss mich auch noch schminken und mir die Haare machen, das dauert eben." rufe ich.

„Dann sei wenigstens leise, ich will noch schlafen."

Also nehme ich leise meine Tasse Kaffee und gehe ins Wohnzimmer. Während ich mich setze, stecke ich mir eine Zigarette an und genieße ausgiebig den ersten Zug. Mit

Erstaunen denke ich daran, dass heute mein erster Enkel getauft wird. Wo ist die Zeit geblieben? Vor 20 Jahren haben wir dieses Haus gekauft, ein altes Fachwerkhaus und seitdem eigentlich ständig renoviert. Vor 2 Wochen haben wir noch mit viel Mühe hinter unserer Wohnzimmercouch Naturstein angebracht und davor haben wir mein letztes Weihnachtsgeschenk gehängt. Ein Bioethanolkamin. Mein ganzer Stolz. Ich liebe es, abends davor zu sitzen und es mir gemütlich zu machen, allen Unkenrufe von einem befreundetem Zwillingspaar zum Trotz, die als gelernte Schornsteinfeger dieses Teil furchtbar und als nicht wärmegebend bezeichnen. Letzteres stimmt wirklich nicht, der Kamin wird sehr warm, was mich auch sehr erstaunt. Allerdings war der Winter auch bis heute nicht gerade kalt. Auf dem Weihnachtsmarkt hätte man den Glühwein mit Flipflops genießen können. Das lässt mich wieder an die Taufe denken. Oh, das arme Kind bekommt jetzt in der eiskalten Kirche Wasser über den Kopf, aber wahrscheinlich deutet der Pastor das aber nur an, vermute ich. Jetzt höre ich, dass die Kinder in der Wohnung über uns aufgestanden sind. Als unser ältester Sohn Sascha und seine Frau Steffi den kleinen Noah bekamen, welcher eigentlich ein Mädchen werden sollte, zogen sie in die Wohnung über uns ein. Vorher hatte unser mittlerer Sohn Klaus mit seiner Frau Dani dort gewohnt. Doch sie besitzen jetzt ihr eigenes Haus. Unter dem Dach wohnt unser jüngster Sohn Danny mit seiner Freund in Anka. Sascha hat bis kurz vor der Taufe die Wohnung umgebaut und ein Schmuckstück daraus gezaubert. Die Feier heute soll in dem Wintergarten stattfinden, den wir alle mit ihm zusammen gebaut haben. Leise öffne ich die Terrassentür. Hier draußen stehen die Kanister mit dem Ethanol. Ich fülle eine Wasserflasche aus dem Kanister voll, gehe zurück ins Wohnzimmer und schütte die Flasche in den Kamin." So, denke ich, wenn der Tag heute vorbei ist, kann ich den Kamin sofort anmachen und dann ist Ruhe angesagt." Leise gehe ich ins Schlafzimmer, um mir Anziehsachen herauszusuchen, ohne meinen Mann zu wecken. Ich habe mich für meinen schwarzen Hosenanzug entschieden, merke aber recht schnell, dass ich die Hose auch mit viel Mühe nicht zubekomme. Im Spiegel sehe ich, wie mein Mann mit einem Auge die Sache beobachtet. Sehe ich da ein Grinsen? Ich ignoriere ihn, ziehe eine andere Hose an und bekomme als nächstes den Blazer nicht zu.

„Soll ich eine Zeltplane bestellen?" freut sich mein Mann.

Da er 150 kg wiegt und ich neben ihm immer noch dünn aussehe, ignoriere ich ihn einfach. Durch die Wechseljahre habe ich Depressionen bekommen, ein Zustand der fürchterlich ist. Mit Tabletten habe ich es in den Griff bekommen, aber als Nebenwirkungen habe ich 11 Kilo zugenommen.

„Naja", denke ich, „nun geht es mir ja wieder gut, nächste Woche setze ich die Tabletten ab und dann habe ich dieses Kapitel auch hinter mir."

Bei diesem Gedanken beschleicht mich ein seltsames Gefühl, dass vielleicht doch nicht so eine friedfertige Zeit auf mich zukommen sollte, wie ich es mir wünsche. Schnell gehe ich zum Bett, küsse meinen Mann und fordere ihn auf, sein warmes Bett zu verlassen und verschwinde im Bad. Endlich stehen wir fertig im Hausflur. Danny und Anka sind schon mit dem Auto los und Sascha kommt mit Steffi und dem Kleinen die Treppe herunter.

„Gott wie sieht er süß aus", denke ich.

Er hat eine dicke Fellmütze auf, in der er aussieht wie ein kleiner Russe mit seinen dicken Pausbäckchen. Ich halte meinen Drang, ihn abzuknutschen, zurück und dränge mich aus der Haustür. Eisige Kälte schlägt mir entgegen.

„Tag!" sagt mein Nachbar Herr Bauer.

„Ziemlich kalt heute Morgen."

„Ja, da haben sie recht" antworte ich und steige auch schon ins Auto.

Zu mehr als ein paar Worten ist es zwischen uns in 20 Jahren noch nicht gekommen. Mir sind die Leute nicht sehr angenehm. Als wir das Haus kauften, beschwerten sie sich sofort über den Renovierungslärm, die Kinder waren zu laut, unser Garten zu ungepflegt und dass ihr Keller nass ist und nach jedem Regen ausgepumpt werden muss, ist auch irgendwie unsere Schuld. Ein Jahr nach unserem Einzug ließen Bauer`s sich meterhohe Glasscheiben zu unserer Terrasse hin anbringen. Als ich morgens aus der Dusche kam und in unsere Küche ging, öffnete ich die Terrassentür. Zu meinem Entsetzen standen dort mehrere Arbeiter, die von unserem Grund stück aus den Sichtschutz anbrachten. Nachdem ich mir schnell etwas überwarf und irritiert nach-fragte, was sie wünschen, wurde ich aufgeklärt, dass Fam. Bauer eine Trennwand bekommen würde. „Man hätte ja mal Bescheid geben können." dachte ich, war aber eigent-lich froh, abgeschirmt zu sein. Nach der Fertigstellung des Sichtschutzes lugte der Kopf von Frau Bauer darüber.

„Frau Ring!"

„Wissen Sie warum immer Wasser in unserem Keller ist?" schrie sie damals.

Erstaunt sah ich nach oben.

„Nein!" rief ich zurück. „Haben Sie die Lösung gefun-den?"

„Ja haben wir." antwortete sie.

„Es liegt daran, dass Ihr Garten so verwildert ist. Wenn

Sie mehr Unkraut zupfen würden so wie wir, könnte das nicht passieren!"

Und schon war ihr Kopf wieder verschwunden. Ich staunte nicht schlecht. Man braucht nur ein wenig Phantasie und schon kann man dem Nachbarn was anhängen. Seit diesem Tag bin ich ein wenig distanziert gegenüber unseren Nachbarn. Was soll's, es ist Jahre her. Ich wundere mich, dass mir ausgerechnet in diesem Moment dies alles durch den Kopf geht. Schon sind wir an der Kirche angekommen. Alle sind da. Auf zur Taufe.

Schnell gehen wir in die Kirche, um der Kälte zu entfliehen. Fehlanzeige, hier ist es genauso kalt.

Der Pastor erklärt uns, dass leider die Heizung ausgefallen ist und dass er dies zum Anlass nimmt, im Gottesdienst für die Obdachlosen zu beten und Spenden zu sammeln.

„Wie furchtbar", denke ich. "Keine Wohnung zu haben, noch dazu bei dem Wetter." Mir gruselt es bei dem Gedanken und ich nehme mir vor, dankbarer zu sein trotz der großen und auch kleinen Sorgen, die wir ohne Zweifel in den letzten 30 Jahren unserer Ehe hatten.

Haus, Kinder, unser Umzugsunternehmen, all das geht nun mal nicht problemlos, deshalb muss man ja nicht immer so ausflippen. Der Pastor schüttet zu meinem Entsetzen zwei volle Becher Wasser über Noahs Kopf! Übertrieben, finde ich, doch der Kleine nimmt's gelassen. Nun ist er getauft und wir können nach Hause fahren, um zu feiern.

„Ich habe Hunger!" flüstert mein Mann.

„Ist die Buttercremetorte fertig?"

Zu Hause angekommen werfe ich sofort den Ofen an, um den Braten fertig zu bekommen und gehe mit der Torte nach oben. Steffi zeigt allen die neu renovierte Wohnung.

Meine Mutter, jetzt Uroma, bestaunt die nagelneue Ikeaküche. Danny hat sie in stundenlanger Arbeit aufgebaut.

„Ich hasse meinen Bruder!" murmelte er nach ein paar Stunden vor sich hin.

„Das kann er nie wieder gutmachen."

Doch die Arbeit hat sich gelohnt, es sieht alles total schön aus. Der kleine Noah wird von einem Arm zum anderen gereicht und gelobt wie lieb er war.

„Bekomme ich jetzt ein Stück von der Buttercremetorte?" quengelt mein Mann.

Ich geb's auf ihn länger zu vertrösten und schneide sie an. Während er endlich zufrieden kaut, hole ich den fertigen Braten hoch. Im Treppenhaus erwartet mich unser Hauszoo. Zwei Hunde und drei Katzen. Die vierte Katze ist bei Sascha im Schlafzimmer eingesperrt, da meine Mutter entsetzliche Angst vor Katzen hat und Lilli ziemlich scheu ist.

Wieder oben angekommen, beschleicht mich wieder dieses merkwürdige Gefühl einer bösen Vorahnung, mir wird es kalt und alles kommt mir merkwürdig vor. Eine Stimme reißt mich aus meinen Gedanken.

„ Krieg ich noch ein Stück Torte?"

„ Nein!" antworte ich gereizt, "die ist für 20 Personen und nicht für dich alleine." Beleidigt gibt er auf und mein Blick fällt auf die Taufkarte, die ich gekauft habe. Es soll ein unvergessener Tag für die ganze Familie werden, steht darauf. Mir fällt auf, dass dies wie eine Prophezeiung klingt. „Im Guten oder Schlechten." denke ich, doch dann reiße ich mich zusammen und fange an, auf den geselligen Teil überzugehen. Schnell vergeht der Rest des Tages und die ersten Gäste verabschieden sich. Meine Schwiegermutter, Steffis Eltern samt Schwester und ihrem Mann sitzen in kleiner Runde zusammen und mein Mann natürlich, der begehrliche Blicke auf die restlichen Stücke der Torte wirft. Ich nehme mir ein Stück Kuchen und verkünde „Ich gehe jetzt auch mal hinunter und mache mir noch einen Kaffee."

Als ich endlich auf meinem Sofa sitze, bin ich froh. Meinen Kamin habe ich angezündet und das Fernsehen eingeschaltet.

„Jetzt sind alle Feierlichkeiten vorbei, auch die Renovierung, jetzt haben wir uns eine etwas ruhigere Zeit verdient", denke ich, während ich mit der Fernbedienung herumzappe. Ganz weit unten im Unterbewusstsein denke ich, dass der Kamin sehr laut und heiß ist, worauf ich mich umdrehe und misstrauisch auf den Ofen sehe.

„Alles in Ordnung, nur ein wenig heller als sonst." denke ich und schalte weiter durch die Programme. Ein merkwürdiges Geräusch nehme ich hinter mir wahr, einen Ton, den ich noch nie gehört habe und der mir die Nackenhaare sträubt. Sofort drehe ich mich nochmal um und kann nicht so schnell begreifen, was ich da sehe.

„Ach du Scheiße!" rufe ich laut.

Hinter dem Sofa kommen dicke Flammen hervor.

„Wasser", denke ich und laufe los in die Küche. Ich nehme den größten Topf und lasse Wasser hineinlaufen. So schnell ich kann laufe ich zurück und denke "Jetzt habe ich gleich einen schwarzen Fleck an der neuen Wand." Als ich mich über das Sofa beuge, sehe ich, dass mein Kuschelkissen brennt, welches dahinter gerutscht ist. Sofort kippe ich das Wasser darüber und merke zu meinem Erschrecken, dass sich nichts tut. Es brennt nun noch mehr. Nun bekomme ich richtig Angst und greife in das Feuer, um das Kissen zu holen, damit ich es auf die Terrasse werfen kann.

Ich bekomme das Kissen zu fassen und merke, dass ich

mir die Hände verbrenne.

„Scheiße, tut das weh", rufe ich, aber lasse es nicht los.

Vorsichtig hebe ich es über die Couch, damit ich nirgendwo anders Schaden anrichte.

„Nur schnell raus damit", geht es mir durch den Kopf.

Fast habe ich es geschafft, da gibt es einen dumpfen Laut und das Innenleben des Kissens verteilt sich über das gesamte Sofa. Augenblicklich fängt es an allen Stellen an zu brennen.

Ein paar Sekunden erstarre ich und sehe auf die Flammen, die einfach immer weiter springen. Nun fange ich an zu schreien und während ich mehr Wasser holen will, überschlagen sich meine Gedanken.

Laufe ich hoch und sage Bescheid? Nein, dadurch verliere ich zu viel Zeit. Ich reiße die Schränke auf und werfe alle Töpfe heraus, während ich mir die Seele aus dem Leib schreie, in der Hoffnung dass mich jemand oben hört.

„Warum hört mich keiner!" denke ich verzweifelt und laufe zurück.

Es brennt jetzt an so vielen Stellen, dass ich nicht weiß, wo ich das Wasser am besten reinschütten soll. Langsam erfasst mich echte Panik. Ich schreie nochmal so laut ich kann und nehme wahr, dass die Tiere kreischend und jaulend aus der Terrassentür rennen. Endlich geht der Feuermelder an, ein fieser Ton, der mich noch mehr in Panik versetzt.

„Das passiert mir nicht", denke ich.

Ich bin vor dem Kamin eingeschlafen und wache gleich wieder auf. Doch die Hitze, die mich umgibt, lässt mich schnell an dieser Theorie zweifeln. Endlich höre ich Lärm im Flur.

„Was ist los , Schatz? " ruft mein Mann aufgeregt.

„ Es brennt ", keuche ich völlig außer Atem. " Schatz, es brennt, es brennt, es brennt, alles brennt!" Ich kann gar nicht mehr aufhören zu schreien, doch ich bin erleichtert.

„Jetzt wird es wieder gut." denke ich, doch er läuft wieder raus.

„Wo willst du hin, das Feuer ist im Wohnzimmer", schreie ich hysterisch.

„ Alle raus, es brennt ", ruft er den Hausflur hoch.

Ärger überkommt mich. "Was soll das?" Es sollen alle helfen das Feuer zu löschen, dann ist es gleich aus.

„Ich schließe den Schlauch im Garten an!" brüllt Sascha.

Plötzlich werde ich von meinem Mann nach draußen geschubst.

„ Du musst raus!"

„ Die spinnen alle, ich muss löschen und nicht raus, " denke ich.

Mein Sohn schreit "Das Wasser ist eingefroren draußen, der Schlauch geht nicht."

Ich laufe wieder rein.

„ Dann eben mit Eimern, " denke ich, „das wäre doch gelacht, wenn ich kein Feuer löschen kann!"

Wieder in der Küche kann ich einfach nicht begreifen, was ich vor mir sehe. Überall ist das Licht aus. Die Sicherungen sind herausgesprungen. Es ist dunkel und trotzdem hell, rot schwarz leuchtet alles. Ich kämpfe mich zum Wohnzimmer durch und bleibe einfach stehen. Von draußen höre ich Danny's Freund in Anka hysterisch schreien.

„Meike, Meike, komm raus!" Sie steht vor dem Fenster und sieht mich durch die Flammen.

„Ich habe zu tun", denke ich und merke, dass ich nicht mehr atmen kann.

„ Merkwürdig, " geht es mir durch den Kopf, "ich habe

schon so oft davon gehört, aber man kriegt wirklich keine Luft."

Ich stehe mitten im Feuer, außerstande die Wohnung zu verlassen.

„Das kann unmöglich so schnell gehen, " denke ich, "wieso brennt jetzt alles, es war doch nur ein kleines Kissen."

Es ist eine merkwürdig unnatürliche Atmosphäre. Das Feuer macht gruselige Geräusche, es prasselt um mich herum. Plötzlich fängt es in meinem Hals an zu brennen, ich kann keinen Atemzug mehr machen und halte die Luft an. Endlich wird mir klar "Ich muss raus, das schaffe ich nicht mehr."

Meine Beine lassen sich nicht bewegen, meine Pantoffeln kleben am Laminat fest.

Ich fange an, unkontrolliert zu husten. Verzweifelt zerre ich meine Pantoffeln vom Fußboden. Große Fetzen von der Sohle bleiben hängen, aber ich kann wieder gehen.

„Ich hätte sie auch einfach ausziehen können", schießt es mir durch den Kopf, als ich nach draußen laufe, wo ich erst mal lange nach Luft schnappen muss. Irgendwas hängt auf meiner Brille und ich werfe sie weg. Dann lasse ich mich auf einen Gartenstuhl fallen und starre durch das Fenster ins Haus. Die Kälte merke ich nicht mehr, aber ich höre, wie alle nach mir rufen, also stehe ich auf und gehe durch den schmalen Gang zwischen unserem Haus und der Gartenmauer zu den Anderen auf die Straße. Die Flammen kommen schon durchs Dach.

„Es ist doch ein Traum, so schnell brennt kein ganzes Haus", beruhige ich mich und sehe mich um. Alles schreit, ruft und weint durcheinander.

„Hat jemand die Feuerwehr gerufen?" fragt mein Mann.

Noah brüllt aus der Entfernung und ich gehe zu ihm. Gott sei Dank, es geht ihm gut. Anka fällt mir um den Hals.

„Warum kommst du nicht raus, wir hatten alle Angst!"

Ich kann nicht antworten.

„Wo sind die Tiere?" fragt sie. „Alle rausgelaufen", antworte ich mechanisch.

Die Feuersirene tönt durchs Dorf.

„Lilli ist im Schlafzimmer eingeschlossen!" schreit Steffi.

„Ich hole sie raus!" Sascha rennt los und klettert vom Garten aus in den Wintergarten. Mit einem dicken Stein versucht er von außen das Fenster zum Schlafzimmer einzuschlagen. Es gelingt ihm nicht. Verzweifelt knallt er den Stein nochmal mit voller Wucht vor die Scheibe, dann muss er aufgeben. Die Flammen kommen von allen Seiten. Tränen schießen ihm in die Augen.

„Lilli verbrennt." Wir können nichts tun. Endlich ist die Feuerwehr da und mit ihr hat sich eine Menge an Leuten versammelt, die staunend unser brennendes Haus betrachten. Eine schwarze Rauchwolke hat sich über unserem Dorf gebildet, einige Leute haben gleich eine Kamera mitgebracht, um diesen Moment auf ewig festzuhalten. Ich stehe nur noch stumm da und hoffe, dass die Feuerwehr unser Haus irgendwie rettet.

„Die Wasserschläuche klappen nicht bei der Kälte!" ruft ein Feuerwehrmann und schon platzt der Schlauch daher. Wasser spritzt zu allen Seiten. Die ganze Szene ist völlig chaotisch und unwirklich. Zum ersten Mal begreife ich "Mein Leben verbrennt vor meinen Augen, all die Jahre Arbeit, Erinnerungen, schöne und schlechte Zeiten, alles gefilmt und fotografiert von fremden Leuten, die am Straßenrand stehen und dieses Ereignis eifrig festhalten.

Unser Nachbar Werner Ochse mit seiner Frau Annette

tauchen neben mir auf.

„Komm zu uns rein ins Warme." sagt er zu mir.

„Nee, ich bleibe, vielleicht kann ich was helfen" antworte ich ihm.

„Glaube mir, du kannst nichts helfen, du wirst nur krank, du hast ja kaum was an."

Widerwillig gehe ich mit zu den Nachbarn herein. Steffi ist mit ihren Eltern da und meine Schwiegermutter sitzt auch in einem Sessel. Ich sehe noch, dass der kleine Noah bei Steffis Mutter auf dem Arm ist, dann wird mir schwarz vor den Augen.

„Alles weg, " murmle ich vor mich hin. "Alles weg"...... Immer wieder sage ich das Gleiche und merke nur verschwommen, dass immer wieder jemand anderes auf mich einredet. Meine Mutter ist wiedergekommen und sagt irgendwas zu mir, doch ich kann kein Wort in meinem Gehirn verarbeiten und sage nur, "Alles weg!"

Plötzlich steht ein Sanitäter vor mir und fängt an mich zu untersuchen.

„Mir geht's gut." sage ich, während man mir eine Sauerstoffmaske aufsetzt.

„Sie muss sofort ins Krankenhaus!" höre ich den Sanitäter sagen, obwohl ich versuche durch die Maske abzulehnen, hört keiner auf mich und man bringt mich hinaus.

„Wir müssen durch den Garten, " sagt der Sanitäter, "die Straße ist völlig vereist."

Nur verschwommen nehme ich wahr, wie man mich in den Garten zieht. Ich muss durch Büsche und Sträucher klettern. Schnell wird ein Feuerwehrmann gerufen, welcher uns den Weg mit einer Kettensäge freischneidet.

„Ich kann doch jetzt nicht weg, unser Haus brennt!"

Niemand reagiert auf meine Einwände. Im Krankenwagen

werde ich auf eine Liege gelegt und angeschnallt, nun muss ich mich wirklich geschlagen geben.

„Entschuldigung, " sage ich höflich, "Ihre Maske stinkt furchtbar nach Rauch. Könnten Sie mir die wieder abnehmen?"

Mit einem mitleidigen Blick wird mir geantwortet.

„Das ist ihr eigener Atem, sie waren zu lange im Feuer, die Maske bleibt."

Erst jetzt bemerke ich, dass meine Haare völlig verbrannt sind, auf meinem Pullover liegen alle verkohlten Haarreste. „Auch schon egal, " denke ich und sage, "Hätte ich doch meinem Mann noch ein Stück Buttercremetorte gegeben, jetzt ist der Rest verbrannt." Die Blicke der beiden Helfer sagen mir, was sie denken. "Arme Irre." Der Erfolg ist, dass sie mich jetzt nicht mehr ansprechen.

Im Krankenhaus liege ich erst einmal alleine auf einer Liege und denke nach.

„Ich kann hier nicht bleiben, das ist unmöglich. Unser Haus brennt und ich soll hier herumliegen." Kurzentschlossen lass ich mir von der Schwester ein Telefon geben und rufe meinen Sohn Klaus an. „Hol mich bitte ab", bettle ich. Er war natürlich auch schon längst bei uns am Haus.

„Ok" sagt er, "ich komme."

Erst jetzt merke ich, dass meine Hände verbrannt sind und höllisch wehtun. Die Füße sind eiskalt und nass, da ich keine Sohlen mehr unter den Pantoffeln habe. Eine Ärztin kommt herein und schließt mich ans EKG an. Sie ist sehr nett und hört sich an, was passiert ist und während ich erzähle, muss ich mich beherrschen, nicht laut zu heulen.

„Ich komme gleich wieder", sagt die nette Ärztin und verlässt das Zimmer. Ich halte mich zurück, um mich nicht an ihr festzukrallen und zu schreien.

„Lass mich nicht alleine!"

In dem Moment betritt Klaus das Zimmer. "Gott sei Dank", sage ich und will aufstehen, doch ich hänge an den Schläuchen fest, die ich blitzschnell abreiße.

„Was tun sie denn da?" Die Ärztin steht plötzlich wieder neben mir.

„Ich fahre jetzt wieder nach Hause!" Panik kriecht von unten bis in meinen Kopf. Ich muss zu meiner Familie, sofort, sonst halte ich das nicht aus.

„Sie haben eine Rauchvergiftung und müssen über Nacht hierbleiben."

Nichts kann mich abhalten.

„Das ist doch egal, ob ich die Vergiftung hier oder zu Hause habe."

Sie klärt mich auf und ich höre nicht zu. Irgendwas erzählt sie mir, dass ich heute Nacht daran sterben könnte. Mutig unterschreibe ich ihr meinen eventuellen Tod und laufe hinaus. Draußen friere ich jetzt doch schrecklich und bin froh, als ich im Wagen sitze. Schweigend fahren wir zurück. Die Flammen sind schon von weitem zu sehen. Bis zu unserem Haus können wir nicht fahren, es ist alles abgesperrt. Ich steige aus und fange sofort an zu rutschen. Die steile Straße, an der wir wohnen, ist zu einer Schlitterbahn geworden.

„Utopisch." fällt mir zu der Szene nur ein. Alles ist von dem Löschwasser mit einer Eisschicht überzogen. An den Autos am Straßenrand sind riesige Eiszapfen. Achtzig Feuerwehrmänner kämpfen mit den Flammen. Ständig fallen sie hin, weil sie sich auf der Eisfläche nicht halten können. In diesem Moment höre ich einen Schrei, ein Feuerwehrmann fällt kopfüber die vereiste Treppe zum Parkplatz gegenüber dem Haus hinunter, aber er steht Gott sei Dank wieder auf.

„Auf dem Parkplatz steht ein Bus für alle zum Aufwärmen." sagt Klaus, "lass uns da rein gehen."

Schrecklich viele Menschen sind um mich herum. Ich setze mich in den Bus und man kümmert sich sofort um mich.

„Können wir was tun?" fragt man mich.

„Alles ungeschehen machen", geht es mir durch den Kopf.

Doch ich ahne, dass sie das nicht können, also werde ich etwas quengelig.

„Ich habe ganz kalte Füße, meine Hände tun weh, ich friere."

Sofort bringt mir jemand warme Socken, eine Jacke und Stiefel, die ich nicht zubekomme. Aber egal, mein Zittern hört schon auf.

„Wo ist mein Mann, meine Kinder, mein Hund ?"

„Den Hund hat Ankas Mutter und die anderen kommen gleich." beruhigt mich Klaus.

Ich bin unendlich erleichtert, als mein Mann und meine Kinder hereinkommen. Es sind alle heil rausgekommen, das ist das Wichtigste.

„Wo ist Danny?" frage ich.

„Wir haben ihn schon länger nicht mehr gesehen", sagt Anka, „ich mache mir auch schon Sorgen."

„Er hatte einen Schock und ist durch die Gegend geirrt."

Jemand ruft, "Er wollte wieder ins Haus, aber wir haben ihn abgehalten!"

Jetzt falle ich endgültig in ein ganz schwarzes Loch. Alles kann ich ertragen, aber nicht das eins meiner Kinder verbrennt.

„Wir müssen ihn suchen!" Ich springe auf, doch man will mich nicht heraus lassen.

„Die Polizei sucht ihn schon." sagt mein Mann. "Ich suche auch, bleib du hier.

Ich sitze in dem Bus und kann nur noch beten.

„Bitte, bitte lieber Gott, lass ihn gesund sein." Es kommt mir seltsam vor, dass andere Leute um mich herum sich unterhalten. Aus einer Ecke höre ich jemanden lachen. Irgendwie gehöre ich plötzlich nicht mehr dazu. Um mich herum ist eine Luftblase, voller Angst, Panik, Trauer und Entsetzen. Die Zeit steht für mich still, während sie für alle anderen weitergeht. Endlich kommt mein Mann wieder. "Er ist im Krankenhaus, man hat vergessen, uns das zu sagen, aber er hat nichts Schlimmes."

Ich bin unendlich dankbar. Meine Familie ist gesund . Inzwischen ist auch unser langjähriger Freund Roman eingetroffen und fährt mich mit Anka zu Danny ins Krankenhaus. Er möchte nach Hause, aber ich erkläre ihm, wie gefährlich dies bei einer Rauchvergiftung ist.

„Man kann daran sterben, wenn man nicht unter Beobachtung ist, darum bleib eine Nacht hier." gebe ich meine neuen Kenntnisse weiter. Inzwischen ist es 1 Uhr dreißig.

Eine gute Freund in meiner Mutter lässt uns mitteilen, dass wir die Nacht bei ihr verbringen können, sie hat ein freies Zimmer. Alle anderen haben auch schon Schlafplätze gefunden. Also gehe ich mit meinem Mann dort hin. Das letzte was mir im Ohr bleibt, als wir gehen, ist die Aussage eines Feuerwehrmitgliedes: "Wir lassen jetzt kontrolliert abbrennen"..................

Wir sind erleichtert, im Warmen zu sein, jetzt merken wir, wie kalt es uns ist.

„Was möchtet ihr zu trinken?" fragt uns Irene.

„Einen Schnaps!" sagen wir beiden und den brauchen wir wirklich.

Drei, vier Gläser trinken wir und erzählen immer wieder, was passiert ist. Nichts anderes ist sonst im Kopf. Irene hat unser Bett gemacht und mir einen Schlafanzug gegeben. Es wird Zeit ins Bett zu gehen.

„Schatz, ich habe irgendwie unser Haus abbrennen lassen", sage ich zu meinem Mann. "Kannst du mir das jemals verzeihen?" Er sieht mich an und sagt: „Egal, jetzt haben wir es hinter uns, ich träume seit Jahren davon, dass dies passiert. Immer habe ich Angst davor gehabt und es war genau wie in dem Traum."

Richtig, fällt mir ein, er hat mir das ein paar Mal erzählt.

Jetzt wird es mir wieder kalt. Wir nehmen uns in den Arm und weinen. Es wird ein unvergessener Tag für die ganze Familie bleiben.

6. Februar 2012

Früh am Morgen wache ich auf und die Erinnerung von letzter Nacht überfällt mich sofort.

„Wir sind abgebrannt", denke ich, „jetzt sind wir obdachlos und gestern habe ich noch für solche armen Leute gebetet." Mein Mann neben mir ist auch sofort wach.

„Was sollen wir jetzt tun?" frage ich ihn. Er springt aus dem Bett.

„Ich fahre sofort zum Haus, vielleicht ist es ja nicht so schlimm!"

Im Gegensatz zu mir hat er wenigstens etwas zum Anziehen, da er noch auf der Feier war, als das Feuer ausbrach. Eine Jacke hatte man ihm auch besorgt, wenn sie auch viel zu klein ist. Irene ist auch schon wach.

„Ich koche euch erst einen Kaffee, so viel Zeit muss sein", höre ich aus der Küche.

Ich ziehe meine völlig verbrannte Jogginghose an, sie stinkt fürchterlich, aber was bleibt mir anderes übrig.

Im Bad wasche ich mich schnell und mein Blick fällt in den Spiegel. Verbrannte Haare stehen mir vom Kopf. Als ich sie auskämmen will, fallen verkohlte Fussel in das Waschbecken.

Etwas Trauer überfällt mich wegen den Haaren.

„Egal, " schimpfe ich mich aus, "das ist nun wirklich Nebensache!"

Ich steige in die viel zu kleinen Stiefel und gehe in die Küche.

„Morgen!" sagt Irene, "hast du ein wenig geschlafen?"

Sie sitzt schon mit meinem Mann am Frühstückstisch.

„Ja, zwei Stunden, " sage ich und trinke hastig meinen Kaffee, essen kann ich nichts.

Auch mein Mann steht schon auf.

„Lass uns sehen, wie schlimm es ist!"

Am Haus angekommen, sehe ich noch immer mehrere Feuerwehrmänner.

„Es sieht doch nicht so schlimm aus", meine ich erleichtert. Von außen steht das Haus relativ unbeschädigt da. Es ist teilweise mit einer dicken Eisschicht überzogen, aber sonst finde ich es ok. Der Chef der Feuerwehr kommt zu uns.

„Wir sind an unsere Grenzen gestoßen, tut mir leid, das Haus war nicht zu retten."

„Wieso?" Ich verstehe ihn nicht. „Es steht doch da und ist gelöscht."

Er sieht mich an. „Es ist von innen völlig ausgebrannt."

Ich sehe durch das offene Wohnzimmerfenster. Er leuchtet mit einer Taschenlampe hinein, da wir das Haus nicht betreten dürfen. Alles ist schwarz verkohlt, die Möbel teilweise völlig verschwunden oder in Reststücken zu erahnen.

„Das Haus ist einsturzgefährdet, ihr dürft erst mal nicht rein, aber der Gutachter von der Versicherung ist schon informiert und auch die Kripo."

Ich werde ganz still. Mir wird auf einmal das ganze Ausmaß bewusst.

„Was kommt jetzt auf uns zu? Wo sollen wir wohnen, zahlt die Versicherung?"

Tausend Gedanken gehen mir durch den Kopf. Mehrere Leute haben sich schon wieder versammelt, unter anderem unsere Nachbarn Bauer. Ich gehe auf sie zu, während sie mit der Feuerwehr sprechen. Sie dürfen wieder in ihr Haus, höre ich. Es ist nur ein kleiner Wasserschaden entstanden, aber ein Übergreifen des Feuers konnte verhindert werden. Gerade will ich etwas zu Frau Bauer sagen, als ich bemerke, dass sie mich bitterböse ansieht.

„Bilde ich mir das ein", denke ich und sage nichts zu ihr.

„Sie wird auch noch sehr durcheinander sein, es war auch für die beiden alten Leute eine aufregende Nacht." Ich werfe noch einen Blick in unser Wohnzimmer, wie würde ich mich jetzt freuen, wenn ich nur einen schwarzen Fleck hinter der Couch hätte.

Klaus und Dani sind auch schon da.

„Lass uns in die Stadt fahren, um dir was zum Anziehen zu kaufen", sagt Dani.

Sie hat Geld mitgebracht und zieht mich zum Auto. In der Stadt schäme ich mich furchtbar, da mich alle Leute ansehen, als wär ich ein „Penner".

„Ich brauche eine Brille, ich sehe kaum etwas", sage ich zu meiner Schwiegertochter und verschwinde in dem Optikerladen, mit deren Besitzer wir befreundet sind. Ich bin heilfroh, als er nach einer Weile auftaucht, da die Blicke der Kunden und der Verkäuferin sehr unangenehm sind.

„Ja, ich gehöre zu den Leuten, die heute Nacht abgebrannt sind", befriedige ich die neugierigen Blicke.

„Komm mit nach hinten", sagt unser Optiker.

Dankbar verschwinde ich aus der Öffentlichkeit.

„Ich kaufe dir jetzt neue Jeans und was du sonst dringend brauchst!" entscheidet Dani, während ich eine neue Brille bekomme.

Nach einer Stunde kann ich wieder sehen und Dani ist mit vielen Taschen wieder da.

„Du kannst dich hier hinten umziehen", wird mir angeboten und ich nehme es sehr dankbar an.

Wir kaufen noch warme Schuhe für mich und langsam fühle ich mich nicht mehr so ganz schrecklich. Am Haus angekommen, wartet schon ein Kripobeamter auf mich.

„Guten Morgen, Sie waren dabei als das Feuer ausbrach?" fragt er mich.

„Ja, das stimmt." antworte ich ihm.

Er sieht mich streng an. „Haben sie geraucht und sind eingeschlafen?"

Ich bin entsetzt.

„Nein, natürlich nicht!"

Böse frage ich mich, was der Mist jetzt soll.

„Ich möchte sie bitten, morgen um elf Uhr zur Vernehmung zu kommen."

„Er reicht mir seine Karte und verschwindet. Etwas irritiert suche ich meinen Mann.

„Jetzt wird man als Opfer auch noch wie ein Verbrecher behandelt, " fluche ich in mich hinein, doch sofort überlege ich, „na ja, wird Routine sein."

Ein Mann namens Heldmann redet auf meinen Mann ein.

„Ich habe bei ihm unterschrieben, dass er Gegengutachter für uns ist und hinterher unser Architekt," weiht mein Mann mich ein.

Es geht mir alles zu schnell.

„Kennst du ihn denn?"

„Nee, aber ich glaube, wir brauchen sowas."

„Meinst du nicht, wir sollten erst mal in Ruhe überlegen?"

„Nee, die Gutachter der Versicherung kommen gleich, da brauchen wir sicher Hilfe."

Das hört sich für mich schon wieder gefährlich an.

„Meinst du, die zahlen nicht?"

„Man weiß ja nie", ist die beruhigende Antwort. Jetzt friere ich noch mehr.

„Ich kann es vor Kälte kaum aushalten", jammere ich. Meine Füße sind trotz neuer Schuhe eiskalt. In dem Moment kommt unser Nachbar Herr Cort von gegenüber.

„Ich habe meine Einliegerwohnung frei, da könnt Ihr euch aufhalten und euch auch Kaffee kochen und aufwärmen."

Total dankbar nehmen wir das Angebot an und gehen mit ihm. In der Wohnung setze ich mich an die Heizung, ziehe die Schuhe aus und stecke die Füße zwischen die Heizungsrippen. Sie schmerzen so schrecklich, dass ich auf gutes Benehmen verzichte. Mein Sascha taucht auch auf und mit ihm Danny und Anka.

„Dann gehen wir erstmal, " sagen Klaus und Dani, "wir kommen später wieder."

Jetzt taucht auch meine Mutter auf.

„Herr Cort hat mir gesagt, wo ihr seid, jetzt koche ich erstmal Kaffee."

Mein Mann springt auf.

„Ich gehe wieder rüber, die Versicherung ist jetzt im Haus und ich habe Wohnungsangebote."

Erstaunt frage ich mich, wann er das alles geregelt hat, während ich noch keinen klaren Gedanken fassen kann.

„Die Arbeiter sind alle unterwegs, zum Glück hatte ich auf dem Stellplatz Ersatzschlüssel von den LKWs deponiert und die Presse schreibt noch heute, dass sich alle Kunden melden sollen, um die Termine neu zu besprechen. Ich habe meine Handynummer angegeben. Das Geschäft muss weiterlaufen."

Langsam fange ich an, ihn zu bewundern, als er hinausläuft, um weiter alles zu regeln.

Meine Mutter stellt eine heiße Tasse vor mich hin, die ich erstmal mit meinen kalten Händen umklammere.

„Wir mussten gestern Nacht ins Krankenhaus fahren, um Milchflaschen und Nahrung für Noah zu besorgen", erzählt Sascha.

Wieder einmal wird mir mehr bewusst, dass wir gar nichts mehr besitzen.

„Wir sind mit Noah in der Nacht zu den Schwiegereltern gefahren, " erzählt er weiter, "da habe ich gemerkt, dass wir keinen Sprit mehr hatten, also habe ich an der Tankstelle getankt und dann gemerkt, dass ich auch kein Geld hatte. Also bin ich herein gegangen und habe gesagt, dass unser Haus abgebrannt ist, der Kleine Hunger hat und wie am Spieß schreit, dass wir entsetzlich frieren und mein Portemonnaie verbrannt ist, sodass ich weder Geld noch Ausweis bei mir habe. Daraufhin hat der Tankstellenbesitzer mich fahren lassen und gesagt ich könne später bezahlen!

Wir erzählen uns alle gegenseitig von unserer schrecklichen Nacht, bis auf einmal die Leute von der Versicherung auftauchen.

„Guten Morgen, " sagt eine hübsche junge Frau zu mir, "Sie sind also diejenige, die das Haus abgebrannt hat, dann erzählen sie mal."

„Na toll, das hätte man auch anders ausdrücken können, " denke ich. Ich bin super begeistert von dieser freund lichen Begrüßung.

Mein Mann und ich beschreiben die letzte Nacht.

„Das Haus ist ein Totalschaden, es muss abgerissen wer den, nach dem Gutachten und dem Bericht der Kripo wird über die Zahlung entschieden", weiß die super nette Frau zu berichten.

Ein anderer Mann, der von unserer Hausratversicherung ist, meldet sich zu Wort.

„Sie bekommen einen Barscheck von uns als erste Hilfe für die wichtigsten Dinge."

Ich bin froh, dass jemand endlich eine konkrete Hilfe an bietet.

„Haben Sie schon eine Wohngelegenheit? Sonst bezahlen wir für zwei Wochen ein Hotel, " klärt uns die Frau wieder auf.

„Wir wissen es noch nicht, wir werden uns gleich darum kümmern", antworte ich.

Sie steht auf.

„Einen schönen Tag noch, " flötet sie und stolziert auf hohen Hacken mit ihrem Sachverständigen heraus. "Na, was soll uns auch daran hindern, einen schönen Tag zu haben, " denke ich und werde immer frustrierter. "Beruhi gend war das Gespräch aber nicht gerade, " flüstere ich meinem Mann zu. "Dafür haben wir ja den Herrn Held mann, " erwidert er stolz.

Ich kann seinen Optimismus noch nicht ganz teilen. Der Herr mit dem Erste-Hilfe-Scheck kommt auf uns zu.

„Für weitere Zahlungen brauchen wir von allem eine Rechnung!"

Ich sehe ihn sprachlos an. "Wo sollen die herkommen, es ist doch alles verbrannt?" frage ich dann doch.

„Dann müssen Sie versuchen, noch einmal daran zu kommen oder aber sie machen Listen mit dem Wert der einzelnen Dinge."

„Klasse, dann sind wir ja beschäftigt, " freue ich mich, was er mit einem erfreuten Lachen bestätigt. Irgendwie habe ich immer geglaubt, man würde in so einen Fall die Summe bekommen, die man versichert hat, aber man belehrt mich eines Besseren. Auch er verschwindet und ich habe noch genauso wenig Antworten wie vorher. Nach und nach kommen verschiedene Nachbarn und bieten uns Hilfe an. Ich bin gerührt über die Anteilnahme. Viele geben Taschen mit Spielzeug und Anziehsachen für Noah ab und versichern uns ihr aufrichtiges Bedauern. Es tröstet mich, dass alle so nett sind und versuche nicht zu weinen. Wie es weitergehen soll, ist mir völlig schleierhaft. Gut, dass mein Mann den Kopf nicht so verliert. Er hat schon zig Dinge erledigt.

„In zwei Stunden können wir uns eine Wohnung ansehen, in der wir alle unterkommen können."

Hoffnung keimt in mir auf. Wir packen alle Taschen zusammen und fahren erst mal zurück nach Irene.

In den Taschen von Dani finde ich neue Unterwäsche, Sweatshirts, Kosmetiksachen, mit denen ich im Bad verschwinde. Endlich kann ich mich duschen. Ich wasche meine stinkenden Haare mit viel Shampoo aus und bekomme langsam den durchdringenden Brandgeruch vom Körper. Neu angezogen, endlich auch ein wenig geschminkt, komme ich aus dem Bad.

Steffi ist auch eingetroffen und wir machen uns bereit, die Wohnung anzusehen. Eine Bekannte von meinem Mann hat sie angeboten.

Sie steht seit zwei Jahren leer, seit ihre Schwiegermutter ins Heim gekommen ist. Wir sind gespannt, ob es für uns alle ausreicht, sonst müssen wir wieder sehen, wo wir die Nacht verbringen, da wir uns überlegt haben, dass wir alle zusammen eine Wohnung beziehen möchten!

Auf dem Weg dorthin kommen wir an unserem Haus vorbei.

„Lass uns nach den Katzen sehen, sie laufen vielleicht im Garten herum." Trotz der Kälte hat sich noch keine blicken lassen und ich frage mich, wo sie sich verkriechen.

„Dann gehe ich ins Haus und sehe nach Lilli." Sascha will ins Haus laufen.

„Das dürfen wir nicht, zu gefährlich."

„Das ist mir scheissegal!" Schon ist er durch die geschmolzene Haustür. Ich habe Angst, dass ihm etwas passieren könnte, doch nach einer Weile kommt er wieder heraus. Er weint schrecklich.

„Sie ist tot, erfroren im Löschwasser, ich kann sie noch nicht mal mehr aus dem Eis herausholen."

„Ich hole sie morgen da raus", sagt mein Mann. Ich nehme Sascha in den Arm.

„Es ist traurig, aber sei froh, dass Noah noch aus dem Bett geholt werden konnte und keinem von uns etwas passiert ist." Trotzdem weinen Sascha und Steffi natürlich weiter.

„Wir müssen fahren, " sagt mein Mann, „steig ein!"

Er ist total bemüht, keine Gefühle aufkommen zu lassen. "Den Anblick werde ich nie vergessen, " flüstert Sascha. Ich glaube ihm auf's Wort.

„Ach was, mit der Zeit schon." Etwas anderes fällt mir nicht ein, ich bin mit allem etwas überfordert.

„Hallo Jogi, Mensch, was ist euch denn bloß passiert?"

Die Bekannte meines Mannes steht schon an der Straße, in der die Wohnung frei ist.

„Ja, was soll ich sagen, wir sind abgebrannt und brauchen eine Unterkunft."

Sie schließt die Tür auf. „Ich habe es im Radio gehört und mich sofort gemeldet. Die Wohnung steht seit zwei Jahren leer, da habe ich gedacht, ihr könntet hier wohnen. Ich habe heute Mittag schon die Heizung angemacht." Warm ist es nicht, als wir die Wohnung betreten.

„Wir haben hier schon lange nicht mehr geheizt." entschuldigt sie sich. Es kommt mir vor, als ob die Schwiegermutter hier noch wohnt, alles ist so, wie sie es verlassen hat. Abgelaufene Lebensmittel sind in den Regalen, ihre Kleidung hängt in den Schränken, einschließlich der von ihrem Mann, der schon länger tot ist. Überall haben Spinnen in Ruhe ihre Netze spinnen können.

„Mist, ist das gruselig", denke ich, doch sie sagt „Ihr könnt alles rauswerfen, was ihr nicht gebrauchen könnt, ihr habt ja genug LKW, über die Kosten sprechen wir dann."

Die Wohnung ist für uns groß genug. Wenn wir alles umstellen, hat jeder ein eigenes Schlafzimmer und wir können noch ein Büro einrichten.

„Hier ist unser Swimmingpool", lacht sie, während sie die letzte Türe öffnet.

„Hey!" Ich staune und sehe Steffi an. „Da können wir ja jeden Tag schwimmen, klasse!"

„Nee, der ist kaputt, wir sind noch nicht dazu gekommen das Wasser herauszulassen."

Meine Freude legt sich wieder.

„Vielleicht können wir dann hier was unterstellen", schlage ich vor.

Es ist beschlossen, wir werden hier einziehen. Mein Mann

hat schon das Telefon in der Hand und organisiert unsere LKW, er ruft jede Menge Leute an und eine halbe Stunde später ist die Bude voll. Jede Menge Menschen, die ich zum Teil gar nicht kenne, räumen Möbel hin und her, werfen Überflüssiges in den LKW und bringen uns Betten. Ich stehe etwas tatenlos herum und staune über die Hilfsbereitschaft, doch selbst bin ich nicht in der Lage, etwas Vernünftiges auf die Reihe zu bekommen.

„Meike!" Meine Freund in Claudia kommt zur Tür herein und umarmt mich.

„Endlich habe ich euch gefunden." Jetzt muss ich doch heulen.

„Ich habe sofort meinen Kleiderschrank durchsucht und dir Kleidung mitgebracht."

Sie fängt an, Taschen auszupacken. Ich freue mich schrecklich über die Sachen, das Organisationstalent hat sogar an eine Handtasche gedacht. Claudia sieht sich um.

„Wo schlaft ihr?" Ich zeige ihr unser Schlafzimmer. Bettwäsche hat sie auch gleich mitgebracht.

„Komm, wir überziehen das Bett und machen es wohnlich."

Langsam komme ich auch in Bewegung.

Offensichtlich brauche ich jemanden, der mir sagt, was ich tun soll. Während wir arbeiten, erzähle ich von der Brandnacht.

„Wir haben den Rauch gesehen", sagt Claudia, „den sah man über die ganze Stadt und heute Morgen las ich in der Zeitung, dass es euer Haus war." Die Zeit vergeht schnell und unser Zimmer ist fertig. Als wir nach unten ins Büro gehen, stellen wir fest, dass dort alles voller Schimmel ist.

„Das ist aber nicht gerade gesund !" rümpft Claudia die Nase.

„Ist ja nur für kurze Zeit", erwidere ich.

Die Hoffnung stirbt zuletzt. Provisorisch ist jetzt alles fertig, sogar ein Computer und Faxgerät sind schon angeschlossen, damit der Betrieb weiterlaufen kann. Auf einmal bin ich todmüde und setze mich auf die Couch im Wohnzimmer. Die Helfer haben sich verabschiedet, als unsere neuen Vermieter vorbeischauen.

„Hallo, ich bin der Bernd, dies ist die Wohnung meiner Eltern", stellt sich der Mann vor.

„Ist ja noch sehr kalt hier, ich mache den Kamin an."

„Nein, lieber nicht!" Alle rufen es gleichzeitig.

„Da passiert nichts, keine Angst." Schon hat er ein Feuer gemacht.

Wir sitzen alle sehr erstarrt herum, als wir das vertraute Prasseln des Feuers hören, auch der Geruch versetzt uns in Panik.

„Das ist doch schön, oder?" fragt Bernd.

Zugegeben, es wird wärmer und ich habe keine Kraft mehr, mich zu wehren.

„Wir sind so dankbar dass wir hier wohnen dürfen", sage ich noch, als die beiden wieder gehen.

Ich sehe, dass die Kinder am Feuer sitzen und weinen. Leise gehe ich mit meinem Mann nach oben ins Bett. Es ist heute das erste Mal, dass wir alleine sind und auch er mal zur Ruhe kommt.

„Wird alles wieder gut?" flüstere ich."

„Natürlich, wir schaffen das!"

Er nimmt mich in den Arm und wir frieren uns in den Schlaf.

7. Februar 2012

Es ist sieben Uhr. Endlich stehen alle auf. Ich bin die halbe Nacht durch die fremde Wohnung gelaufen, ständig gestolpert, weil hier überall Stufen sind. Eine Packung Zigaretten habe ich verschlungen, obwohl ich so gut wie aufgehört habe zu rauchen und mich immer wieder gefragt, warum das uns passieren musste.

„Wieso glaubt man immer, dass schlimme Dinge nur anderen passieren?" denke ich.

„Ach übrigens, irgendjemand von Familie Bauer hat gestern angerufen. Wir sollen uns um ihre Wasserschäden kümmern." teilt mein Mann mir mit.

„Sofort nach dem Brand haben die angerufen? Kümmert sich unsere Versicherung nicht darum? „Keine Ahnung, aber ich frage heute sofort nach."

„Oh je, ich muss ja gleich zur Kripo, " fällt mir ein.

„Kein Problem, das ist nur Routine, nichts zum Aufregen", ich fahre zum Haus, „vielleicht ist was zu retten."

„Wir dürfen doch da nicht rein", wende ich ein.

„Doch, ab heute schon, die Kripo hat gestern noch alles untersucht."

Ich bin erstaunt. Scheinbar lebe ich in einer Parallelwelt und mein Mann in der Richtigen, deshalb bekomme ich nichts mit.

Immer schon war ich sehr orientierungslos, es ist also kein Wunder, dass ich trotz Wegbeschreibung durch unsere Nachbarstadt irre, um die Kripo zu finden.

„So ein Mist, denke ich, jetzt komme ich auch noch zu spät, peinlich."

Endlich habe ich es gefunden, man erwartet mich schon.

„Guten Morgen, ich bin der Herr Becker, wie ich sehe, haben sie ihre Kleidung retten können, "sagt er und sieht auf meine teure Lederjacke. Ich bin stolz, hat er doch gleich bemerkt, wie schick die Jacke ist.

„Nein, leider nicht, das ist von meinen Freund innen, sie haben mir sofort Kleidung vorbeigebracht." Streng sieht er mich an. Die Freund innen haben zufällig die gleiche Größe?"

„Ja fast, das ist jetzt mein Glück."

Ich habe nicht damit gerechnet, dass er sich so für Mode interessiert, aber jetzt bricht er das Thema leider ab.

„Setzen sie sich doch, als erstes nehmen wir ihre Personalien auf."

Als das vorbei ist, sieht er mich an.

„Dann erzählen sie mal von Anfang an, wie das Feuer entstanden ist."

Ich bin froh, jemanden von meinen schrecklichen Momenten erzählen zu können, doch er unterbricht mich sehr schnell.

„Nicht so dramatisch bitte! „Fassungslos sehe ich ihn an.

„Aber es war so dramatisch!" Er schüttelt den Kopf.

„Der Bericht muss sachlich sein, wie viele Personen waren im Haus, warum sind Sie alleine herunter gegangen?" Ja warum, hätte ich das doch nicht gemacht.

„Ich hatte keine Lust mehr."

Was soll ich sonst sagen, das ist ja schließlich kein Verbrechen. Immer wieder muss ich wiederholen wie ich das Feuer gemerkt habe und was ich unternommen habe.

„Ob man wohl verpflichtet ist, mehr Ahnung vom Feuerlöschen zu haben", denke ich. Beim Autofahren muss man sich auch in erster Hilfe auskennen, Unwissenheit schützt vor Strafe nicht. Jetzt werde ich etwas unsicher.

„Ich habe alles versucht und trotzdem nicht gelöscht bekommen", verteidige ich mich.

„Wie war der Kamin angebracht?"

Einen Moment muss ich überlegen, doch dann erkläre ich ausführlich, wie mein Mann alles renoviert hat.

„Er ist also handwerklich sehr begabt und hat von einigen Dingen Ahnung?"

„Nein, er kann fast alles." Er sieht mich an.

„Ich schreibe, dass er von einigen Dingen Ahnung hat, ok?"

Ich gebe mich geschlagen, mein Mann wird ja das Protokoll nicht lesen, kann also auch nicht beleidigt sein.

„So", teilt mir Herr Becker mit, „Sie sind aus der Schuldfrage raus."

Erst jetzt begreife ich, dass ich als Brandstifter verdächtig war und bin erleichtert.

„Jetzt wird ihr Mann beschuldigt."

„Ach du Schande, was habe ich denn jetzt wieder gemacht?" denke ich geschockt.

Blitzschnell denke ich über alles nach, was ich gesagt habe, doch ich kann mich nicht erinnern, meinem Mann in die Pfanne gehauen zu haben. Was soll ich denn jetzt zuhause sagen? Da kann ich ja gleich meine Koffer packen, wobei das ja bei den paar Sachen sehr schnell geht.

„Wieso, was hat er denn gemacht?"

„Er hat den Kamin an die Wand geschraubt."

Ich überlege, „aber es war doch auch ein Wandkamin."

Überrascht sieht Herr Becker mich an.

„Oh, dann ist das ein Missverständnis, tut mir leid, ich kenne diese Dinger nicht, aber dann bestätigt sich mein erster Verdacht."

Erwartungsvoll warte ich.

„Es war eine chemische Reaktion im Holz."

Er erklärt mir ausgiebig diese Reaktion und ich verstehe kein Wort, doch ich nicke verständnisvoll.

„Ich merke schon, Sie verstehen kein Wort", stellt er fest.

Er kennt mich scheinbar super gut, obwohl wir nicht verheiratet sind.

„Na, kommen sie, wir fahren jetzt zum Ortstermin."

Geschockt sehe ich ihn an.

„Zu welchem Ortstermin?" Er ist schon aufgestanden.

„Na zu ihrem Haus, wir sehen uns zusammen alles an und sie beschreiben alles noch mal vor Ort."

Ich merke, dass ich keine Luft mehr bekomme.

„Nein, ich möchte da nicht rein."

Mich erfasst Panik bei dem Gedanken in dieses verbrannte Haus zu gehen.

„Doch, ich muss darauf bestehen."

Ich stehe auch auf und gehe hinter ihm her. Als ich zu meinem Auto gehen will, hält er mich zurück.

„Nein, wir fahren mit meinem Auto, ich bringe sie dann wieder hierher."

Langsam fühle ich mich wie ein Verbrecher. Ich bleibe an seinem Auto stehen und erwarte, dass er meinen Kopf ins Auto drückt, so ist es in jedem Krimi zu sehen.

„Wo drauf warten sie?"

Er wird ungeduldig, also setze ich mich schnell ins Auto. So richtig verstehen kann ich es nicht, warum ich nicht mit meinem Auto fahren darf, denkt er etwa ich werde flüchten? So stressig unser Leben auch oft war, gegen diesen Schlamassel war es fast schon langweilig. Ich wünsche es mir sofort zurück. Am Haus angekommen entdecke ich meinen Mann. Ich bin heilfroh ihn zu sehen, mit ihm fällt es mir leichter dort hineinzugehen. Durch die Terrassentür betreten wir unsere Wohnung. Der Anblick übertrifft meine schlimmsten Erwartungen. Ich kann nicht verarbeiten, was ich sehe. Es ist total dunkel, wir müssen die Taschenlampe anmachen. Alles ist verbrannt, sämtliches Geschirr ist aus den Schränken gefallen und liegt in einer schmierigen, vereisten Masse auf dem Boden.

Die meisten Möbel sind einfach nicht mehr da, auf ein Nichts verbrannt. Eine totale schwarze Trostlosigkeit umgibt mich.

Ich habe das Gefühl, als zieht mich jemand in ein schwarzes Loch voller Grausamkeiten. Vorsichtig klettern wir über die vereiste Masse von Geschirr und verbrannten Dingen. Ich kann mir kaum vorstellen, dass dies unsere Wohnung war und sage keinen Ton mehr. Vielleicht kann ich nie mehr sprechen, zumindest habe ich dies im Gefühl. Doch ich muss Herrn Becker den Vorgang beschreiben, was ich automatisch und jetzt ziemlich gleichgültig tue. Im Moment ist mir alles völlig egal, ich will nur hier raus, bevor ich anfange laut zu schreien. Das Bild von der versunkenen Titanic drängt sich mir auf, so kommt mir dies hier vor, die Bilder aus dem Film, vorher und nachher. Endlich sind wir durch und Herr Becker verabschiedet sich.

„Ich erstelle ein Protokoll und schicke dies zur Versicherung."

Dann ist er weg und wir sind ratlos.

Als ich mich noch mal umsehe, bin ich erstaunt, dass wir hier alle, außer Lilli, rausgekommen sind. Dafür muss ich dankbar sein, denke ich, doch mir will es nicht so ganz gelingen, zumindest nicht was mich betrifft. Ich reiße mich zusammen und versuche positiv zu denken. Sascha fährt mich zurück zur Kripo, um unser Auto zu holen. Unterwegs ruft Anka an.

Benji, der dicke Kater ist wieder aufgetaucht, dann werden die anderen beiden sicher auch bald kommen. Es wird alles wieder gut. Diesen Satz sage ich vor mir her, bis ich es glaube. In unserem neuen Zuhause sehe ich mich um. Alles ist fremd, als wäre man zu Besuch. Gerade als ich überlege, wie man es etwas heimeliger machen könnte, kommt unser Versicherungsvertreter. Er erklärt uns den weiteren Ablauf. Die Versicherung zahlt, wenn sie Akteneinsicht von der Kripo hat und wir nicht grob fahrlässig gehandelt haben, darauf müssen wir warten. Soll aber nur ein paar Tage dauern.

„ Ach ja, unsere Nachbarn Bauer haben heute wieder angerufen, sie wollen ihre Schäden ersetzt haben, schickt ihr da auch mal jemanden hin?"

Unser Versicherungsvertreter verneint es.

„Es gibt ein Abkommen zwischen den Versicherungen beim Brand, jede Gebäudeversicherung zahlt die Schäden für die eigenen Versicherungsnehmer, also muss die Gebäudeversicherung von Familie Bauer ihre Schäden bezahlen, aber ich setze mich mit denen in Verbindung. Dann braucht ihr euch nicht zu kümmern."

Das ist schön zu hören. Wir verabschieden ihn und mein Mann fährt wieder zum Haus.

„Ich sehe noch mal nach den Katzen. Lilli muss auch rausgeholt werden. Tina bringt sie zum Tierfriedhof."

Tina ist eine Freund in von uns und mag Tiere nicht sehr gern, also weiß ich dieses Angebot zu schätzen. Eine Weile später ruft mein Mann wieder an.

„Schatz, Lilli ist auf dem Weg zum Friedhof."

Warum sagt er das noch mal?

„Die anderen beiden , Heidi und Beju auch."

Ich kann ihm nicht glauben.

„Wieso, die sind rausgelaufen, das habe ich selbst gesehen."

Er hört sich traurig an.

„Ja, aber sie sind wieder rein und haben sich unter dem Bett versteckt. Dort sind sie erstickt, ich habe sie gefunden."

Ich stelle mir ihren qualvollen Tod vor und muss jetzt doch weinen.

Sie werden nie mehr abends auf die Couch kommen. Sascha hat ein Kinderbett aufgestellt und fährt los, um Noah zu holen. Danny ruft sofort, „ich hole die Hunde." Wir sind krampfhaft bemüht, Normalität herzustellen, das ist im Moment alles was wir tun können.

Als unsere Hunde hereingestürmt kommen und an uns hochspringen, wird es mir ein wenig leichter ums Herz.

Ein bisserl Vertrautheit kommt zurück. Kurz darauf kommt Sascha mit Noah herein und ich küsse den kleinen erstmal ab. Es wird alles wieder werden, denke ich, jetzt noch einen Fernseher und die Welt ist nicht mehr so ganz feindlich.

8. Februar

Wieder habe ich eine schlaflose Nacht hinter mir, entweder ich träume vom Feuer, oder ich wache auf, weil ich Angst habe, was die Zukunft bringt. Heute wollen wir erstmal in Ruhe zusammen frühstücken, zur normalen Arbeit wollen die Kinder erst morgen wieder. Mein Sascha kommt mit Noah die Treppe herunter.

„Kannst du ihn wohl umziehen, er ist ganz nass, dann kann ich Brötchen holen."

Gerne nehme ich ihn, da kann ich wieder etwas lächeln.

„Haben wir denn was zum Anziehen?"

Er läuft die Treppe hoch und kommt mit einem Karton wieder runter.

„Wir haben Kleiderspenden für den Kleinen bekommen, sieh doch bitte mal durch, ob etwas dabei ist."

Ich ziehe Noah aus und freue mich, dass er sich schon fast alleine herumdrehen kann. Eine Weile spiele ich mit ihm, doch dann wird mir die Kälte im Haus bewusst und ich öffne den Karton.

Ich finde es so rührend, dass fremde Menschen sofort bereit sind, Kinderkleidung zu spenden.

Als ich hineinsehe, muss ich lachen. Es sind lauter Kleidchen im Karton.

Der Spender wusste scheinbar das Geschlecht nicht, also bekommt er ein niedliches rosa Kleidchen mit weißer Spitzenstrumpfhose an. Zugegeben, er sieht niedlich aus. Als Sascha mit den Brötchen wiederkommt ist er empört.

„Was hast du denn mit dem Jungen gemacht?"

„Na, es war ein Karton voller Mädchensachen."

Er läuft wieder nach oben und holt mehrere Taschen, die auch gespendet wurden. Endlich sind Jungensachen dabei und Sascha besteht darauf, ihn sofort umzuziehen. Eine halbe Stunde später, sitzen wir um den Esstisch und frühstücken. Endlich haben wir mal Zeit zum Reden.

„Danny und ich waren gestern bei Frau Bauer, sagt Sascha, sie wollte uns ihre Schäden zeigen."

„Ach ja", frage ich erstaunt, „und schlimm?"

Danny guckt missmutig.

„Ne, eigentlich nicht, im Dachbodenzimmer muss neue Paneele an die Wand, die ist feucht geworden. Das macht ihre Versicherung, außerdem war das Holz noch von 1950."

„Na, dann bekommen sie neue, ist doch praktisch."

Danny guckt immer noch grimmig. „Wir mussten uns anhören, wie schrecklich das für sie war und dass die Feuerwehr den Boden schmutzig gemacht hat. Dann hat sie sich beschwert, dass die Männer alleine im Haus waren, weil sie und ihr Mann raus mussten und da weiß man ja auch nicht, ob etwas weg gekommen sei!

„Nee, das hat sie gesagt, frech", rufe ich.

„Na ja, sind halt alte Leute."

Trotzdem frage ich mich, ob man so sein muss, so alt ist sie ja nun auch nicht, aber eigentlich haben wir auch wichtigere Probleme, also ist Frau Bauer schnell wieder vergessen.

„Wir müssen einkaufen, Schatz, es fehlen die nötigsten Dinge."

Doch mein Mann ist schon wieder völlig ungeduldig.

„Mach das mal alleine, ich muss ganz viel organisieren, außerdem kommt heute Nachmittag unser Architekt Herr Heldmann und bespricht mit uns wie es weitergeht."

Das hört sich gut an, vielleicht kann er einen beruhigen.

„Dann hat sich das Fernsehen gemeldet, sie fragen, ob sie uns begleiten dürfen, bis wir wieder alles aufgebaut haben."

Ich bin etwas skeptisch.

„Was müssen wir da tun?" Mein Mann ist schon aufgestanden.

„Sie wollen in diese Wohnung kommen, filmen und interviewen. Später dann den Abriss filmen und eben alles begleiten."

Mich im Fernsehen zu sehen, ist nicht mein Ding, auch die anderen sind am überlegen.

„Kommen die dann jeden Tag und filmen unsere neue WG?"

Die Frage kommt von Anka. „Nein sie kommen insgesamt vier bis fünfmal in der ganzen Zeit.

„Wir sagen zu, warum auch nicht."

Eine Bekannte von uns hat einen Spendenaufruf für uns gestartet, " teilt Steffi uns mit."

Das ist mir aber eher unangenehm, " wende ich ein.

„Sie hat es aber schon getan, wer weiß, ob überhaupt etwas dabei herauskommt."

Eine Weile tauschen wir noch jede Menge Infos aus, bevor jeder in die Stadt fährt, um sich das nötigste zu besorgen.

Am Nachmittag versammeln wir uns wieder um den Tisch, diesmal mit Herrn Heldmann.

Voller Spannung hängen wir an seinen Lippen, während er uns erzählt, wie es weitergehen soll.

Als erstes muss das Haus abgerissen werden, dafür holt er erstmal Angebote von verschiedenen Firmen ein. Dann muss die Stadt den Abriss genehmigen. Das finde ich witzig, soll das verbrannte Haus etwa stehenbleiben? Der Brandgeruch zieht mittlerweile die ganze Straße hinunter.

„Es muss alles immer erst genehmigt werden", klärt er uns auf.

Nachdem er unsere eventuelle Versicherungssumme hört, wiegt er bedächtig den Kopf.

„Ob wir dafür ein neues Haus bekommen, weiß ich nicht, dann müssen sie viel Eigenleistung einbringen." Nun gut, jetzt kommen wir auf vertrautes Terrain. Die letzten zwanzig Jahre haben wir kaum was anderes gemacht, also wieder von vorn.

„In den nächsten zwei Wochen ist es abgerissen", verabschiedet sich Herr Heldmann.

„Wie geht's denn mit der Versicherung weiter", fragt mein Mann.

„Oh, ja, die bekommen das Protokoll von der Kripo und sagen ihnen dann die Summe, bestimmt noch in dieser Woche."

Als er weg ist, frage ich in den Raum hinein.

„Wie wäre es denn mit einem Fertighaus, ginge das nicht schneller?"

Empört sieht Sascha mich an.

„Mama, jetzt höre aber auf, wir wollen doch keinen Pappkarton!" Letztens habe ich noch eine Dokumentation darüber gesehen und sage:

„Die sind heute genauso gut wie Stein auf Stein."

Der verächtliche Blick hält mich davon ab, noch mehr zu sagen. Zu langen Diskussionen bin ich noch nicht bereit. Als wir abends im Bett liegen kreisen meine Gedanken.

„Jetzt müssen wir wieder endlos handwerkern."

Mein Mann nimmt meine Hand.

„Das schaffen wir schon."

Hoffentlich, denke ich, während ich einschlafe.

9. Februar

Wieder eine fast schlaflose Nacht. Ich sehe schrecklich aus und fasse den Entschluss, mir Schlaftabletten zu besorgen. Gleich kommt das Fernsehteam und ich reiße mich zusammen. So möchte ich nicht ins Fernsehen, also begebe ich mich ins Bad und versuche mich einigermaßen zu restaurieren. Nur schwer kann ich mich hier eingewöhnen. Ich habe Heimweh und möchte nach Hause, doch das gibt es nicht mehr. Im Spiegel sehe ich die Tränen über das frisch geschminkte Gesicht laufen und wische sie schnell ab." Es wird Zeit, das Schicksal anzunehmen, " schimpfe ich mich aus.

Also, Kopf hoch und weiter. Das Fernsehteam ist schon da und möchte als erstes Noah filmen, dann stellen sie uns viele Fragen, die wir brav beantworten.

„Heute Abend wird es gesendet, da könnt ihr euch im Fernsehen sehen!" rufen sie und verschwinden. Irgendwie bin ich jetzt doch erschrocken. Meinen Mann hatte man schon in der Brandnacht gefilmt und dies schon sofort gesendet, aber der Gedanke mich auf dem Bildschirm zu sehen, schreckt mich ab. Wie doof komme ich wohl rüber, denke ich und beschließe es mir nicht anzusehen. Doch als der Abend kommt bin ich doch neugierig und warte mit der Familie auf den Bericht. Zum ersten Mal nach dem Feuer muss ich herzlich lachen. Danny antwortet auf die Frage, ob wir froh sind, alle zusammen untergekommen zu sein,

„Ja, sonst hätten wir uns vielleicht nicht mehr wiedergesehen."

Sascha lässt sich eine geschlagene Minute darüber aus, dass bei seiner Schwiegermutter noch ein Badehandtuch von ihm war, was zwei Euro gekostet hat und wie glücklich er nun war, sich mit einem vertrauten Handtuch abtrocknen zu können. Ich lache mich halb tot.

„Wo kriegt man denn Badehandtücher für zwei Euro", frage ich.

Man sagt wirklich viel Unsinn, wenn man Interviews nicht gewöhnt ist, doch es zeigt auch, wie glücklich man ist, irgendeinen vertrauten Gegenstand wiederzubekommen. Nichts mehr vom alten Leben zu haben ist unbeschreiblich. Es sind vor allem die Erinnerungen, die man gesammelt hat, so wie Bilder, Filme, Andenken, die einem fehlen, sie sind nicht zu ersetzten. Wir machen uns noch eine Weile über uns selbst lustig, es lenkt ab und man kann mal wieder lachen.

10. Februar

Es ist Samstag. Heute müssen wir uns wenigstens nicht um die Firma kümmern, was mir momentan fast unmöglich ist. Zum Glück hat mein Mann alle Energie damit verbracht, alles zu managen. Mir ist schleierhaft, wie er das in der kurzen Zeit geschafft hat. Er hat in einem Zimmer schon ein ganzes Büro eingerichtet. Seine Brüder haben eine Einkaufsliste bekommen und alles besorgt was er braucht. Unser befreundetes Zwillingspärchen hat sich um Telefon und Computer gekümmert. Dieter kennt sich mit Computern aus und Stefan mit Telefonanlagen.

„Ist doch alles keine schwarze Magie", sagt Dieter.

Ich freue mich furchtbar über diesen Satz, er ist vertraut, da er es schon so oft gesagt hat, wenn er erfolglos versucht, uns die Technik näherzubringen. Stefan hat über seinen Telefonanschluss eine Umleitung auf unsere vorherige Telefonnummer umgeleitet.

Es war ein Kampf der Telekom zu erklären, dass wir eine Umleitung brauchen zu der Wohnung,

in der wir jetzt leben. Wir haben den Kampf aufgegeben und sind dankbar über diese Lösung.

Wir haben stundenlang unsere Situation erklärt, doch sie haben es nicht begriffen. Beim letzten Gespräch sagten sie:

„Wir haben versucht sie unter der alten Telefonnummer zu erreichen, aber das klappte nicht." Scheinbar wird man dort nur angestellt, wenn man sofort nach der Grund schule seine Ausbildung abbricht. Unser Freund Thomas hat neue Lampen angebracht, so dass man auch etwas sehen kann. Diese Wohnung ist so entsetzlich dunkel, dass man den ganzen Tag Licht anhaben muss. Leider können wir nun auch den Schimmel besser sehen, der sich rund um uns ausbreitet.

„Sollen wir uns nicht lieber etwas anderes suchen", frage ich meinen Mann.

„Nein, jetzt haben wir alles soweit fertig, ist ja nicht für lange."

In mir wächst der Zweifel, doch ich beschließe ihm zu glauben.

Den ganzen Tag über geht die Klingel. Unsere Freunde wollen sehen, wie es uns geht. Alle bringen etwas mit. Jacken, Schals, Mützen, Decken und vieles mehr. Zu guter Letzt kommt meine Mutter und bringt uns einen Staubsauger. Sofort fange ich an zu saugen, es ist bitter nötig. In der dunklen Wohnung liegt ein dunkelbrauner Teppich auf dem man alles sieht.

Die Decke besteht aus dunklem Holz, damit man auch wirklich kein Gefühl von Helligkeit bekommen soll. Vielleicht gehörten die alten Leute ja den Gothics an, mache ich mich lustig. Selbst die Wände sind zum großen Teil mit dunklem Holz oder dunklen Fliesen verkleidet. Ich sehe einfach nicht mehr hin, doch das hilft auch nicht viel. Mir fällt auf, dass Sascha und Steffi schon lange mit dem Kleinen weg sind, in einer WG bekommt man jetzt alles

mit. Kurz darauf stürmen sie in die Wohnung.

„Wir waren auf der Fertighausausstellung", sagen sie begeistert.

„Bei den Papphäusern? „frage ich.

„Ach, die sind heute richtig gut",

und wir haben auch ein tolles Holzhaus gesehen und gleich Prospekte mitgebracht. Ich staune über den schnellen Sinneswandel und lasse mir das Haus zeigen. Die Kinder sind hellauf begeistert und auch ich finde es sehr schön. Wir versammeln uns alle um den Tisch und studieren die Prospekte."

Morgen fahren wir alle dorthin und sehen es uns an, " beschließt mein Mann.

11. Februar

Wir sind auf der Fertighausaustellung und gehen durch die kleinen Straßen. Es erscheint mir völlig unwirklich, dass wir uns ein neues Haus aussuchen, fast so als wenn ich unser Altes betrüge. So ganz kann ich immer noch nicht glauben, dass wir es nicht mehr retten können. Wir haben uns schon mehrere Objekte angesehen, sie waren schick, aber wir können uns schlecht mit einem Neubau anfreunden. Wir lieben das alte, gemütliche, die Balken und auch die teilweise schiefen Wände. Es hatte Atmosphäre, doch diese Häuser sind anonym. Langsam schmerzen meine Füße und ich bekomme wieder Heimweh.

„Da ist das Holzhaus", ruft Sascha und zeigt mit dem Finger darauf. Wir stapfen alle hinter ihm her und betreten in einer Reihe das Haus. Es gefällt mir auf Anhieb. Dicke Balken sind an der Decke und ich fühle mich das erste Mal ein wenig Zuhause. Der Mann hinter dem Schreibtisch beobachtet uns missbilligend. Wahrscheinlich denkt er, es wäre nur ein Sonntagsausflug von uns, vor allen Dingen sehen wir mit unseren teilweise geschenkten Anziehsachen auch nicht besonders vermögend aus.

„Wir interessieren uns für dieses Haus", spreche ich ihn an. Er erhebt sich und schlurft gelangweilt auf uns zu.

„Wir sind abgebrannt und brauchen ein neues Haus", informiere ich ihn.

Langsam breitet sich Interesse auf seinem Gesicht aus. Wir lassen uns alles von ihm zeigen und er sagt, er werde das Haus nach unseren Wünschen fertigen, auch für drei Parteien. Das hört sich gut an, bis er nach unserer Versicherungssumme fragt. Wir schätzen und erfahren, dass wir dann beim Innenausbau helfen müssen. Diese Drohung schockt uns nicht.

„Ich erstelle kostenlos mal eine Zeichnung für Sie und errechne einen Preis", sagt er langsam freund licher. Er überschlägt einen Zeitplan und teilt uns mit, im Juli könnte das Haus stehen. Jetzt jubeln wir, damit hat er uns überzeugt. Mit guter Laune fahren wir nach Hause und freuen uns auf den Sommer.

„Siehst du, „ sagt mein Mann, "alles wird ganz schnell wieder gut." Erleichtert atme ich auf.

„Ja Schatz, scheinbar hast du Recht."

12. Februar

Wieder habe ich letzte Nacht kaum geschlafen. Die letzte Woche kommt mir vor wie ein Jahr. Ich wache nachts auf und erschrecke mich jedes Mal wieder von vorne, weil wir abgebrannt sind. Ich frage mich, wie lange es dauert, bis das Gehirn es begreift. Inzwischen bin ich todmüde, ich würde so gerne schlafen. Ich zwinge mich dazu, mir etwas anzuziehen und mich vernünftig fertig zu machen. Ich weiß, dass ich dringend zum Arzt muss, da auch meine Tabletten verbrannt sind.

In diesem Zustand bin ich keine große Hilfe und dies kann meine Familie nicht gebrauchen, also mache ich mich auf den Weg zum Arzt. Er verschreibt mir meine Tabletten und auch was zum Schlafen. Er möchte, dass ich zu einer

Therapie gehe, um die Erlebnisse zu verarbeiten, doch ich lehne ab. Dazu habe ich keine Zeit, alleine der Gedanke Schlaftabletten zu haben, beruhigt mich. Dann gehe ich weiter zum Reisebüro und storniere unsere Reise, die wir gebucht haben. Zwei Wochen Sri Lanka, wie haben wir uns darauf gefreut, doch nun brauchen wir das Geld, außerdem kann ich mir nicht vorstellen, gelassen den Strand zu genießen.

Wieder zu Hause angekommen, treffe ich auf Herrn Heldmann. Er sitzt mit meinem Mann zusammen.

„Es wird mindestens noch vier Wochen dauern, bis das Haus abgerissen wird, der Antrag wird weitergeleitet, da es sich um verbranntes Material handelt, neue Umweltbestimmungen."

Mein Mann wirkt ärgerlich.

„Was soll denn so ein Quatsch, es muss doch abgerissen werden und so verlieren wir doch Zeit."

Herr Heldmann hebt die Hand und sagt in seiner ganz ruhigen Art.

„Immer mit der Ruhe, Herr Ring, wir haben doch Zeit." Mein Mann poltert los.

„Ne, haben wir nicht, wir wollen hier raus."

Es ist nichts zu machen, wir müssen warten, aber er hat schon ein Abrissunternehmen gefunden.

„Wie sieht es mit der Versicherung aus", frage ich.

„Die Akten sind vor uns schon von der Versicherung der Familie Bauer angefordert worden. Sie dürfen sie nur drei Tage behalten, dann bekommen wir sie. Ich ärgere mich etwas.

„Ist es nicht wichtiger, das wir wissen, wie unsere Zukunft aussieht, bevor Bauer`s sie für einen kleinen Wasserschaden bekommen?" Herr Heldmann antwortet besänftigend.

„Ja, es ist auch ein ungewöhnliches Vorgehen, aber die drei Tage stehen sie doch durch."

Jetzt komme ich mir albern vor.

„Ja, natürlich", sage ich und wir verabschieden uns. Er wird sich nicht vorstellen können, unter welcher Existenzangst man in unserer Situation leidet. Jeder Tag des Wartens ist schrecklich. Zusammen mit meinem Mann gehe ich ins Büro und erstelle mit ihm die Listen für die Hausratversicherung. Wir gehen in Gedanken die ganze Wohnung ab, jeden Schrank und jede Ecke. Ich hatte es mir einfacher vorgestellt, doch wir sitzen bis abends daran und sind noch lange nicht fertig. Nach dem Abendbrot gehe ich ins Bett und nehme eine Schlaftablette. Kurz darauf versinke ich in herrliches Vergessen.

5. März

Wir haben uns für das Holzhaus entschieden. Herr Schulz, unser Hausbauer ist zu uns gekommen und zeigt uns seine Zeichnungen.

„Ihr könnt alles noch umgestalten, überlegt in Ruhe, dann machen wir einen Vertrag."

Mein Mann sieht von den Zeichnungen auf.

„Sie haben eigene Architekten, die sind im Preis inbegriffen?"

„Ja, natürlich, ich habe ein Team von hundert Leuten, sie müssen sich um nichts kümmern.

Das hört sich gut an.

„Wir haben einen Vertrag mit einem Architekten, dann haben wir ja zwei", wende ich ein.

„Sprechen sie mit ihm, ob er sie aus dem Vertrag entlässt."

Das ist mir jetzt peinlich." Er kommt jeden Moment, "
sage ich zu Herrn Schulz.

„Soll ich bleiben und mit ihm sprechen?" „Das wäre sicher gut", nehmen wir das Angebot erleichtert an. Kurz
darauf sitzen wir mit ihm zusammen.

„Wir haben uns für ein Fertighaus entschieden und die
arbeiten mit eigenen Architekten, " sage ich mutig zu Herrn
Heldmann." Er sieht nicht sehr begeistert aus, doch er sagt,
er werde sich dann zurückziehen und eine Rechnung schicken. Herr Schulz zieht das Gespräch an sich.

„Es wäre gut, wenn sie den Abriss noch begleiten könnten, danach übernehme ich.

„Herr Heldmann mustert ihn skeptisch.

„Sie kümmern sich auch um den Kellerbau, machen die
Ausschreibungen und übernehmen die Bauaufsicht?"

Herr Schulz sieht ihn etwas arrogant an.

„Natürlich, Ausschreibungen brauche ich nicht, ich arbeite mit einem Team von hundert Leuten."

Herr Heldmann wiegt wieder seinen Kopf.

„Und das funktioniert? Wer baut denn den Keller?"

Die beiden sehen sich jetzt doch etwas feindselig an.

„Wir beauftragen ein Unternehmen, aber ich habe auch
Leute dafür."

Herr Heldmann sieht uns an.

„Also gut, ich übernehme noch den Abriss, der steht übrigens nächste Woche an."

Na endlich, ich bin froh, wenn das Haus weg ist, die Leute beschweren sich schon über den Gestank. Ich hoffe irgendwie, dass ich alles besser verkrafte, wenn es nicht mehr
da ist und ich nicht den täglichen Verfall mitansehen muss.
Herr Heldmann verabschiedet sich.

„Der wollte mich schulmeistern", sagt Herr Schulz ärgerlich. "Wie im Kindergarten", denke ich und sage: "Er entlässt uns aber aus dem Vertrag, das ist doch gut."

Doch unser Hausbauer ist immer noch ärgerlich.

„Die bekommen viel zu viel Geld, das können sie lieber im Haus anlegen. Was meinen sie, warum der gleich morgens bei ihnen am Haus war. Abzocker sind das."

Mein Mann schaut etwas betreten, hatte er doch so voreilig unterschrieben. Wir lenken Herrn Schulz mit vielen Fragen ab.

„In drei Tagen lasse ich das Grund stück vermessen, dann kann der Architekt anfangen zu zeichnen. Vorher sollten sie schon mal zur Stadt gehen für eine Bauvoranfrage."

Ich bin irritiert.

„Was ist das denn?"

„Da fragen sie an, ob sie so bauen dürfen, sonst ist die Arbeit für den Architekten überflüssig. Zeigen sie dort meine Zeichnung."

Damit verabschiedet er sich.

„Jetzt haben wir vergessen Herrn Heldmann nach der Versicherung zu fragen", fällt mir ein.

„Habe ich gemacht, war so lange bei der lieben Familie Bauer, doch nun haben sie die Akten.

„Nun werde ich doch nervös.

„Wir können doch kein Haus kaufen, ohne zu wissen ob die Versicherung zahlt."

„Wir haben doch nichts unterschrieben, bleib mal ganz ruhig. Alles wird gut." sagt mein Mann.

Seinen Optimismus möchte ich haben, aber ich befürchte den bekomme ich nicht.

9. März

Unser Grund stück ist vermessen worden. Jetzt gibt es ein Problem, Familie Bauer hat ihren Anbau 50 cm auf unser Grund stück gebaut, nun wird es schwierig, unser Haus anzubauen. Unser Anbau muss 3 m entfernt sein, das wird kniffelig, sagt Herr Schulz, doch wir sollen ja sowieso zur Stadt, um nachzufragen. Wenn die überbaut haben, werden die wegen des Abstands bestimmt keine Probleme machen. Mein Mann kommt aus dem Büro.

„Die Versicherung zahlt ohne Abzüge", freut er sich.

Mir fällt ein Stein vom Herzen, eine große Last ist von uns genommen.

„Es hat nur wegen Familie Bauer so lange gedauert", erzählt er mir.

Unsere Nachbarn sind schon lange am Renovieren. Täglich stehen Autos von Handwerkern vor ihrer Tür.

„Ich glaube, die lassen sich das ganze Haus machen, Herr Bauer hat vor einiger Zeit gesagt, er werde kein Geld mehr ins Haus stecken, dass könnten ja später seine Erben machen, doch jetzt scheinen sie die Gunst der Stunde zu ergreifen."

Mein Mann lacht. „Lass sie doch!" Da hat er Recht, ist nicht unser Problem.

13. März

Heute soll unser Haus abgerissen werden. Sascha ruft von unterwegs an.

„Ich bin beim Umzug, als ich heute Morgen am Haus vorbei kam, standen dort Container.

Jetzt sind sie wieder weg und nichts ist gemacht, was ist los?"

Das kann ich ihm auch nicht sagen und rufe Herrn Heldmann an.

„Ja nun, es ist etwas peinlich, aber das Unternehmen kann die neuen Umweltbestimmungen nicht erfüllen, aber ich kümmere mich um ein Neues."

Na toll, unser Haus will nicht weg, habe ich den Eindruck. Es kommt mir etwas übertrieben vor, mit den Bestimmungen. Wir wohnten ja nicht in einer Atomanlage. Aber dann würde es sicher nicht so genau genommen.

19. März

Neuer Anlauf. Wir stehen am Haus und warten. Heute soll es wirklich abgerissen werden. Firma Gross soll den Auftrag übernehmen. Einige Arbeiter laufen im Haus herum und wühlen durch unsere verbrannten Sachen. Jemand hat sich eine Kiste fertiggemacht, mit ein paar Flaschen Alkohol aus unserem Keller. Obenauf sehe ich meine Stricksocken. Es ist ein furchtbares Gefühl zuzusehen wie in meinen Sachen rumgewühlt wird. Wir sehen weder Bagger noch Container.

„Wo ist denn der Herr Gross?" spreche ich einen Arbeiter an.

„Kenn ik nich", antwortet er.

Ja sie sind doch die Firma Gross."

„Ne, Firma Kamp."

Ich bin verwirrt und rufe meinen Mann dabei.

„Das ist eine andere Firma, verstehst du das?

„Ej, kennsse ne Firma Gross?" schreit der Arbeiter einem anderen zu.

Der ist gerade damit beschäftigt einen pinkfarbenen BH von Anka zu bestaunen. Ich überlege, ob er den auch haben will, obwohl die Träger abgebrannt sind.

„Nae", schreit er zurück.

Mein Mann ruft Herrn Heldmann an.

„Sie haben ein Subunternehmen geschickt", klärt er uns auf.

Endlich rückt auch der Bagger an und dahinter riesige Container. Kurz darauf greift der Bagger in das Dach unseres Hauses. Es knirscht und kracht und plötzlich ist ein riesiges Loch zu sehen. Darunter sieht man Teile von Danny's Wohnung. Er ist auch gekommen und ruft:

„Da ist mein T-Shirt von den Toten Hosen." Es hängt an der Schaufel vom Bagger. Es tut weh.

„Wollen se echt zugucken?" Der Baggerfahrer schreit es von oben runter.

Ja wir wollen, es ist Abschiednehmen für uns, sonst begreifen wir die Realität nie.

20. März

Wir haben uns alle freigenommen, um weiter zu sehen, wie unser Haus abgerissen wird. Wir können nicht anders, es ist, als ob wir es auf dem letzten Weg begleiten müssten.

Das Wetter ist schön, es wird sogar warm. Da wir nicht so lange stehen können, holt mein Mann Gartenstühle. Viele Nachbarn kommen dazu. Sie muntern uns auf und einige Autos, die vorbei kommen, öffnen ihr Fenster und rufen „Kopf hoch, viel Glück".

Unsere Nachbarn Ochse bringen uns Kaffee und eine andere Nachbarin bringt sogar Waffeln. Gemeinsam sehen wir uns den Abbruch an. Gerade sind sie bei Noahs Kinderzimmer angekommen.

Als die Schaufel vom Bagger sein weißes Kinderbettchen herausholt, kann ich meine Tränen nicht zurückhalten. Es ist schon sehr makaber, aber unsere Nachbarn muntern uns auf.

Mittlerweile sind auch meine Mutter und viele Bekannte da. Der ganze Bürgersteig ist voll und jeder bietet seine Hilfe an, wenn wir was brauchen.

Es ist total schön und beruhigend, dass so viele Menschen uns in der Not zur Seite stehen.

Auf einmal kommen Herr und Frau Bauer den Berg hoch. Ich begrüße sie und sage:

„Jetzt ist das Haus bald weg, dann riecht es nicht mehr so schrecklich." Frau Bauer sieht mich unfreund lich an.

„Das wurde aber auch langsam Zeit, vor allen Dingen muss der Lärm bald aufhören."

Ich will mich nicht ärgern und sage.

„Da können wir ja leider nichts dran machen, aber wir bekommen ein Fertighaus, das geht wesentlich schneller. Im Juli soll es schon aufgebaut werden."

Frau Bauer verschränkt die Arme vor der Brust.

„Pff", zischt sie, „das glauben sie ja selber nicht." Schon zerrt sie ihren Mann weiter, der völlig stumm geblieben ist.

„Eine reizende Frau", sagt einer neben mir. Ich weiß nicht, was ich sagen soll und schüttle nur den Kopf. Langsam wird es Zeit nach Hause zu gehen, die Arbeiter haben Feierabend. Wir setzen uns ins Auto und fahren los.

„Es ist doch sehr traurig, dabei zuzusehen", jammere ich.

„Ja, aber jetzt müssen wir nach vorne blicken", sagt mein Mann energisch und ich stimme ihm zu.

25. März

Wir haben den Vertrag bei Herrn Schulz gerade unterschrieben. Ich hole Sekt und Anka Gläser. Wir stoßen gemeinsam an. Ich habe noch Angst vor unserer eigenen Courage, aber ich freue mich. Ich habe viele Fragen zu dem Vertrag gestellt, doch Herr Schulz hat es geschafft, mir meine Ängste zu nehmen. Jetzt sitzen wir erst einmal in Ruhe um den Tisch und feiern ein wenig.

„Wir haben den Vertrag für Kirmes bekommen", sagt Sascha.

Wir haben jedes Jahr zu Kirmes einen Getränkestand, der mittlerweile nach 20 Jahren wirklich gut besucht ist. „Schaffen wir das denn dieses Jahr?" frage ich.

„Mama, natürlich, dass kriegen wir schon hin, wo ist das Problem?"

Mir fallen jede Menge Probleme ein.

„Es ist im Juni und da werden wir eine Baustelle haben." Sascha ist empört.

„Der Keller ist doch dann fertig und wir machen es dann auf der Bodenplatte."

Ich hoffe, er hat Recht.

Die Truppe von Herrn Schulz, von hundert Leuten, hat auf jeden Fall keine Zeit, hat er uns mitgeteilt, nun baut ein Bekannter von meinem Mann, Jochen, den Keller. Er ist zwar kein gelernter Maurer, hat aber eine Firma und kann es. Erst mal muss der Garten noch geändert werden, der Keller rausgerissen werden und so weiter und sofort.

„Das klappt alles", sagt mein Mann, „du wirst sehen, alles wird gut." Steffi sagt „Das Geld können wir gut gebrauchen." Obwohl ich mich sorge, ob ich das alles schaffe, sage ich zu. Kirmes bedeutet 2 Wochen ganz viel Arbeit und Stress, aber wir werden es schon schaffen.

27. März

Mein Mann und ich sitzen beim Bauamt bei Herrn Ockel.

„Morgen Jogi, " begrüßt er meinen Mann, „äh mit Ehe-frau", sagt er und gibt mir die Hand.

„Schlimme Sache, die euch passiert ist."

Mein Mann ist im Stadtrat, daher kennen sich die beiden gut. Wir zeigen unsere Unterlagen und beschreiben unser Vorhaben.

„Dem steht nichts im Wege, verkündet er, doch ihr braucht eine Baulast von Familie Bauer."

Wir sind erschrocken. „Warum?"

„Es ist Grenzbebauung und euer neues Haus ist 1,77 m länger.

Ich verstehe das nicht und sage „Aber Ihr Anbau geht doch noch viel weiter und Sie haben auch keine Baulast, außerdem steht er 50 cm auf unserem Grund stück. Schein-bar egal, wir sollen fragen, ob wir trotzdem mit unserem Erker 3m.wegbleiben müssen.

Streng sieht er uns an. "Ja, ihr müsst den Erker kleiner bauen, gerade weil der Jogi im Rat ist, kann ich keine Aus-nahmen dulden. Mein Mann regt sich auf.

„Das ist doch ungerecht, wer hat genehmigt, dass die auf unser Grund stück bauen dürfen?"

Mit milder Stimme sagt Herr Ockel.

„Wir wollen doch keinen Streit, oder?"

„Nein, das wollen wir natürlich nicht."

„Also, versteht ihr euch gut mit den Nachbarn?" Ich über-lege.

„Es geht so, Streit haben wir nicht."

„Das ist gut, denn es ist schöner, wenn ihr erst mal per-sönlich fragt, dann setzte ich ein Schreiben auf, welches

Herr Bauer unterschreiben kann. Er ist der Hausbesitzer."

Mit diesen Worten verabschiedet er sich von uns.

1. April

Wir möchten ein paar Tage zur Thülsfelder Talsperre fahren, dort haben wir einen Wohnwagen stehen. Es ist fast wie ein kleines Häuschen, dort haben wir über Jahre alles eingerichtet.

„Ich brauche unbedingt eine vertraute Umgebung", sage ich zu meinem Mann und er stimmt mir zu.

„Ein paar Tage werden schon gehen, aber vorher gehen wir zu Bauer`s rüber.

Wir müssen sie fragen, wegen der Baulast."

Also machen wir uns auf den Weg. Ein wenig mulmig ist mir schon als wir dort klingeln. In all den Jahren haben wir ihr Haus nie betreten. Frau Bauer öffnet die Tür.

„Wir müssten etwas mit ihnen besprechen, wegen unserem neuen Haus, dürfen wir hereinkommen?"

Sie lässt uns herein und ruft den Handwerkern zu.

„Wir sind klar für heute, oder?" Sie bejahen und gehen heraus.

Frau Bauer führt uns ins Esszimmer. Dort sitzt auch ihr Mann am Tisch. Alles ist peinlichst aufgeräumt und frisch renoviert. Wenn wir schon mal soweit wieder wären, denke ich und wir setzten uns. Mein Mann erläutert unser Anliegen und zeigt unsere Pläne. Frau Bauer hört mit verschränkten Armen zu. "Müssen wir das genehmigen?"

„Nein, sage ich, es wäre nur schön, sonst müssen wir anders bauen und die 1, 75m stören ja nicht wirklich."

Sie verschränkt ihre Arme noch fester,

„Gerade waren es noch 1,77 m."

„Ja, es sind 1,77 m, ich habe mich versprochen."

Sie kneift die Augen zusammen.

„Na, das fängt ja gut an. Ich kann dann meine Sicht-schutzscheiben, die auf der Grenze stehen, nicht mehr von Ihrer Seite aus putzen, das geht nicht."

Mein Mann gibt sich gefasst.

„Sie bekommen doch sowieso neue, ich kann ihnen ja welche zum Aufklappen bauen".

Mit einem arroganten Blick sagt sie.

„Das ist nicht nötig, Herr Ring, dass macht alles unsere Versicherung und die wird versuchen sich das Geld bei ihrer Versicherung wieder zu holen".

Soll ihr doch egal sein, Hauptsache sie bekommt es be-zahlt, denke ich und hole tief Luft.

„Was stört sie denn an dem Stück mehr?" frage ich und kann mir nicht verklemmen zu sagen.

„Sie stehen ja auch sehr doll auf unserem Grund stück, damit könnte man das ja ausgleichen."

Sie schnappt nach Luft. "Wir unterschreiben jetzt gar nichts auf die Schnelle."

Zum ersten Mal meldet sich Herr Bauer zu Wort.

„Wir überlegen es uns."

Der Kopf von Frau Bauer schnellt nach vorn.

„Wollen sie wissen warum ich das nicht will?"

Erwartungsvoll sehen wir sie an.

„Einfach aus Prinzip nicht, ich habe mich über sie geär-gert."

Wir sind überrascht und fragen warum.

„Warum", schreit sie, "der Brand war völlig überflüssig, Sie haben ja nicht die geringste Ahnung wieviel Unan-nehmlichkeiten wir hatten. Sie wissen gar nicht, was Sie uns damit angetan haben! Anstatt ins Fernsehen zu gehen, hätten Sie sich besser mal um unsere Schäden gekümmert."

Jetzt bin ich sprachlos.

„Frau Bauer, bei Ihnen ist doch alles wieder fertig, bei uns ist nur noch ein Trümmerfeld.

Können sie sich nicht vorstellen, wie schlimm es uns ging?"

Sie gibt nicht nach.

„Sie haben doch längst eine neue Wohnung."

Langsam werde ich sauer.

„Wir leben zu sieben Leuten in einer Wohnung, in der es schimmelt, da kann unser Baby nicht lange bleiben."

„Auch noch unzufrieden", lacht sie. Nein, sie hätten mehr für uns tun müssen."

Wut kocht in mir hoch.

„Dazu waren wir nicht in der Lage, aber sie haben doch auch nicht nach uns gefragt. Die anderen Nachbarn schon, sie haben uns Kaffee gebracht und sich um uns gekümmert."

Frau Bauer springt auf.

„Was, jetzt wollen sie auch noch was von uns haben, was soll ich ihnen denn geben, wir haben selber nicht viel."

Ich bin erschrocken. "So habe ich das nicht gemeint, ich wollte nur....."

Mein Mann schlägt auf den Tisch.

„Wir gehen, sagt er, das tue ich mir nicht länger an."

Er geht hinaus und ich hinterher. Er flüchtet sich ins Auto.

„Was für eine schreckliche Frau", stöhnt mein Mann.

„Was machen wir jetzt", frage ich.

„Weiß ich nicht, anders bauen."

Zu Hause angekommen klingelt das Telefon. Ein Sohn von Familie Bauer ruft an. Ich habe noch nie von ihm gehört, er wohnt in Aachen.

Ich höre mit, wie er am Telefon meinen Mann beschimpft, wir hätten seine Eltern zu einer sofortigen Unterschrift zwingen wollen." Das stimmt doch nicht, entgegnet mein Mann, wir haben nur unsere Unterlagen gezeigt und nachgefragt. Eine Unterschrift können sie nur bei der Stadt machen." Wir sollten uns lieber mehr um seine Eltern kümmern, für das Fernsehen hätten wir ja auch Zeit. Ich überlege, warum er sich als Sohn nicht kümmert, aber das scheint nicht seine Aufgabe zu sein. Mein Mann beendet das Gespräch, bevor ihm der Kragen platzt.

„Sie scheinen sich furchtbar aufzuregen, dass wir im Fernsehen waren, sage ich zu ihm.

Wahrscheinlich denken sie, wir bekämen Geld dafür."

„Das ist mir scheissegal was die denken, " schimpft er.

Ich rufe Herrn Ockel vom Bauamt an.

„Frau Ring hier, ich muss ihnen leider sagen, das Gespräch mit Familie Bauer ist nicht gut gelaufen. Ich glaube, wir müssen anders bauen."

Gelassen antwortet er.

„Ich nehme das in die Hand, es ist mein Beruf schwierige Gespräche zu führen."

Ich zweifle.

„Können wir nicht zur anderen Seite bauen?"

Alles ist mir lieber, als noch mal mit Frau Bauer zu diskutieren.

„Nein, aber ich kann ihnen jetzt nicht das Baurecht erklären, denn das ist hochkompliziert. Außerdem, wie sieht denn das Haus von Herrn Bauer dann aus, das geht doch nicht."

Eigentlich ist es mir egal wie es aussieht, aber ich überlasse es Herrn Ockel das zu klären. Gleich darauf habe ich meine Mutter am Telefon.

„Ich war auf dem Markt, da haben ein paar Leute sich aufgeregt, ihr hättet den Abriss zu einer Party gemacht".

Sie meinten, ihr hättet das Haus sicher selbst angesteckt und würdet das jetzt feiern.

Mir reicht's, ich gehe in den Keller und hole mir eine Flasche Schnaps aus dem Vorrat der alten Leute. Ich gehe ins Bett, trinke aus der Flasche und heule hemmungslos. Mehr Anschuldigungen kann ich nicht ertragen. Ich höre, wie mein Mann ins Zimmer kommt. Er nimmt mir die Flasche weg und nimmt mich in den Arm. "Was ist denn los, " fragt er.

„Es wird mir alles zu viel. Wie können fremde Leute so etwas sagen. Sie kennen uns gar nicht.

Dann noch diese böse Frau Bauer und ihr Sohn, ich kann verstehen, wenn sie eine Baulast nicht wollen, aber diese Bösartigkeit macht mich fertig."

Ich weine weiter. Es hat sich zufiel aufgestaut in den letzten Wochen.

„Hallo, sagt mein Mann, denke an die vielen Menschen, die uns geholfen haben und nicht an welche, die so frech sind. Komm wir fahren jetzt zum Wohnwagen und schalten ein paar Tage ab."

Ich klammere mich noch eine Weile an ihn, so schnell wollen die Tränen nicht wieder aufhören.

Eine Weile lässt er mich, doch dann sagt er.

„Komm, wir müssen hier mal raus."

6. April

Die Tage am Wohnwagen waren nicht wirklich erholsam. Obwohl meine gute Freundin Betsi mit ihrem Mann Monti wirklich versucht haben, mich zu bespaßen, konnte ich nicht fröhlich sein. Ich habe das Gefühl, das mir mein Leben entgleitet und alles was man dagegen hält, kann mich nicht überzeugen. Ein verspäteter Zusammenbruch wahrscheinlich. Nun sind wir wieder auf dem Weg nach Hause. Als wir ankommen und ich Noah auf dem Arm habe, geht es mir wieder besser. Ich freue mich den Kleinen und die Kinder wiederzusehen und beruhige mich langsam.

„Morgen wird unser Garten umgestaltet." Sascha freut sich.

„Firma Gross hat angerufen, morgen geht's los."

Jetzt, wo unser Haus weg ist, können wir endlich die Mauer im Garten abreißen, sonst werde ich demnächst aus dem Küchenfenster auf eine Wand sehen. Statt einer neuen Mauer, die den Hang abfängt, haben wir uns für Felsen entschieden. Meine Lebensgeister sind wieder geweckt.

7. April

Michael Gross sitzt in seinem Bagger und greift mit seiner Schaufel in unsere Gartenmauer. Sie gibt sich nicht so schnell geschlagen. Es dauert eine ganze Weile, bis sie endlich einstürzt. In den letzten Jahren habe ich oft befürchtet, dass sie nicht mehr lange hält, diese Befürchtung war umsonst. Meine Söhne holen einen großen Bohrhammer und helfen nach. Nach mehreren Stunden sind alle fix und fertig, doch es ist geschafft. Herr und Frau Bauer sehen in Abständen immer über ihre Trennwand hinüber. Danny meißelt gerade an ihrer Grenze die letzten Steine weg.

„Sie machen uns doch nichts kaputt?"

Danny sieht hoch. "Keine Sorge, ich bin vorsichtig".

Ich hoffe, dass wirklich nichts beschädigt wird, sonst bekommen wir die Baulast nie. Ich gehe zu meinem Mann, der Steinbrocken wegschleppt.

„Könnten wir nicht doch anders bauen, da gibt es doch bestimmt Möglichkeiten."

Er sieht mich keuchend an.

„Warum?"

Blöde Frage, denke ich und sage

„Weil wir nicht wissen, ob sie uns wegen den 1,77 m eine Baulast geben und ich eigentlich von denen unabhängig sein möchte."

Er hört mir kaum zu.

„Quatsch, wir warten was Herr Ockel sagt" und arbeitet weiter. In diesem Moment kommt Herr Heldmann um die Ecke.

„Schon sehr fleißig, strahlt er, wir müssen uns morgen mit dem Brandsachverständigen treffen, es gibt ein paar Dinge zu klären. Um 11 Uhr hier am Haus, klappt das?"

Wir werden es einrichten. Er fährt wieder und ich gehe hoch zu unserem Schuppen. Danny ist dort am Arbeiten. Seit Jahren wollen wir eine gemütliche Gartenhütte daraus machen, jetzt packen wir es an. Er hat schon alles entrümpelt.

„Morgen können wir Holz kaufen und die Wände verkleiden."

Wir brauchen einen Raum, in dem wir uns während der Bauzeit aufhalten können, außerdem brauchen wir einen Ofen, den kaufen wir auch, sonst werden wir bei der Kälte nur krank. Es ist schon spät, also machen wir für heute Schluss. Ich bin voller Elan und mir geht es besser. Jetzt geht es voran.

8. April

Wir stehen mit Herrn Heldmann und dem Brandsachverständigen vor unserem Grund stück.

„Sehen sie sich mal diese Wand an", sagt Herr Heldmann
zu dem wichtigen Mann.

Wir sehen alle schweigend auf die Wand von unseren
Nachbarn. Mir fällt auf, dass sie mit vielen verschiedenen
Steinsorten gebaut ist, noch dazu huckenschief. Darauf
kleben dicke Buckel.

„Sie scheinen Mörtelreste zwischen die Lücken geschüttet
zu haben, als sie angebaut haben. Das muss beseitigt werden, es muss eine gewaltige Schallübertragung gewesen
sein."

Mir kommt die Erleuchtung.

„War es deshalb so hellhörig, wir haben sogar den Tür-
drücker vom Nachbarhaus gehört?"

„Ja natürlich, der Beton leitet dies alles weiter."

Der Gutachter sieht sich alles an und schüttelt den Kopf.

„Totale Billigbauweise, aber das muss denen ihre Versicherung beseitigen und bezahlen. Sagen sie drüben Bescheid."

„Ach, ich stehe mit der Versicherung von Familie Bauer
in Verbindung, ich bespreche das persönlich. „Der Gutachter nickt.

„Wenn sie das tun wollen Herr Heldmann."

„Die Hauswand muss danach noch mit einer Plane geschützt werden", zählt Herr Heldmann weiter auf. Der Gutachter wird etwas mürrisch.

„Auch das ist nicht unsere Aufgabe, aber gut, das machen
wir aus Kulanz. Bestellen sie ein Gerüst, die Kosten werden
geteilt und sagen sie einem Dachdecker Bescheid wegen

der Plane."

Jetzt kann sie uns wenigstens nicht mehr nachsagen wir würden uns nicht kümmern, denke ich.

Danach klettere ich den vermatschten Hang herauf und sehe mich um. Kaum vorstellbar, dass hier unser Haus gestanden hat, schon gar nicht, dass man hier im Sommer gegrillt hat. Es ist nur noch eine vermatschte Kraterlandschaft. Autos, die vorbeifahren, treten auf die Bremse, um sich das Drama anzusehen. Es ist verwunderlich, das noch kein Unfall passiert ist. In diesem Moment kommt ein großer Reisebus vorbei, auch er tritt auf die Bremse und circa 80 Leute starren auf den Krater und mich. Schnell verschwinde ich in dem Gartenhaus, eine Touristenattraktion möchte ich nicht werden. Zusammen mit meinem Mann, bin ich dabei, den Schuppen mit Holz zu verkleiden. Ich säge und er bringt es an. Als ich wieder nach Hause möchte, reißt der Bagger einen halben Meter vor mir den letzten Hang samt Treppe weg. Zu Tode erschrocken bleibe ich stehen und sehe in das Führerhaus. Herr Gross lacht sich schief. "Wäre schon nichts passiert, " ruft er. Im Moment ist mir schleierhaft, wie ich jetzt noch hinunter kommen soll. Am Rand stehen noch Büsche und Bäume. Langsam hangle ich mich von Ast zu Ast, verfolgt von amüsierten Blicken der Arbeiter.

„Ihr kriegt mich nicht unter, „ denke ich, "nicht das Feuer, nicht Familie Bauer und auch nicht dieser Hang."

12. April

Ich rufe am Bauamt an, um zu fragen, ob die Baulast unterschrieben ist.

„Nein, sagt Herr Ockel, sie lassen sich erst von einem

Anwalt beraten, aber ich bin guter Dinge, seien sie doch nicht so aufgeregt."

„Sie sind gut, natürlich bin ich aufgeregt und ich würde sonst andere Pläne für das Haus machen lassen."

„Dann wäre ja die Hauswand von Familie Bauer sichtbar und dass ohne Fenster, sie unterschreiben schon. Es ist doch auch für die das Beste."

Er kann meine Zweifel nicht vertreiben.

„Wer weiß wie lange das noch dauert, wir können ja die Baupläne erst zeichnen lassen, wenn die Baulast unterschrieben ist."

Herr Ockel lacht.

„Ja Frau Ring, bauen ist eine Kunst für sich, ich melde mich bei Neuigkeiten."

So ein Idiot, denke ich, als wenn ich scharf auf's Bauen wäre, das wollte ich noch nie, aber das Bauamt hat die Macht, also warten wir weiter. Zuerst haben wir überlegt das Haus nicht wieder zu bauen, aber dann bezahlt die Versicherung nur eine kleine Summe und wir wären pleite. Also müssen wir da durch. Hoffentlich dauert es nicht so lange. Unser Vermieter hat uns mit einer Kaltmiete von 1200 Euro geschockt. Dafür haben andere eine Luxuswohnung. Bei uns funktioniert nichts. Lichtschalter und Steckdosen sind kaputt, die Abflussrohre sind marode, Fenster sind kaputt und letzte Woche tropfte Wasser im Büro auf den Computer.

„Für die kurze Zeit sagen wir nichts", meint mein Mann.

Sonst hat sich das Leben hier eingespielt, nur der Mangel an Privatsphäre macht mir zu schaffen. Ich komme mir vor, wie in einer Studenten WG. Waschpulver und Joghurts sind mit Namenschildern versehen. Natürlich von den Kindern, die sich mit tödlichen Blicken beobachten, ob wieder jemand von seinen Einkäufen genommen hat. Anka hat nie gelernt, was eine Türklinke ist.

Sie schlägt die Türen hinter sich zu, dass sie bald aus den Angeln fallen. Noah kreischt lustig in höchsten Tönen, sobald mein Mann abends die Nachrichten sehen möchte. Sobald jemand baden möchte, will ein anderer zuerst, auch wenn vorher keine Rede davon war. Jeden Streit bekommt man hautnah mit. Gestern Abend hat Anka für Danny gekocht und stellte ihm stolz den Teller auf den Tisch. Er biss in eine Pommes und es krachte laut.

„Die sind ja knochenhart, " sagte er mit verzogenem Gesicht."

Anka war ehrlich empört.

„Danny, weißt du eigentlich wie lange ich die im Ofen hatte, extra für dich?"

Wir mussten alle lachen.

„Extra lange, nur für dich", geierten wir. Mit bösem Gesicht ging sie in ihr Zimmer und knallte die Tür noch heftiger als sonst. Es ist nicht leicht mit vielen Personen zusammenzuleben, aber wir geben unser Bestes. Alleine würden wir es glaube ich nicht so gut schaffen. Wenn einer wegen dem Brand die Heulerei hat, bauen die anderen ihn wieder auf.

16. April

Ein Riesenturm aus Felsen liegt auf der aufgewühlten Erde, daraus sollen zwei Mauern gebaut werden. Danny muss und will mithelfen, damit wir etwas Geld sparen können. Er und Sascha bauen auch den Keller mit. Bis der erste Felsen mit dem Bagger auf dem richtigen Platz liegt dauert es zehn Minuten.

„Oh Gott, wie lange soll das denn dauern", frage ich meinen Mann, als ich die vielen Felsen sehe.

„Geht sicher gleich schneller", murmelt mein Mann, doch ich sehe ihm die Zweifel an. Herr Gross hat seinen Zeitplan schon sehr überschritten. Ein paar Mal war er plötzlich weg, oder kam gar nicht, sehr zu unserem Ärger, da wir Hilfe von unserem Freund Roman bekommen, der dann umsonst rumstand. Das Handy klingelt. Mein Mann geht ran und hört tonlos zu. Sein Gesicht wird düster.

„Mein Bekannter kann den Keller nicht bauen, er kommt zur Kur", teilt er mir mit besorgtem Blick mit. Wir haben uns um keinen anderen gekümmert und in zwei Wochen soll es losgehen. Die Laune sinkt, dann schaffen wir das nicht bis zur Kirmes. Gestern haben wir erfahren, dass Bauer`s die Baulast unterschrieben haben, ich weiß beim besten Willen nicht wie Herr Ockel das geschafft hat. Nun kommt heute der neue Architekt zu uns, um die Pläne fertigzumachen. Es drückt auf die Zeit und nun dies.

Schnell fahren wir nach Hause. Sascha hat schon ein anderes Unternehmen angemailt, für ein Angebot. Da geht schon die Klingel. Herr Schulz hat einen anderen Architekten bestellt, weil seiner im Urlaub ist. Ich kann nicht glauben, dass er ein Architekt ist, er sieht aus wie ein Student. Mit schlodderiger Hose und einen Rucksack auf, begrüßt er uns. Ich will auf keinen Fall voreingenommen sein, er kann ja gut sein. Er öffnet seinen Rucksack und hat schon ein paar Zeichnungen von Herrn Schulz dabei. Ab und an arbeitet er für ihn", erzählt er. Wir müssen uns sehr anstrengen ihm zu folgen, er stottert entsetzlich.

„Das Bauamt hat zur Auflage gemacht, dass wir eine Brandschutzwand bauen müssen." informiere ich ihn.

„Oh, die ist im Haus schon eingebaut."

„Wissen wir, aber wir brauchen eine aus Stein." Entsetzt sieht er uns an.

„Das mir der Schulz immer so was kompliziertes gibt." jammert er.

„Haben sie Ahnung davon, oder nicht", fragt mein Mann dominant. Nun ist er völlig verschreckt.

Ängstlich sieht er meinen Mann an und steht auf.

„Vielleicht sollte ich den Auftrag nicht übernehmen."

Sofort bemühen wir uns, ihn wieder zu beruhigen, so dass er sich wieder setzt. Wir besprechen noch einiges mit ihm und dann verlässt er uns eilig. Mein Mann und ich sehen uns an.

„Was war das denn, lacht mein Mann, war ja ein komischer Vogel."

Egal, Hauptsache er macht unsern Bauantrag fertig.

„Er hatte Angst vor dir", sage ich und schaue ihn an.

Er ist schon eine mächtige Erscheinung, zudem hat er sich seit dem Brand nicht mehr rasiert.

Er will seinen Bart wachsen lassen, bis das Haus steht, deshalb sieht er aus wie ein Buschmensch.

„Mach lieber den Bart ab", nörgle ich. „Nein, der bleibt dran, ist ja nicht mehr lange."

16. April

Schon früh am Morgen haben wir das Angebot für den Keller. Wir sind hocherfreut, sie wollen nur die Hälfte wie unser Bekannter. "Wow, den nehmen wir." Sascha liest die Mail durch und zeigt sie meinem Mann.

„Die haben die Treppe vergessen", bemerkt mein Mann.

Sofort schreibt er zurück. Eine halbe Stunde später haben wir einen Preis mit Treppe.

„Immer noch günstig", finde ich. Nun kommt noch eine Mail. Sie haben die Bodenplatte vergessen, jetzt liegt der Preis doch höher. Ich greife zum Telefon und spreche persönlich mit der Firma.

„Ist das jetzt der Festpreis, dann werden wir gerne zuschlagen." „Nein, antwortet der Mann, ich brauche erst die Statik, dann kann ich den Preis für das Moniereisen errechnen."

„Sie werden doch einige Erfahrungswerte haben."

„Ne, kann ich nicht sagen, kommt hinterher drauf."

Das kommt mir zu riskant vor und denke, wir sollten weitersuchen. Von dem großen Team von Herrn Schulz hat keiner Zeit, genau wie sein Architekt im Urlaub ist. Sein Elektriker wäre gerade in Rea, sagt er. Die Firma, bei der wir uns die Badsachen aussuchen wollen ist leider in einen anderen Ort verzogen. Wir entscheiden uns lieber für ein Unternehmen vor Ort. Langsam zweifle ich an den hundert Leuten, sie verschwinden alle in einem großen Loch.

Wieder fahren wir zur Baustelle und hoffen dass Herr Gross heute weitermacht. Tatsächlich, er ist da und baut Felsen auf Felsen. Langsam nimmt es Formen an, es gefällt mir gut. An der Wand vom Nachbarn steht jetzt ein Gerüst. Erstaunt sehe ich, dass die gleiche Malerfirma dort arbeitet, die auch innen alles für Fam. Bauer gemacht hat. Die Versicherung von ihnen schickt für alles die gleiche Firma. Mit hochrotem Kopf stemmen sie den Beton von der Wand.

„Die haben gar nicht die richtigen Maschinen dafür, kritisiert mein Mann die Arbeiten und sie machen das auch nicht richtig. Denen ihre Wand ist so dünn, wenn die nicht besser aufpassen, hauen die ein Loch darein."

„Er, „ schreit er nach oben, "ihr haut zu steil da rein."

Ich stoße ihn in die Seite.

„Sei still, die regen sich nur wieder auf, ist doch ihre Firma."

Herr Heldmann stößt zu uns.

„Morgen, ihren Dachdecker können wir leider nicht nehmen, Frau Bauer besteht auf ihren Hausdachdecker."

„Ich frage mich, wer das sein soll, sie haben die letzten 40 Jahre nichts gemacht, außerdem bezahlen wir ihn. Doch sie haben uns die Baulast gegeben, also stimmen wir zu.

„So ein Theater für eine simple Plane". Herr Heldmann sieht mit uns auf die Wand.

„Die müsste dringend verputzt werden, schon alleine um Feuchtigkeit abzuhalten, " stellt er fest.

„Die wollen nichts investieren", wende ich ein.

„Ist ja auch nicht ihr Problem, ich muss weiter."

Er ist gerade weg, als es einen Rums gibt. In der Wand klafft ein großes Loch, dahinter sieht man direkt ins Wohnzimmer. Frau Bauer lugt mit hochrotem Kopf daraus.

„Sofort aufhören, Schluss jetzt, nichts wird hier mehr gemacht, das verbiete ich."

Der Arbeiter weiß vor Verlegenheit nicht weiter und hängt eine Jacke über das Loch.

„Das wird nicht reichen", mein Mann verbeißt sich das Lachen. Die Enkeltochter von Bauer kommt heraus und sieht sich die Sache von draußen an.

„Bestell deiner Oma, sie darf kein Fenster darein machen."

Mein Mann amüsiert sich weiter.

„Halt die Klappe, warne ich ihn, die sind sowieso sauer."

Die Enkelin kann sich allerdings ein Lachen nicht verkneifen. Endlich hört mein Mann auf zu lachen und hilft weiter Felsen aufzutürmen, doch ich erkenne, das er sich mit Herrn Gross weiter köstlich amüsiert.

20. April

Wir haben immer noch keinen für den Keller, aber die ersten Zeichnungen von unserem ängstlichen Architekten, Jan Hendrik. Er hat alle Fenster anders gezeichnet, wie wir geplant haben. Ich rufe ihn an und frage nach dem Grund .

„Es sieht symmetrischer aus, sagt er, es soll doch auch noch ihren Urenkel gefallen."

Ich glaube er hat ein kleines Problem.

„Ein Fenster ist zwischen zwei Räumen, was soll denn das?"

„Dann gestalten wir die Räume anders."

„Wir haben uns lange Gedanken gemacht über die Raumaufteilung, dass ändern wir doch nicht, weil sie die Fenster anders haben wollen, oder bekommt man sie so nicht genehmigt?"

„Doch, das ist egal, aber mir gefällt es so besser", stottert er.

Der treibt mich in den Wahnsinn.

„Bitte zeichnen sie die Fenster wieder richtig."

Er scheint beleidigt zu sein, wird es aber machen. Im Hintergrund brüllt Noah, so dass ich den Rest nicht mehr verstehe, also lege ich auf. Der Kleine bekommt Zähne und ist weinerlich. Ich nehme ihn auf den Arm.

„Onkel Hendrik macht dir wieder ein Fenster ins Kinderzimmer, versprochen."

3. Mai

Heute wird unser Keller rausgerissen, danach soll eine Baugrube erstellt werden. Wir sehen zu, wie Herr Gross den Keller Stück für Stück entfernt. Ich sitze in unserem Gartenhaus. Es ist fertig und ist richtig gemütlich geworden. An die Straße stelle ich mich nicht mehr, sonst meinen die Leute wieder, wir feiern unseren Untergang. Letzte Woche noch hat mir jemand erzählt, dass einige der Meinung sind, wir hätten über eine Millionen von der Versicherung bekommen. Nee is klar, dafür kennt man die Versicherungen ja, darunter finden sie es peinlich. Morgen rufen sie bestimmt an und fragen, ob wir noch eine Million möchten. Ich versuche, das Gerede zu ignorieren, aber bei der angeschlagenen Psyche ist es manchmal schwer. Wir müssen noch viel eigenes Geld und Arbeitskraft selbst dazutun, um alles zu schaffen, was bilden sich einige ein. Letztens habe ich mit einer Familie gesprochen, die das gleiche Schicksal hatten.

„Solche Stimmen gab es bei uns auch, sagte die Frau zu mir, einfach überhören."

„Mach ich", nehme ich mir vor.

Unser Garten ist richtig toll geworden, eigentlich sind wir schon total weit, langsam kann ich mich auch wieder beruhigen. Steffi kommt mit Noah vorbei. Wir haben ein altes Ställchen erworben und setzen Noah darein. Wir stellen es in den Garten und der Kleine beobachtet kreischend den Bagger, den findet er super. Mittlerweile kann er sich schon am Gitter hochziehen und stehen. Wir bejubeln ihn ausgiebig.

„Hoffentlich kann er nicht in den Raum mit dem Swimmingpool, wenn er laufen lernt", sage ich zu Steffi.

Unser Vermieter wollte in der Woche nach unserem Einzug das Wasser herauspumpen, doch das hat er bis jetzt noch nicht getan. Die Oberfläche sieht mittlerweile total schmierig aus. Wir benutzen den Raum als Raucherzimmer, da wir in der Wohnung zum Schutz des Kleinen nicht rauchen. Außerdem duschen Danny und Anka dort. Manchmal vergisst jemand die Türe zu schließen, was fatal wäre, wenn der Kleine läuft. Mein Mann steht plötzlich hinter mir.

„Bis dahin wohnen wir nicht mehr da."

Stimmt, im Juli kommt unser Haus, wenn wir reinhauen können wir im Oktober einziehen.

„Lass dir Zeit mit dem Laufen", sage ich zu Noah.

Er winkt fröhlich Frau Bauer zu, die an ihrer Terrassentür steht. Schnell dreht sie sich um und geht hinein.

„Die kriegt sich ja gar nicht wieder ein", sage ich zu Steffi,

„es ist mir ein Rätsel, wie Herr Ockel es geschafft hat, dass sie die Baulast unterschrieben haben."

„Mir auch, überlegt Steffi, ich glaube ihr Anbau war illegal und das war der Deal."

Ich glaube, sie hat Recht.

Steffi nimmt Noah aus dem Laufstall und wir gehen hinunter, um die Arbeiten aus der Nähe zu betrachten und ein wenig zu filmen. Wir haben jeden Bauabschnitt gefilmt und fotografiert und mein Mann hat auf Facebook einen Fotokalender erstellt. Jeden Morgen hat er jede Menge Kommentare dazu. Ich kann mich da nicht reindenken und lasse die Finger davon.

„Gib nicht so viel von uns preis", ermahne ich ihn oft. Quatsch, macht heute jeder, " bekomme ich nur zur Antwort. Augenblicklich fühle ich mich jedes Mal altmodisch und sage nichts mehr.

Auf einmal erscheint in meiner Kamera der Kopf von Frau Bauer. Daneben steht ihr Mann mit einem Fotoapparat. Ständig stupst sie ihn am Arm und zeigt ihm, wo er fotografieren soll.

„Steffi, siehst du die beiden?"

„Ja klar."

„Warum nur habe ich das Gefühl, dass es kein nachbarliches Interesse ist?"

„Was soll es sonst sein, aber ein komisches Gefühl habe ich auch."

„Die suchen was. Irgendwas, dass sie uns anhängen können."

„Na, lass sie doch, es gibt nichts zum Anhängen."

In diesem Augenblick haben sie uns entdeckt und verstecken die Kamera. Schnell gehen sie wieder in die Wohnung.

„Sie verhalten sich auf jeden Fall komisch", setze ich nach, aber dann vergesse ich es schon wieder. Es gibt jede Menge zu tun. Herr Heldmann kommt wieder auf einen Sprung vorbei.

„Ich habe mit mehreren Architekten gesprochen, die Brandwand ist nicht nötig, die vorhandene vom Fertighaus reicht eigentlich."

„Die Stadt will es so, sie wollen ganz genau sein, weil ich im Rat bin, murrt mein Mann, ich streite mich nicht mit denen. Hoffentlich kriegt unser neue Architekt das bald auf die Reihe."

Eine gewisse Schadenfreude kann ich auf dem Gesicht von Herrn Heldmann erkennen. Beim letzten Gespräch mit dem Bauamt sagte Herr Ockel:

„Wie die Wand gebaut werden muss, weiß ihr Architekt, da kann ich ihnen nicht weiterhelfen, doch Fertighausbauer können am besten auf einer freien grünen Wiese bauen, sonst sind sie überfordert."

Ein vernünftiger Rat wäre mir lieber gewesen, doch den gibt er mir nicht.

Als wir abends im Bett liegen, erzähle ich meinem Mann von Bauer`s Fotoleidenschaft.

„Schatz, sie dürfen doch fotografieren."

„Ja, sicher, aber ich habe so ein komisches Gefühl."

„Du und deine Vorahnungen, spinne nicht rum." Jetzt komme ich mir selber lächerlich vor.

„Du wirst sehen, alles wird gut, wir sind fast fertig", murmelt er.

„Nun übertreibst du aber, es liegt noch ein weiter Weg vor uns. Schatz?" Er schläft.

6. Mai

Danny tobt. Jan Hendrik hat neue Zeichnungen gemailt und Danny's Wohnung völlig umgestaltet. Es soll sein Kunstwerk werden, schreibt er. Unsere praktischen Bedürfnisse lässt er außer Acht. Persönlich können wir nicht mit ihm sprechen, da er in Berlin wohnt. Mein Mann ruft Herrn Schulz an.

„Was ist das für ein Architekt, " fragt er ihn ärgerlich. "Der ist gut, nur ein bisschen eigen."

„Der soll die Pläne zeichnen und sich auf die Brand-schutzwand konzentrieren, das Bauamt wartet."

„OK, morgen bin ich in Berlin, ich spreche mit ihm."

Wir machen uns bereit, um Möbel zu kaufen, wenn Jan Hendrik nicht alles wieder umgestaltet, haben wir ja alle Maße. Ich bin aufgeregt, sich völlig neu einzurichten ist eine aufregende Sache. Endlich nimmt mein Mann sich Zeit dafür. In einem großen Möbelhaus angekommen, macht sich schnell Enttäuschung breit. Alles ist hochmodern und sieht identisch aus, ist aber überhaupt nicht unser Ge-schmack. Beim vierten Möbelhaus angekommen, nach sieben Stunden sind wir völlig ko. Unser altes Haus war mit liebevoll, mit antiken Möbeln eingerichtet, welche wir jahrelang gesammelt und auf Antiquitätenmärkten gekauft haben. Wir können mit dem modernen Kram nichts anfangen.

„Was sollen wir jetzt machen?" „Belgien, " sagt mein Mann, "wir müssen nächsten Sonntag nach Belgien."

Dort ist jeden Sonntag ein großer Trödelmarkt mit antiken Sachen. Wir haben früher schon viel dort erworben, also brechen wir die Suche erst mal ab. Ich bin enttäuscht, aber tröste mich. Eine Landhausküche habe ich mir letzte Woche schon ausgesucht, in einem ganz normalen Küchenstudio.

Unser Hausbauer hatte uns ein Team empfohlen, das viel billiger als jedes Küchenstudio wäre. Seit Jahren arbeitet er damit zusammen, alle Kunden waren begeistert. Wir haben lange mit ihm zusammengesessen, er vertreibt nur eine Küchenmarke, die kein Mensch kennt. Sie war exakt doppelt so teuer, wie andere. Nachdem wir den Preis hörten, haben wir geschockt abgesagt. Wieder ein Team von ihm, welches merkwürdig ist. Wir fahren nach Hause und setzen auf Belgien. Wehmütig denke ich an meinen alten Herd, den ich stundenlang restauriert habe und zur Deko im Esszimmer stehen hatte. Dann waren da noch die alten Kommoden, die ich mühsam gestrichen hatte. Die Lust auf neue Möbel ist vergangen. "Wir finden wieder was Schönes, " meint mein Mann, "alles wird gut."

Schön, dass er das immer wieder sagt. Will er mich oder sich beruhigen?

11. Mai

Endlich ist der Bauantrag da. Jan Hendrik hat es geschafft. Eilig bringen wir den Antrag zum Bauamt.

„Frau Ring, sie machen immer noch so einen gestressten Eindruck."

Herr Ockel sieht mich amüsiert an.

„Tja, Herr Ockel, die letzten Wochen sind nicht spurlos an mir vorübergegangen."

Ich frage mich, was er sich denkt. Mein Leben verbrennen zu sehen ist nun mal kein Hobby von mir.

„Dann werden wir den Antrag mal bearbeiten, haltet die Ohren steif", tönt er fröhlich.

Vielleicht hat er recht, ich sollte mich auf die Zukunft freuen und beschließe mich nicht weiter hängenzulassen. Kürzlich hörte ich, dass 70 Prozent der Menschen nach einem Brand nicht mehr im Leben zurechtkommen. Ich möchte da nicht zugehören. Wir fahren zur Baustelle.

„Ich hab einen Kellerbauer für euch", ruft Michael Gross. "Heute Nachmittag kommt er vorbei."

Das ist mal eine gute Nachricht, es wird Zeit, dass wir jemanden finden, sonst können wir Kirmes vergessen.

Die Grube ist fast ausgehoben, wir sehen in ein tiefes, riesiges Loch.

„Die Wand zum Nachbarn lasse ich erst noch, wir müssen aufpassen, dass sie nicht einstürzt. Ich müsste wissen, wie dick die Wand ist."

„Ich frage nach, ob wir durch ihren Keller bohren dürfen, um die Wandstärke zu bestimmen", sagt mein Mann, nimmt eine Bohrmaschine und klingelt bei Bauer. Er darf bohren und verschwindet in ihrem Haus zusammen mit Herrn Gross. Scheinbar werden sie wieder normal, Gott sei Dank.

Kurze Zeit später kommen sie wieder heraus.

„Jogi, jetzt haben wir ein Problem."

Die beiden duzen sich mittlerweile.

„Was ist los", frage ich erschrocken.

„Die Wand ist nur 18cm dick, viel zu wenig."

Er sieht in die Baupläne von Jan Hendrik.

„Bauer`s haben gar keine eigene Kellerwand. Das ist eure Wand und daran ist ihr Keller gebaut, da können wir nichts mehr wegnehmen. Lasst die Statikerin rauskommen."

Mein Mann ruft die Statikerin, Frau Sawatz, an und sie hat auch spontan Zeit zu kommen. Eine Stunde später ist sie bei uns. Sie ist sehr nett und fragt.

„Gibt's ein Problem?"

„Wir können unsere Kellerwand nicht abreißen, dann haben die Nachbarn keine mehr und ihr Haus stürzt ein", erzählt mein Mann und darüber ist die Hauswand ganz dünn."

„Das kann ich mir nicht vorstellen, sagt sie ungläubig, wie kommen sie darauf?"

„Wir haben gebohrt, die Wand ist nur noch 18 cm dick, mischt sich Herr Gross ein.

„Nein, das gibt es doch nicht." Sie kann es nicht glauben.

„Früher hat man seltsam gebaut, aber so alt ist es doch nicht."

„Es wurde in den sechziger Jahren wieder aufgebaut, nachdem ein LKW ins Haus gefahren ist, aber der Keller ist stehengeblieben, er ist von 1920, ungefähr", sage ich. Sie starrt überlegend auf die Wand.

„Darf ich etwas vorschlagen?" fragt mein Mann.

Nach Ihren Zeichnungen kommt unter die Kellerdecke sowieso ein hängendes Fundament von 1 m Breite für die Brandwand. Wenn man jetzt die Kellerwand einen Meter von der Grenze baut und dazwischen alles mit Beton zugießt, bräuchte man doch keine Angst zu haben, das die

Kellerwand zusammenbricht oder die Hauswand darüber Risse bekommt. Und wir hätten ein umso größeres Fundament für die Brandwand! Meinen Sie das ginge?" fragt mein Mann Frau Sawatz. Sie überlegt eine Weile und sagt: "Die Idee ist gut, ich werde das alles berechnen."

„Ich mache die Statik so fertig", sagt sie und verabschiedet sich.

Nachmittags kommt der bestellte Kellerbauer und wir werden uns schnell einig.

Er verspricht rechtzeitig vor Kirmes fertig zu sein. Geschafft!

17. Mai

Das letzte Stück zum Nachbarn wird ausgebaggert. In drei Tagen soll der Keller gebaut werden. Danny soll dabei helfen, dadurch können wir Geld sparen. Er ist schon schrecklich aufgeregt, wir haben ihn von seiner Arbeit, als LKW Fahrer so lange freigestellt. Herr Gross behandelt die Wand von Bauer wie Porzellan, er schwitzt, dass auch ja nichts einstürzt.

„Das fehlte uns noch, dass uns irgendwas kaputt geht, dann schreit Frau Bauer das ganze Dorf zusammen", flüstere ich meinem Mann zu.

„Warum flüsterst du?"

„Damit sie das nicht hören."

„Bei dem Lärm vom Bagger hört uns kein Mensch. Du leidest unter Verfolgungswahn."

„Ich habe Angst vor der bösen Frau", sage ich lachend.

20. Mai

Die Arbeiter, die unseren Keller bauen sollen rücken an. Gestern schon haben sie den Bürgersteig mit Bauzäunen gesperrt. Ich bin erstaunt, wie viele Genehmigungen wir für alles einholen mussten.

Die Baugenehmigung ist noch nicht da, aber wir dürfen den Keller schon bauen, sagt das Bauamt.

Ein kleiner braungebrannter Mann kommt auf uns zu. Sjeb ist sein Name.

„Ich will bauen Keller, " strahlt er uns an.

„Ich bin der Jogi, freue mich, endlich geht es los."

„Wird Zeit für uns, sage ich, bis zum 17.Juni muss der Keller fertig sein."

Sjeb sieht uns erschrocken an.

„Das kann nicht klappen, brauche länger."

„Dein Chef hat es uns versprochen."

„Chef erzählt viel, baut nich mit."

„Der Keller wird bis dahin fertig, bestimmt mein Mann, zur Kirmes muss der Kran wieder weg sein."

Sjeb rollt die Augen."

Kirmes kann ich auch bauen, geh nicht auf Karussell."

Er verkennt die Lage. In unserer Stadt ist Kirmes das wichtigste Fest des Jahres. Sicherheit wird nach einer Massenpanik vor 2 Jahren großgeschrieben, ein Kran auf Kirmes? undenkbar. Außerdem wollen wir ja auch den Stand aufbauen. Mein Mann greift zum Telefon und ruft den Chef an.

„Alles klar, das klappt", versichert er.

22. Mai

Mit der Post ist die Baugenehmigung gekommen. Steffi und ich umarmen uns. Endlich, jetzt ist alles perfekt. Sofort rufe ich unsern Hausbauer und Bauleiter Herrn Schulz an.

„Ich habe sie auch bekommen, aber ich bin verwirrt."

„Wieso, was stimmt denn nicht?"

„Wir haben ein Einfamilienhaus mit Einliegerwohnung beantragt."

„Ja, stimmt, so steht es da auch."

„Auf der nächsten Seite steht aber Dreifamilienhaus."

Meine Freude lässt sich nicht trüben.

„Sicher nur ein Schreibfehler."

„Das ist aber sehr wichtig, es sind andere statische Bedingungen für den Hausflur."

„Und jetzt?"

„Ich baue so, wie es beantragt ist und gehe von einem Schreibfehler aus."

„Ok, fangen sie an zu bauen", feuere ich ihn an.

„Ihr seid superweit", sagen viele zu uns. Es stimmt, wir haben in der kurzen Zeit viel geschafft, wir haben selbst mitgeschuftet, damit alles schnell geht. Zum Glück haben unsere Männer von einigen Dingen Ahnung und helfen mit. Ich grinse in mich hinein, bei dem Gedanken, wie beleidigt mein Mann bei diesem Satz war. Uns kommt es allerdings vor, als wohnten wir schon ein Jahr nicht mehr hier, alle möchten schnell zurück.

„Es ist so dunkel und leise hier, seit ihr nicht mehr da seid, daran kann ich mich gar nicht gewöhnen", sagte Herr Ochse letztens zu uns.

„Ich freue mich, wenn ihr wieder da seid. Ich sage auch nichts mehr, wenn die Kinder lange feiern. Ich nehme den Hund an die Leine und marschiere zur Baustelle.

„Wir haben die Baugenehmigung", rufe ich meinen Mann zu.

„Das ist schön, jetzt ist das Meiste geschafft."

Wir prosten uns mit Cola zu. Danny ist in der Baugrube und hilft bei den Arbeitern mit. Sjeb ist gar nicht der Vorarbeiter, wurde uns gesagt, er tut nur gerne so. Der Richtige stellte sich vor mit dem Namen Martin. Martin treibt Sjeb gerade an, was er mit Geschimpfe kommentiert. Seine Lieblingsworte sind "Geht nicht."

1. Juni

Ich sitze im Poolraum und rauche eine Zigarette. Die Tür geht auf und Danny kommt herein. Er geht merkwürdig schief und lässt sich schwerfällig auf einen Stuhl fallen.

„Was ist mit dir los?"

„Alles tut mir weh, „ stöhnt er, "das Maurern und Steine schleppen bin ich nicht gewohnt."

„Setz doch mal einen Tag aus", wende ich besorgt ein.

„Dann werden die ja nie fertig, der lahme Haufen."

Er hat leider Recht. Martin mauert immer zwei Steine und dann wird erst mal geraucht. Etwas über uns in der Straße, wird eine Garage gebaut, sie haben uns längst überholt.

„Wir brauchen noch Hilfe, ein Freund von Sascha kann noch mithelfen. Er hat es angeboten", sage ich.

„Das wäre gut, ich habe auch noch jemanden."

Voller Sorge sehe ich zu, wie er wieder hinaushumpelt. Er ist mein Jüngster und die umgluckt man als Mutter doch am meisten. Letzten Monat hat er sich mit Anka verlobt. Das Unglück hat sie zusammengeschweißt, sagen sie. Ich bin froh, dass Anka zu ihm gehalten hat, trotz der schrecklichen Wohnsituation. Danny hat schwer zu kämpfen gehabt, er ist in diesem Haus aufgewachsen.

Ich rufe hinterher:

„Wir können uns das mit Kirmes noch überlegen, es wird

vielleicht zu viel."

„Schaffen wir schon."

Er ist seinem Vater unglaublich ähnlich.

12.Juni

Die Zeit wird knapp. Fünf Bekannte von uns haben beim Keller geholfen, was die Arbeiter allerdings zum Anlass nehmen noch langsamer zu sein und nur noch die Aufgaben verteilen. Gerade haben sie die Betonverfüllung zu Bauer`s Seite fertig. Plötzlich taucht Frau Bauer auf.

„Herr Ring, der ganze Beton läuft in meinen Keller." Mein Mann und Herr Gent, der Chef der Firma sehen sich erschrocken an. Zufällig ist er heute mal auf der Baustelle, darüber bin ich erleichtert.

„Ach du Scheiße, das fehlt noch", grummelt er. Gemeinsam mit meinem Mann geht er rüber zum Nachbarn. Hoffentlich ist es nicht so schlimm, denke ich. Nach einer Weile kommen sie wieder.

„Und ", frage ich aufgeregt.

„Nichts passiert, sie hatte einen kleinen Zementschleier an dem Loch, was wir gebohrt hatten, das haben wir weggewischt. Alles wieder weg."

„Jetzt habe ich mich aber auch erschrocken", sagt Herr Gent.

„Ich habe ihr gesagt, dass sie ihre Außenwand dringend verputzen müssen, jetzt wäre die Gelegenheit."

„Und ?" frage ich wieder.

Herr Gent lacht.

„Sie ist böse geworden und meint, das ist nicht nötig, also lassen wir sie."

Ich bin erleichtert, dass nicht mehr passiert ist und mache

mich auf den Weg, Essen für die fleißigen Handwerker zu besorgen.

In der Stadt treffe ich eine flüchtige Bekannte.

„Hallo ihr Feuerteufel, " ruft sie. Ich überlege, ob ich lachen soll und kann mich nicht entscheiden.

„Gestern habe ich in der Kneipe gehört, dass euer Haus unter Denkmalschutz gestanden hat. Es war völlig heruntergekommen, weil ihr nicht renovieren durftet, deshalb habt ihr es angesteckt und baut jetzt ein Millionenprojekt."

Sie lacht und findet es komisch.

„Wer war denn das?"

„Keine Ahnung, den kenne ich nicht, doch er kennt euch eigentlich auch nicht, aber er weiß alles über euch."

Sie sieht meinen empörten Blick. "Da machst du dir doch nichts draus, aus so einem blöden Gerede, oder?"

„Nein, natürlich nicht."

Wieso auch, ist doch toll, denke ich und gehe weiter.

Ich überlege, wo die Millionen sind, von der alle wissen, außer mir.

15. Juni

Der Keller ist fertig. Herr Gross füllt die Gräben der Baugrube mit Schotter. Ich habe nicht geglaubt, dass wir das noch schaffen. Wir müssen noch tausend Sachen erledigen für Kirmes. Seit Tagen bereiten wir neben den Bauarbeiten alles dafür vor. Unseren normalen Stand können wir nicht aufbauen, doch Sascha hat eine Hütte gemietet, die uns morgen angeliefert werden soll. Ich gehe die Straße runter, um meine Mutter zu besuchen. Wir sitzen auf dem Balkon und trinken Kaffee.

„Musste das denn sein, mit Kirmes", fragt sie. „Ihr habt

doch so viel Arbeit und auch ohne Baustelle wart ihr nach Kirmes immer total fertig."

„Stimmt, aber die Kinder wollen es, außerdem haben so viele Leute gefragt, ob wir auch wieder dabei sind."

„Ihr mutet euch zu viel zu."

„Aber wir kommen mal auf andere Gedanken und die Kinder können das Geld gut gebrauchen."

Mein Handy klingelt.

„Guten Tag, hier ist Herr Hudav vom Bauamt. Ich bearbeite ihre Bausache. Sie haben keine Prüfstatik abgegeben, also haben sie einen Schwarzbau."

„Aber wir haben doch eine Statik bei Herrn Ockel abgegeben."

„Das reicht nicht, sie bauen ein Dreifamilienhaus."

„Eigentlich ein Einfamilienhaus."

„Kümmern sie sich sofort darum," beendet er das Gespräch.

Sofort stehe ich auf und will gehen.

„Was ist denn los," fragt meine Mutter.

„Probleme mit dem Bauamt, ich muss Jörg sprechen."

Aufgeregt laufe ich zur Baustelle und erzähle meinem Mann völlig außer Atem von den Anruf. Sofort ruft er Herrn Ockel an. Der will nicht glauben, dass sie zwei Varianten im Bauantrag haben und will zurückrufen.

„Hoffentlich stört das nicht unseren Zeitplan," meine ich ängstlich.

Ich möchte zur Weihnachtszeit wieder zu Hause sein, die Vorstellung in der WG feiern zu müssen ist schrecklich. Herr Ockel ruft zurück. Ungern gibt er zu, dass ihnen ein Fehler unterlaufen ist.

Lange diskutiert er mit meinem Mann, während ich aufgeregt hin und her laufe. Endlich ist das Gespräch beendet.

„Was sagt er?"

„Alles gut, jetzt ist es ein Zweifamilienhaus, dafür ist die Statik perfekt."

Erleichtert atme ich auf. Hoffentlich sind sie sich jetzt einig.

19.Juni

Unsere Kirmeshütte wird angeliefert. Sie gehört einem jungen Mann, der das Häuschen liebt, wie sein eigenes Kind. Es dürfe nichts beschädigt oder schmutzig werden, verkündet er und fragt was wir denn verkaufen. „Sekt," sage ich, um einen vornehmen, ordentlichen Eindruck zu machen. Es ist nicht gelogen, ich verschweige nur das viele Bier und die ganzen anderen Getränke. Er muss ja nicht wissen, dass der Stand morgens in Bier und weiteres schwimmt. Er ist auch schon zufrieden. Die Teile werden aus dem LKW geladen und erst mal vor den Kellereingang abgestellt.

„Der Papa ist im Keller, jetzt kann er nicht raus," sage ich zu Sascha.

„Da ist er doch schon den ganzen Tag, dann kann er den Moment noch unten bleiben."

Es stimmt, mein Mann kommt gar nicht mehr hoch, so froh ist er über den schönen neuen Keller. Er legt seit Tagen Stromleitungen und freut sich eine Werkstatt einrichten zu können.

Inzwischen sind viele Freunde und Nachbarn gekommen, die alle die Aufbauarbeiten von Kirmes beobachten und jetzt zu uns stoßen. Wir erzählen und lachen, so dass der Aufbau der Hütte nicht so schnell voran geht. Nach eineinhalb Stunden ist es geschafft. Wir stehen alle vor der Hütte und sind uns

einig, sie sieht richtig gut aus.

Die Tür vom Keller wird aufgerissen und heraus stürmt mein Mann. Er sieht zornig aus.

„Oh, je. wir haben den Papa vergessen, er war die ganze Zeit eingesperrt," sage ich zu Sascha.

„Hallo Jogi, du bist ja auch da," rufen ihm mehrere zu.

Mein Mann stapft wortlos an allen vorbei und marschiert den Berg herunter.

„Was ist denn mit dem los?" Tina, eine Freund in von uns sieht ihm sprachlos hinterher.

„Er war eingesperrt und in letzter Zeit ist er sehr reizbar, die letzten Wochen haben an seinen Nerven gezerrt, ich sollte hinterher."

„Ach, lass ihn mal in Ruhe, er kommt schon wieder."

Mit schlechtem Gewissen arbeite ich weiter, es gibt noch so viel zu tun. Plötzlich taucht er wieder auf. Er setzt sich auf die Hebebühne vom LKW, in der Hand hat er ein Eis, welches er wortlos isst.

„Hast du nur eins für dich geholt?" fragt Danny empört.

„Ja, euch habe ich vergessen."

„Jetzt hat er es uns aber gegeben," kichert Tina.

„Hoffentlich entwickelt er sich nicht weiter zum trotzigen Kind," erwidere ich. Sie lacht.

„Wird schon wieder werden."

20.Juni

Wir sind immer noch bei den Kirmesvorbereitungen. Sascha und Danny bauen Holzgeländer und verlegen Rasenteppich auf der Kellerplatte.

„Sieht richtig bayrisch aus," meine ich.

„Ich habe eine Idee, sagt Anka, wir ziehen am Sonntag unsere Dirndl an."

An unserem Wohnwagen war ein Oktoberfest, dafür hatten wir unsere Dirndl und Lederhosen letztes Mal mitgenommen. Die ganze Nacht wurde gefeiert, es war ein schönes Fest. Die Kleidung hatten wir dort gelassen, wo soll man hier ein Dirndl anziehen ?

Nach dem Brand haben wir alles mit nach Hause genommen, ein kleines Stück Erinnerung.

„Das ist gut, freue ich mich, wir haben ja alle unsere Trachtensachen."

Sascha findet es zwar ein bisschen albern, aber sein irischer Rock, den er sonst auf Kirmes trägt ist verbrannt, also stimmt er zu.

„ Aber nur am Samstag."

Plötzlich hält ein Krankenwagen vor dem Haus von Familie Bauer. Sanitäter eilen ins Haus und tragen kurze Zeit später Herrn Bauer in den Krankenwagen. Frau Bauer und die Tochter stehen dabei. Mein Mann geht auf sie zu, um zu fragen, was passiert ist, doch bevor er da ist, ruft die Tochter böse:

„Na toll." Wir sehen uns entgeistert an, während der Krankenwagen davonfährt. Schnell verschwinden die Beiden wieder im Haus.

„Was haben wir jetzt wieder gemacht?" Mein Mann ist ratlos.

„Vielleicht hat er einen Herzinfarkt und sie geben uns die Schuld, wegen der Aufregung," spekuliere ich. Ein Nachbar kommt vorbei.

„Herr Bauer ist die Treppe heruntergefallen," weiß er.

„Da können wir doch wirklich nichts dafür," flüstere ich meinem Mann zu.

„Eigentlich nicht, aber sie werden schon einen Grund finden, um uns die Schuld zu geben"

„Na, das will ich aber nicht hoffen," sage ich und arbeite weiter.

22.Juni

Heute fängt die Kirmes an. Ich bin aufgeregt, wie immer kurz vorher. Ich hoffe, dass alles klappt, denke wir und unsere Helfer sind ein eingespieltes Team, es wird wohl gut laufen.

Am Abend, kurz vor dem großen Ansturm, kommt das Fernsehteam an unseren Stand. Sie möchten gleich eine halbe Stunde filmen, um zu zeigen, dass wir uns wieder aufrappeln.

Stunden später sind sie immer noch da. Ich habe inzwischen eine völlig nasse Bluse vom Bier und sehe schon total abgekämpft aus, aber sie drängeln sich noch mit in unsere Hütte und filmen weiter.

Mittlerweile ist es zwei Uhr morgens und das Fernsehteam ist verdächtig fröhlich. Ich glaube, sie haben auch ein Bier getrunken, hoffentlich zeigen sie nicht alles im Fernsehen, zu ihrem eigenen Schutz.

Einer der Leute hält gerade seinen Arm vor meinen Kopf und filmt ausgiebig das Bierglas, was ich über die Theke reichen will. Das wird die Menschen in den Nachrichten sicher brennend interessieren.

Um vier Uhr können wir schließen. Ich bin hundemüde. Früher konnte ich mal einen Moment ins Haus gehen und ausruhen, aber dieses Jahr ist kein Haus da. Eine gewisse Wehmut beschleicht mich, am besten ich gehe ins Bett.

26. Juni

Heute ist der letzte Kirmestag. Am Sonntag hat es ge-schüttet wie aus Eimern, das Wasser lief in Bächen die Straße hinunter und unsere Einnahmen auch. Doch die anderen Tage waren gut und heute Abend wird alles mit einem großen Feuerwerk beendet. Das Wetter ist heute wieder sonnig, also kann ja nichts mehr schiefgehen.

„Das so ein Kinderkarussell dies Jahr hier war," meutert Danny.

Sonst steht gegenüber von uns immer ein Breakdance, doch dieses Jahr sollte ein besseres dorthin. Sie bauten auf und sofort wieder ab. Auf so einem schiefen Berg können sie das nicht machen, sagten sie.

Nun steht dort der Musikexpress, den ich immer schön fand, aber Danny ist da ganz anderer Meinung.

„Ist halt alles anders dieses Jahr," antworte ich. „Schein-bar," murrt er.

Meine Mutter kommt den Berg hoch.

„Ist das heute heiß," stöhnt sie."

„Besser als der Regen am Sonntag."

„Ja das stimmt, die Kirmes war fast leer, wir haben uns unten noch ein Bier getrunken, aber es war kalt und wir haben uns geärgert."

„Warum," frage ich.

Dort stand ein Trupp fremder Leute, die haben sich aufge-regt, dass ihr schon so kurz nach dem Brand wieder einen Stand habt."

„Wieso das denn, dürfen wir jetzt nicht mehr in die Öf-fentlichkeit?"

„Sie haben sich mokiert, dass ihr euch am Samstag mit Dirndln so rausgeputzt habt, ihr hättet wohl zu viel Geld bekommen."

Ich versuche mich nicht zu ärgern."

Die hatten wir doch schon."

„Wir haben uns auch eingemischt und genau das gesagt." Meine Mutter schaut grimmig.

„Und ?"

„Sie sagten, sie hätten es doch gewusst, ihr hättet alles in Sicherheit gebracht und das Haus angesteckt."

Ich bin erstaunt über die Bosheit einiger Leute.

„So viele Menschen haben uns geholfen, ich war wirklich überrascht, sage ich, mit den Anderen möchte ich mich nicht beschäftigen, es sind nur ein paar, die so sind, waren sicher Bekannte von Familie Bauer."

Damit harke ich das Thema ab, ich möchte solche Sachen nicht mehr hören. Trotzdem überlege ich, wie man sich verhalten muss, wenn man abgebrannt ist. Ist es Pflicht nie mehr aus dem Haus zu gehen, sollte man sich dunkel kleiden? Was erwarten solche Leute wie man jetzt weiterleben soll? Mir fällt beim besten Willen die Lösung nicht ein.

„Komm, wir trinken einen Rhabarberschnaps," sage ich stattdessen und schütte mir und meiner Mutter einen ein.

„Heute Abend ist das Abschlussfeuerwerk und dann unsere Abschiedsfeier, dann ist Kirmes wieder vorbei."

„Geht es dann mit eurem Bau weiter?"

„Ja, dann wird die Brandschutzwand gebaut, hoffentlich geht das schnell und im August soll das Haus kommen."

„Meinst du, ihr seid Weihnachten schon drin?" Empört sehe ich sie an.

„Natürlich, spätestens im November möchte ich darin wohnen, ich kann mir gar nicht vorstellen zur Weihnachtszeit nicht zu Hause zu sein".

Jetzt ist allerdings Sommer, was die Hitze deutlich beweist und ich habe noch viel für heute Abend zu tun. Ich muss alle Getränke auffüllen und Früchte schneiden, usw.

„Ich mach mal voran."

„Gut, ich gehe erst mal nach Hause, vielleicht bis heute Abend."

Langsam begebe ich mich nach hinten und kümmere mich um die Getränke. Dieses Jahr ist mir alles sehr schwergefallen. Sonst konnte man sich mal ins Haus zurückziehen, doch da ist ja nichts. Egal, bald ist alles wieder gut. Verzweifelt suche ich die Wunderkerzen für heute Abend. Zum Abschied verteilen wir immer Wunderkerzen, legen unser Abschiedslied auf und die gesamte Belegschaft singt das Aufwiedersehenlied .

Das ist immer ein sehr schönes Ende.

„Boh, die Tochter von Bauer war gerade da."

Mein Mann lässt sich mit missmutig Blick auf einen Hocker fallen.

„Sollen wir den Vater doch geschubst haben?"

„Als es Sonntag so geregnet hat ist Wasser in ihren Keller gelaufen."

„Ja und , das passiert doch bei denen immer."

„Diesmal an ihrer Wand, wo vorher unser Haus stand."

Wir sehen gemeinsam auf die Wand von unseren Nachbarn.

„Die haben nichts isoliert, wollen nicht einen Pfennig ins Haus stecken, aber nur am Meckern," brummt mein Mann.

„Was wollte sie denn jetzt von uns?"

„Sie wollte wissen, wann endlich die Brandwand kommt, damit ihr Haus wieder dicht ist. Ich habe ihr erklärt, das die Brandwand erst gebaut werden muss und nicht angeliefert wird, dass wir aber nach Kirmes sofort anfangen."

„Ach, erst wollten sie uns gar nicht wieder daneben haben, was hätten sie denn gemacht, wenn wir das Haus nicht wieder so gebaut hätten?"

„Dann müssten sie isolieren und vernünftig verputzen, wie andere Menschen auch. So kann man aber auch fordern, das wir schnell machen, damit sie sich zurücklehnen können!"

„Ach komm, ist ja bald vorbei, willst einen Rhabarber?"

„Ne, muss Fässer anschließen."

Ich trinke noch einen und frage mich, ob das wohl die Lösung ist. Nach dem nächsten Glas bin ich geneigt zu glauben, dass der Rhabarber wirklich hilft, die Arbeit ist wirklich lustiger, doch das Rechnen dafür etwas schwierig. Ich beschließe lieber nichts mehr zu trinken, bevor ich die Kasse völlig durcheinander bringe. Langsam füllt sich unsere Fläche und es ist keine Zeit mehr zum Nachdenken. Wir geben im Akkord Getränke raus, bedienen die drängelnde Masse, die in Panik ruft, was sie trinken möchten, als wären sie fünf Tage durch die Wüste gerobbt. Sascha dreht die Musik auf und die Masse fängt an zu singen und zu tanzen. Ich sehe auf die Menschen und freue mich, dass alle zufrieden feiern. Noch fünf Minuten bis zum Feuerwerk. Eine Frau lehnt sich über die Theke und schreit mir etwas zu. Ich kann sie bei der Musik nicht verstehen, obwohl ich nach all den Jahren sehr geübt darin bin, zu verstehen was die Leute wollen, selbst wenn jemand seine 2,5 Promille Sprache benutzt. Habe ich richtig gehört, sie will die Musik aushaben, wo alle gerade in guter Stimmung sind? Das Feuerwerk hat noch nicht angefangen, dabei machen wir die Musik natürlich aus. Ich sehe nach oben, es ist noch nichts zu sehen, also beuge ich mich zu ihr ganz nah herüber, um sie gut zu verstehen.

„Was ist denn los?"

„Ein Unfall, viele Verletzte!"

Erschrocken drängle ich mich zu Sascha durch.

„Mach die Musik aus!"

„Ne, warum?" schreit er gegen den Lärm.

„Ein Unfall, mach aus."

Er drückt auf den Schalter und die Musik hört auf.

„Hey, was soll denn das?" rufen die tanzenden Leute.

„Was ist denn passiert?" frage ich die Frau.

„Gegenüber bei dem Karussell hat sich eine Gondel gelöst, es sind viele schwer verletzt."

Jetzt höre ich auch schon den Krankenwagen. Nach und nach begreift auch die Menge, was gegenüber passiert ist. Ein Sanitäter kommt angelaufen.

„Können wir Wasser bekommen, es haben einige einen Schock und sie brauchen was zu trinken."

Sascha läuft sofort nach hinten und holt Kisten mit Wasser. Kurz darauf holt die Feuerwehr unsere Biertische, um damit den Unfallort abzusperren. Die eben noch so fröhliche Stimmung verwandelt sich in Entsetzen. Man hört Menschen weinen und rufen. Mitten in diese Szene herein beginnt plötzlich das Feuerwerk. Irgendwie macht das alles noch schrecklicher und ich bekomme eine Gänsehaut.

Ausgerechnet das Fahrgestell, von dem Danny noch meinte, es wäre ein Kinderkarussell. Fast unsere ganze Familie war kurz vorher noch damit gefahren. Ein Gast von uns kommt zum Stand.

„Gib mir bitte einen Schnaps, ich habe da unten erste Hilfe geleistet und brauche den jetzt."

Ich schütte ihn ein und frage „Was ist denn bloß passiert?"

„Ich habe dort angestanden, als ich plötzlich ein komisches Quietschen hörte. Dann habe ich rote Funken an einem Wagen gesehen und er hat mit einem Ruck gestoppt. Dabei hat sich der Wagen gelöst und ist auf einen anderen geknallt. Ich bin sofort darauf und habe eine Frau daraus geholt, aber jetzt haben die Ärzte übernommen."

„Sind die Leute schwer verletzt?"

„Es sah schlimm aus, aber mehr weiß ich nicht."

„Es liegen überall Leichenteile herum."

Ein junger Typ drängelt sich zu uns und weiß das zu berichten.

„Oh Gott, das ist ja fürchterlich," jetzt bin ich endgültig total geschockt. Sofort kommt noch jemand dazu und sagt:

„Von der einen Frau ist das Gesicht abgefallen!"

Die Schilderungen werden immer schlimmer und mir wird übel.

„Wie kann denn ein Gesicht abfallen? Fragt ein anderer.

„Na eben völlig Matsche."

Ich verlasse den Stand und gehe nach hinten. Endlich wird das Feuerwerk abgebrochen. Hinter dem Stand sind die anderen.

„Sollen wir den Stand zu machen?" frage ich. Es hört sich furchtbar an. Mein Neffe ist einer der Sanitäter und holt noch einmal Wasser.

„Es ist alles abgesperrt, die Leute können hier nicht weg, also lasst offen, nur ohne Musik." Ich sehe mich um, alle sind betroffen und die meisten unterhalten sich leise. Von hier oben kann ich den Unfall nicht sehen, aber die Berichte werden immer grausiger. Inzwischen sollen es fünf Tote sein. Dann fahren die Krankenwagen weg. Ich traue mich nicht herunter, den Anblick der toten Menschen möchte ich mir ersparen. Ein Rettungssanitäter kommt zu uns und bringt die leeren Flaschen zurück.

„Wie viele Tote sind es denn?" frage ich ihn.

„Tote gibt's Gott sei Dank nicht, es ist auch keiner in Lebensgefahr."

Ich bin erleichtert.

„Die Leute haben mir schreckliche Dinge erzählt."

„Eine Frau hat sich den Arm gebrochen und eine den Kiefer. Natürlich ist das schlimm, aber es ist alles wieder zu richten, die meisten haben nur einen Schock."

„Ich gehe zu Sascha und Steffi und berichte ihnen die neue Information.

„Die Abschiedsfete können wir natürlich nicht machen, nicht nach so einem Unfall".

Wir versorgen noch eine Weile die Gäste, bis es sich langsam leert. Wir hören noch viele grausige Geschichten, einer weiß mehr als der andere und etwas anderes wollen sie nicht hören, aber auch dieser harte Kern verabschiedet sich bald und wir schließen unseren Stand.

„War das ein Scheiß Abschied," sage ich.

„Ja, dies Jahr war alles anders," erwidert mein Mann und stumm gehen wir zu unserem neuen Zuhause.

27. Juni

Völlig fertig wache ich auf. Kirmes ist vorbei, denke ich, mit einem schrecklichem Ende. Hoffentlich sind die Katastrophen nun vorbei. Langsam strecke ich meine schmerzenden Knochen und stehe auf.

Unten im Wohnzimmer liest mein Mann die Zeitung. Ich gebe ihm einen Kuss.

„Guten Morgen, steht was von dem Unfall darin?"

„Ja, jede Menge, aber es ist wirklich keiner in Lebensgefahr."

„Es war trotzdem ein schreckliches Ende."

Sascha kommt die Treppe herunter.

„Bei Facebook ist die Hölle los, die Leute streiten sich schon den ganzen Morgen wegen dem Unfall."

„Was kann man sich denn darüber streiten?" frage ich erstaunt."

„Einige meinen es dürfte nun nie mehr Kirmes gemacht werden, damit so etwas nicht mehr passieren kann." Seufzend schüttele ich den Kopf.

„Dann darf man morgen eigentlich auch nicht mehr Autofahren usw. Es ist schlimm, aber es kann einem immer irgendwas passieren."

„Klar, sagt Sascha, aber nun haben die wieder ein Streitthema für eine Woche."

„Gut, dass ich den Internetquatsch nicht mitmache." antworte ich. Sofort regt mein Mann sich auf.

„So ein Unsinn, die Seite von unserer Stadt ist gut. Ich bin jeden Tag kurz darauf, so pflegt man Kontakte und ist auf dem neuesten Stand.

Natürlich weiß ich, dass er dort täglich postet, ärgerlicherweise stellt er oft auch Fotos ins Netz, letztens von unserem Urlaub, auf dem ich im Badeanzug zu bestaunen bin. Zu seinem absoluten Unverständnis war ich darüber nicht erfreut.

„Guckt doch keiner hin, es geht doch um die Landschaft."

Auch den Abriss unseres Hauses hat er dort verewigt und fand es äußerst unpassend, dass dann die Leute auf „gefällt mir" klicken.

„Ich erstelle einen Kalender mit jeden Bauabschnitt," verkündet mein Mann.

„Na, das ist ja toll, aber du brauchst es doch nicht ins Internet zu setzen."

„Doch, es fragen so viele und da können sie alles sehen."

„Na gut, denke ich, lass ihn spielen."

Noch ahne ich nicht, dass sein Spiel zum Albtraum wird.

„Wann wollen wir zum Aufräumen fahren?"

Erwartungsvoll schaue ich in die Runde.

„Gleich," murmeln die Kinder schläfrig.

Keiner hat wirklich Lust. Im Haus sieht es grausig aus. Ich überlege, ob ich es bis zu unserem Auszug im August schaffe es aufzuräumen. Ich gehe durch die Räume und rieche überall den Schimmel. Im Büro kriecht er ekelig die Wände hoch. Lust zum Aufräumen vergeht da sehr schnell wieder.

„Hoffentlich schadet es dem Kleinen nicht, wenn er diese Luft hier atmet," denke ich und bin froh, dass wir bald hier wegkommen.

Der Gedanke bringt meine Energie zurück.

„Los, lass uns fahren, morgen soll der Kran wiederkommen!"

Irgendwie beflügelt dass alle und wir beeilen uns, zum Haus zu kommen. Ein paar Stunden räumen wir auf, spülen, putzen, sortieren, bauen ab. Auch rund um uns herum verlässt ein Fahrgeschäft nach dem anderen unser Dorf. Nur das Unglückskarussell steht mit Tüchern umhüllt noch auf dem Platz. Es wird noch von der Kripo untersucht. Ein Kripobeamter kommt auf uns zu, es ist derselbe, der uns befragt hat nach dem Brand.

„Gefährliches Pflaster bei euch," ruft er uns zu.

Er ist völlig verschnupft mit hochroter Nase.

„Eigentlich bin ich krank, aber in eurer Nähe passiert so viel."

Es ist scherzhaft gemeint, aber ich komme ins Grübeln.

Vielleicht klebt Unglück an uns. In diesem Augenblick kommt die Tochter von Familie Bauer aus der Haustür. Sie fixiert mich mit einem bitterbösen Blick, ohne zu grüßen und steigt in ihr Auto.

„Puh," stöhne ich.

„Biste ko?" fragt mein Mann.

„Hast du die Tochter von Bauers nicht gesehen?"

„Ne, habe ich dadurch was verpasst? Das kann ich mir nicht vorstellen!"

Mein Mann und meine Söhne witzeln vor sich hin.

„Die hat bitterböse geguckt, das verstehe ich gar nicht, die haben alles wieder fertig, besser als vorher.

„Lass sie doch doof gucken, die kann nicht anders."

„Wir hätten weiter oben auf dem Grundstück bauen sollen, dann hätten wir nichts mehr mit denen zu tun gehabt, jetzt ist es zu spät."

„Jetzt reg mich nicht auf und rede nicht so'n Scheiß." flucht mein Mann.

„Ich meine ja nur."

Ich betrachte die leere Fläche und male mir aus, wie das neue Haus aussehen wird. Langsam freue ich mich wieder und stelle mir vor, Weihnachten wieder ein richtiges Zuhause zu haben. Obwohl die Sonne knallt, überlege ich mir einen Platz für den Weihnachtsbaum. Ich bin gerade in völlig verzückter Weihnachtsstimmung, als mich eine Stimme aus meiner Traumwelt reißt.

„Hey, auch schon fertig?"

Hannes von der Feuerwehr stellt sich neben mich.

„Unser Bierwagen ist gerade abgeholt worden."

Hannes hat auch vergeblich versucht unser Haus zu löschen.

„Wie geht es euch?" fragt er jetzt und legt einen Arm um mich.

„Es hat mir so leidgetan in der Nacht, es ist schon etwas

anderes, wenn man die Menschen so gut kennt, aber es war nicht zu löschen."

„Ach, es geht uns gut, nächsten Monat kommt das neue Haus."

„So schnell? Das ist toll, ihr habt aber auch viel geschafft, jedes Mal, wenn ich hier vorbeigefahren bin ward ihr am Schuften. Euer Garten ist auch total schön geworden."

Ich sehe unseren Garten an und bin doch ein bisschen stolz. Die Mauern aus Felsen an dem Hang geben einem das Gefühl in Österreich zu sein. Er lacht.

„Da habt ihr eure Nachbarn neidisch gemacht."

„Unsere Nachbarn, wieso? Ein wenig verwirrt sehe ich ihn an.

„Na, die Tochter von euren Nachbarn hat gesagt, ihr hättet wohl zu viel Geld bekommen, schließlich wäre ja euer Garten nicht verbrannt."

Ah, daher weht der Wind. Jetzt wird mir einiges klar.

„Wir mussten ihn doch umbauen, sonst passt das Haus nicht und wenn das Haus erst steht, kommen wir doch nicht mehr mit dem Bagger auf das Grundstück. Deshalb haben wir das als erstes gemacht!"

„Reg dich nicht auf, so blöde Leute gibt es immer." Hannes amüsiert sich.

„Du findest das lustig?"

Aufgebracht sehe ich ihn an.

„Natürlich, solltest du auch."

Er geht rüber zu meinem Mann.

„Hallo Jogi." Sie sind schnell in ein Gespräch vertieft und ich grummle vor mich hin. Hannes verabschiedet sich, sieht mich noch mal an und ruft im Gehen „Scheiß drauf."

Jetzt muss ich doch lachen, wahrscheinlich sehe ich alles zu verkniffen.

Eine Weile träume ich noch von unserem neuen Haus und kann es kaum noch abwarten. Immer mehr freue ich mich auf den Neubeginn. Auf zum Endspurt, denke ich, Schluss mit Angst und Trauer.

28. Juni

Unser Kran steht wieder und gerade kommt eine große Ladung Steine. Ich stehe in der Einfahrt und sehe aufgeregt zu.

Langsam packt mich Lampenfieber. Ich schaue zu, wie mein Mann mit den Arbeitern diskutiert und misst. „Waeh.....!" Das Brüllen von Noah lenkt mich vom Geschehen ab. Ich habe ihn im Kinderwagen bei mir und gehofft er schliefe auf dem Weg hierhin ein, aber nein, er ist noch wach also mache ich mich auf den Weg und schiebe ihn weiter.

„Hallo!" ruft ein Nachbar, „geht's schon weiter bei euch?"

„Ja, jetzt wird die Brandwand gebaut und dann kommt das Haus."

„Dann habt ihr ja bald wieder ein Zuhause, meint ihr bis Weihnachten seid ihr wieder da?"

„Natürlich, da bringt uns nichts von ab und wenn wir durcharbeiten müssen."

„Na, dann drücken wir mal die Daumen."

Ich bin zwar sehr dankbar dafür, aber trotz allem erstaunt, dass man bezweifeln kann, dass wir das schaffen.

Endlich ist das Kind eingeschlafen und ich gehe wieder zur Baustelle. Immer noch sind sie am Diskutieren. Wenn die so weitermachen, klappt es doch nicht so schnell. „Warum fängt keiner an?" Frage ich meinen Mann. „Wir müssen erst mal sehen wie wir bauen, es ist sehr kompliziert."

„Wieso?"

„Weil der Anbau von Bauer so doll auf unserem Grundstück steht, ihr Giebel sich zu uns herübergeneigt und sie haben immer noch dicke Betonreste an ihrer Wand kleben, die im Weg sind, um genau auf der Grenze zu bauen."

Sofort klopft mein Herz wieder wie verrückt.

„Und jetzt?"

„Alles besprochen und geklärt, wir können etwas wegbleiben von ihrem Haus und unser passt noch genau."

Zufrieden sieht er mich an. Ich bin erleichtert und sehe zu, wie Speis angemischt wird. Dann wird der erste Stein gelegt, es ist ein mystischer Augenblick, ich sehe meinen Mann an.

„Bald ist alles wieder gut", flüstert er und wir küssen uns. Ich gehe mit Noah wieder in unsere Übergangswohnung und endlich spüre ich, dass meine Kraft wieder zurückkommt. Ich nehme mir vor, alles zu putzen und schon für den Auszug alles vorzubereiten.

1. Juli

Heute ist mein Geburtstag. Feiern wollte ich nicht. Nur meine Eltern wollen zum Kaffeetrinken vorbeikommen. Ich liege allein im Bett, meine bessere Hälfte steht jede Nacht um 3 Uhr auf, spätestens und erledigt die Büroarbeit, um tagsüber beim Bau zu helfen. Hoffentlich ist das bald vorbei, sonst wird er noch krank. Ich denke daran, wie gestern die ersten Reihen der Brandwand gemauert wurden. Die Arbeiter tun sich etwas schwer. Sie bauen solch eine Wand das erste Mal und staunen immer wieder über das ganze Eisen, was sie verbauen müssen.

„Die kippt nie wieder um," sagt einer gewichtig, da müsste schon ein Erdbeben die ganze Straße wegreißen und ich glaube selbst dann nicht."

Neben ihm steht der Vorarbeiter.

„Hasste schon mal so'ne Wand gebaut?" fragt der Kleine ihn. „Nee!"

„Und alles fürn Schutz der Nachbarn, so'n Quatsch, hätte auch ne normale Wand gereicht."

„Dat ist ne Hammerwand, überlebt alles," der Große wiegt bewundernd seinen Kopf.

„Na, dann sind unsere Nachbarn ja geschützt," stelle ich fest, „hoffentlich wissen sie das zu schätzen."

„Teuer genug ist sie ja und bei einem Erdbeben können sie sich ja daran klammern."

Ich bin heilfroh, wenn die blöde Wand fertig ist und endlich unser Haus kommt.

Ich stehe auf und lasse mich beglückwünschen. Ach ja, ich habe ja Geburtstag.

3. Juli

So langsam bin ich im Einrichtungswahn. Ich habe meinen Mann dazu gebracht mit mir zu einer Ausstellung für besondere Putzarten zu gehen. Wir haben beschlossen, die Innenarbeiten selbst zu regeln, da unser Hausbauer selten oder gar nicht reagiert auf unsere Anfragen. Seine Hundertschaft an Arbeitern ist scheinbar krank, zur Kur oder hat Urlaub. Es fängt an, uns etwas zu beunruhigen, aber er sagt, dass wäre nun mal so in der Sommerpause. Wir betreten eine Halle mit zig verschiedenen Wänden. An einigen sind tolle Gemälde, die mir sofort gefallen.

„Guck mal, ist das nicht toll?" Aufgeregt knuffe ich meinen Mann in die Seite.

„Hm!"

„Gefällt es dir nicht?"

„Das Bild schon, aber der Putz, ne."

„Wieso nicht?"

„Ich hätte gerne was richtig farbenfrohes."

Oh Gott, ich ahne schon fürchterliches. Mein Mann liebt es grell und bunt, es wird mich Mühe kosten, dem entgegenzuwirken.

„Kann ich ihnen behilflich sein?" Der Künstler selbst steht neben uns.

„Ja bitte, ich hätte gerne Putz, der auf Alt gemacht ist, haben sie so etwas, so im Landhausstil?"

„Ja klar, hinten habe ich meinen neuen "Kuhstallputz", kommt mit."

Wir trotten hinter ihm her, bis wir an der richtigen Wand stehen. Sofort bin ich begeistert. Eine Art Lehmputz, aus dem überall Strohreste herausstechen.

„Den finde ich super, oder Schatz?"

Mein Schatz strahlt nicht so wie ich.

„Was soll der kosten?" fragt er.

Der Preis haut uns um.

„Danke, wir überlegen noch."

„Der hattse wohl nicht mehr alle," sagt mein Mann, „ein bisschen Lehm und Stroh, das kann doch jeder."

„Haben sie auch was in schönen Farben?" ruft er ihm zu.

„Was meinen sie denn damit?" fragt der Künstler.

„Na ein schönes freundliches Gelb oder ein helles Grün."

Ich stöhne auf und ich glaube der Künstler auch. Mein Mann verwickelt ihn in ein Gespräch über seine Farbvorstellung und ich gehe nach draußen, um mir eine zu rauchen. Gerade habe ich mir eine Zigarette angesteckt, da geht mein Handy.

„Wo seid ihr?" fragt Sascha aufgeregt.

„Wir suchen uns Putz aus."

„Es ist ein Brief gekommen, vom Anwalt unserer Nachbarn Bauer. Wir hätten falsch gebaut und sollen sofort die Arbeit einstellen."

„Wieso haben wir falsch gebaut, verstehe ich nicht."

„Ich auch nicht, muss noch mal in Ruhe den Brief lesen."

Meine Gedanken überschlagen sich. Baustopp, das Gruselwort von allen Häuslebauern.

Ich gehe wieder hinein und suche meinen Mann.

„Du musst sofort kommen, wir haben einen Brief vom Rechtsanwalt von Bauers".

„Sie drohen mit Baustopp."

„Ich komme schon, wir können nochmal woanders hin fahren".

„Wieso?"

„Na, es gibt bestimmt preiswertere Verputzer als dein Künstler."

„Hast du nicht gehört, was ich sage? Wir haben einen Brief vom Anwalt."

„Ja ‚der ist später auch noch da."

„Ich habe jetzt keine Ruhe, mir Putz anzusehen, wenn so ein Brief gekommen ist!"

Mein Mann seufzt laut auf.

„Also nach Hause, den Brief lesen."

„Ja, bitte." Wir steigen ins Auto und fahren schweigend los."

„Warum sollen wir aufhören zu bauen?"

„Woher soll ich das wissen, ich habe den Brief auch noch nicht gelesen, jetzt reg dich nicht so auf, wird ein Missverständnis sein," meint mein Mann.

Zuhause angekommen stürme ich sofort ins Haus. Sascha

hält uns schon den Brief entgegen und wir lesen staunend die ganzen Anschuldigungen. Wir haben in einer Nacht und Nebelaktion den Putz von ihrem Haus geschlagen, einschließlich die super Isolierung, die sie besessen haben, deshalb haben sie nun einen feuchten Keller und ein völlig verschimmeltes Schlafzimmer. Außerdem hätten wir die Brandwand nicht genau an ihre Hauswand gebaut, daher sollen wir sofort aufhören zu bauen und am besten alles wieder abreißen.

„Das ist doch gelogen!" rufe ich empört aus.

„Der blöde Keller war schon immer feucht und Putz und Isolierung war nicht vorhanden, nur Mörtelreste, die sie dazwischen gekippt haben, um die Lücken zu füllen. Das hat doch ihre Versicherung abhauen lassen."

„Na und die Wand können wir nicht anders bauen, weil ihr Anbau einen halben Meter schräg auf unserem Grund stück steht."

„Und jetzt?" frage ich ratlos.

„Ja ist doch alles Blödsinn," sagt mein Mann.

„Wir sollten zum Anwalt gehen, Schatz, überlege dir das."

„Heute am Samstagnachmittag erreiche ich sowieso keinen, nee, ich schreibe selbst zurück, die können ja nicht so einen Mist behaupten."

Ich bin ziemlich skeptisch.

„Ich habe kein gutes Gefühl, die suchen schon die ganze Zeit was."

„Ja, deine Ahnungen, ich schreibe sofort und stelle das klar, außerdem habe ich Bilder, wie ihr Haus aussah, die lege ich dabei, die dürfen sich ja nicht irgendwas ausdenken."

Ich bin nicht überzeugt, aber sage nichts mehr, vielleicht

hat er ja Recht.

5. Juli

Ich bin zu Fuß zum Haus gelaufen und schaue atemlos den Leuten zu, wie sie die Brandwand weiterbauen. So langsam wird sie fertig, Gott sei Dank. Plötzlich kommt der Sohn von Familie Bauer angesprungen.

„Sofort aufhören, es ist Baustopp."

„Hallo," sage ich, „es ist kein Baustopp."

„Kommt sofort darunter," schreit er den Bauarbeitern zu, „ich will nicht, das ihr weiterbaut." Verunsichert schauen mich die Leute an.

„Baut weiter," rufe ich, „wir haben keinen offiziellen Baustopp."

Olaf Bauer springt wie ein Irrer hin und her.

„Was soll das denn, das Theater?" frage ich ihn entnervt.

„Ihr habt unsere Isolierung abgemacht."

„Rede doch nicht so ein Unsinn, ihr habt doch nie eine gehabt. Wir haben euch doch noch darauf hingewiesen, das ihr jetzt mal Gelegenheit habt, euer Haus zu verputzen und zu isolieren."

Er springt weiterhin mit hochroten Kopf um mich herum. Ich wundere mich, wo er auf einmal herkommt, vor ein paar Jahren ist er endlich mit 40 Jahren ausgezogen und seither habe ich ihn nicht mehr gesehen. Der alte Bauer soll ihn rausgeworfen haben, hieß es. Mir fällt ein, das dieser ja im Krankenhaus liegt, da ist er wieder zu Mami gekommen. Schon immer fand ich ihn komisch, nie sah man ihn mit Freunden, schon gar nicht mit einer Freundin.

„Ihr müsst uns das bezahlen, wir haben jetzt einen Anwalt und der sorgt dafür, das ihr uns alles bezahlt, was wir möchten, denn wir haben kein Geld."

Fassungslos sehe ich das kleine Männchen an und muss an Rumpelstilzchen denken. So eine Dreistigkeit gibt es doch gar nicht. Von hinten kommt mein Mann angelaufen, er hat die Diskussion im Keller gehört und kommt mit rotem Kopf an.

„Was soll das Geschrei?"

„Ihr sollt sofort nicht mehr bauen, wir wollen das nicht."

„Ihr seid ja völlig verrückt geworden, komm verlass mein Grund stück, aber schnell."

Kurzerhand schiebt ihn mein Mann vom Platz.

„Ich hol die Polizei."

„Mach das!" ruft mein Mann.

Die Arbeiter bauen weiter und ich frage :

„Was sollen wir tun?"

„Nichts, die spinnen doch."

Er dreht sich rum und arbeitet weiter. Ich wühle in meiner Handtasche und muss irgendwie erstmal eine rauchen. Als ich nach oben sehe, springt Rumpelstilzchen auf deren Anbau herum. Er hat einen Fotoapparat in der Hand und fotografiert die Arbeiter von allen Seiten. Mir kommen arge Bedenken, denn ich glaube, es stehen echte Probleme an.

7. Juli

Ich pflanze im Garten und will mich gerade über unseren schönen Garten freuen, da sehe ich einen Mann an unserer Brandwand hängen. Es ist der Bruder vom alten Bauer. Ich gehe näher ran.

„Guten Tag, was tun Sie da?"

Er beachtet mich nicht, sondern hangelt sich mit rotem Kopf über ihren Anbau und fotografiert. In einer Hand hält er einen Zollstock und mit der anderen fotografiert er alle Abstände.

„Sagen Sie mal, kann ich Ihnen helfen?"

Für ihn bin ich Luft. Mit bitterbösen Blick hangelt er sich weiter an der Mauer entlang und arbeitet sich weiter. An einer Stelle rutscht er ab, aber er kann sich noch fangen, bevor er herunter fällt. Ich will ihn gerade noch mal ansprechen, da rappelt er sich auf und verschwindet durch die Terrassentür von Bauers. Ich gehe hinunter in den Keller, den meine Familie verputzt.

„Schatz, der Bruder von Bauers hat jede Menge Bilder von der Brandwand gemacht, ich wette, die wollen richtig Ärger machen."

„Ich hab keine Zeit, lass ihn doch."

So langsam werde ich ungeduldig.

„Wir sollten einen Anwalt suchen."

„Ich habe doch schriftlich alles klargestellt."

„Ich fürchte aber, das reicht nicht!"

„Schauen wir mal, ich muss noch so viel arbeiten, nächsten Monat kommt das Haus."

Ich bin nicht überzeugt und mache mich auf den Weg nach Hause. Wenn mein Mann diesen fanatischen Blick von Waldemar Bauer gesehen hätte, wäre er auch besorgt.

„Hoffentlich sind wir bald fertig und Bauer lässt uns in Ruhe, ich kann einfach nicht noch mehr ertragen."

Zuhause muss ich Büroarbeit machen und mit den Kunden am Telefon sprechen. Es fällt mir furchtbar schwer, mich zu konzentrieren, immer wieder sehe ich Bauer an der Mauer herumklettern. Langsam wird mir klar, dass sie nun endlich eine Gelegenheit haben, sich ihren feuchten Keller sanieren zu lassen und das werden sie mit allen Mitteln versuchen. Ich zwinge mich zu arbeiten, die Firma muss weiterlaufen, es war schwer genug alles aufrechtzuerhalten. Also weiter im Geschehen.

Mir kommt in den Sinn, dass ich am Tag der Taufe über dieses Thema nachgedacht habe, hatte ich schon eine Vorahnung? Im Nachhinein denke ich schon, den ganzen Tag hatte ich ein merkwürdiges Gefühl, doch leider konnte ich es nicht einordnen, sonst hätte ich es ja verhindern können. Hoffentlich bestätigt sich meine Befürchtung dieses Mal nicht.

8. Juli

Ich nehme die Post entgegen und sehe schon, es ist ein Brief von Bauers Anwalt Herrn Schön dabei.

Ich öffne ihn und lese sofort. Hurra, wir sollen sofort aufhören zu bauen, sonst will er einen Baustopp beim Verwaltungsgericht bewirken. Sofort suche ich im Internet nach Anwälten und entscheide mich, bei einer Hotline anzurufen. Die nette Dame rät mir, dem Verwaltungsgericht zu schreiben, dass sie keinen Baustopp ohne unsere Anhörung aussprechen sollen. Wieder mache ich mich auf den Weg zur Baustelle, in der Hoffnung, dass mein Mann zum Anwalt geht. Dort angekommen, sehe ich meinen Mann und Danny wieder schwitzend schuften. Mir tut es richtig leid, wieder eine schlechte Nachricht zu bringen. Diesmal winkt mein Mann aber nicht ab.

„Ich rufe Herrn Schön jetzt an und verhandle mit ihm."

„Meinst du das ist eine gute Idee? Besser ist ein Anwalt."

„Ich kenne Herrn Schön als Kunden" sagt mein Mann.

„So übel ist der nicht, da muss man doch vernünftig mit reden können".

Schon hat er sein Handy am Ohr und ruft an. Die Vorzimmerdame verbindet.

„Herr Schön," sagt mein Mann, „wie kriegen wir die Kuh vom Eis?"

Er hört eine Weile zu, während ich aufgeregt daneben sitze. Endlich legt er auf.

„Was sagt er?" frage ich ungeduldig.

Er meint, den Wasserschaden im Keller und im Schlafzimmer nimmt er nicht wichtig, aber wir haben nicht so gebaut, wie in der Genehmigung. Da ist das Haus genau an Bauer drangezeichnet."

„Aber so ging es doch nicht."

„Ne, er schlägt vor, dass wir eine Schüttung machen, dann wäre das Thema durch, die Schäden laufen über die Versicherung. Gleich will er Bauers anrufen und ihnen den Vorschlag machen."

„Also etwas dazwischen schütten, damit die Lücke zu ist?"

„Genau", ich bin vorsichtig, so ganz kann ich nicht glauben, dass es so einfach geht.

Ich sehe, wie Rumpelstilzchen im Garten rumrennt, die Kamera in der Hand.

„Das wäre natürlich eine gute Lösung, wobei ich das mit ihrem feuchten Keller zwar nicht einsehe, aber wenn die Versicherung bezahlt, soll's mir Recht sein. Dann haben sie endlich einen Blöden gefunden."

„Kommt ja nicht an unser Dach!" schreit Olaf Bauer die Arbeiter an.

Mir kommen Zweifel, ob Herr Schön mit denen sprechen kann. Zwei Stunden vergehen, bis der Anwalt zurückruft. Noch nie ist mir die Zeit so langsam vergangenen.

Eine Zigarette nach der anderen habe ich geraucht, mir ist total schlecht. Mein Mann streitet sich am Telefon und legt dann auf.

„Wir sollen freiwillig aufhören zu bauen, dann will Familie Bauer den Rest der Woche darüber nachdenken und sich mit allen Familienmitgliedern beraten. Wenn wir weitermachen, wird sofort das Verwaltungsgericht angeschrieben. Der Anwalt hat sich entschuldigt, aber er hat nichts erreichen können."

„Na super, also die Arbeiten aufhören, dann kommen wir in Zeitdruck."

Wütend läuft mein Mann hin und her.

„Na gut, wir hören ein paar Tage auf und hoffen, dass die drüben zur Vernunft kommen."

Er geht zu den Bauarbeitern und bestellt eine Woche Pause. Sie sind froh, da sie dringend ein paar Tage zu einer anderen Baustelle müssen. Bevor wir fahren ruft uns Olaf Bauer noch mit einem zufriedenen Grinsen zu.

„Wir werden ja sehen, wer uns alles bezahlt!"

„Meine Güte, ist der widerlich!" bricht es aus mir heraus.

„Ein totales Arschloch, dieser Versager, der hat's zu nichts gebracht im Leben, aber große Fresse." Mein Mann sieht mich an und muss grinsen.

„Hey, sowas aus deinem Mund?"

„Ja ist doch wahr, der lässt einen echt die gute Erziehung vergessen. Was ist das für ein Benehmen?"

„Reg dich nicht auf, ich schreibe gleich zum Gericht und wir gehen zum Anwalt."

Ich bin erleichtert, endlich unternehmen wir etwas.

9. Juli

Wir sind auf dem Weg zum Anwalt. Wir müssen bis nach Witten fahren, da alle Anwälte in der Nähe Urlaub haben, außer der von Bauer natürlich. Dafür können wir auch gleich durchgehen. Wir sitzen dem Anwalt gegenüber und erzählen unsere Geschichte. Herr Vaupel lümmelt sich in seinem Stuhl herum und lacht.

„Alles nicht so ernst nehmen," meint er.

„Für seine Fassade ist jeder selbst zuständig, da gibt es eindeutige Gesetze, ich schreibe Herrn Schön einen Brief."

„Was ist denn mit dem Problem, das es in der Baugenehmigung anders gezeichnet ist?" frage ich.

„Hat nichts zu sagen."

„Aha," zweifle ich.

„Siehst du!" sagt mein Mann. Herr Vaupel räkelt sich in seinem Stuhl und spricht in sein Diktiergerät.

„Wenn das nicht klappt, bekommen wir dann schnell einen Termin?"

„Oh, das tut mir leid, ich bin jetzt 4 Wochen im Urlaub."

Zufrieden kippt er mit dem Stuhl.

„Na klasse, hoffentlich klappt dann der eine Brief," murmle ich vor mir her."

„Seien sie doch nicht so pessimistisch, wegen sowas gibt es doch keinen Baustopp."

„Siehst du? Sag ich doch," stellt mein Mann fest. Ich weiß es einfach, dass es nicht erledigt ist, aber ich sage nichts.

10. Juli

Wir sind unterwegs, um uns Möbel auszusuchen, als das Handy bimmelt. Das Bauamt ist daran.

„Guten Morgen Herr Ockel," sage ich nervös.

„Guten Morgen, wir haben einen Anruf von Rechtsanwalt

Schön, es gibt Schwierigkeiten. Wir möchten uns heute Nachmittag mit Ihnen an der Baustelle treffen und sagen Sie ihrem Bauleiter Herrn Schulz Bescheid, er muss dabei sein!"

Ich teile dies meinem Mann mit und er ruft sofort unseren Hausbauer an.

Dieser ist nicht sehr erfreut, verspricht aber zu kommen.

„Eigentlich ist das Ganze sowieso seine Sache, er muss alles managen, er hat ja auch gesagt, dass wir so bauen sollen."

„Ja ,"sagt mein Mann, „aber mit Problemen will er nichts zu tun haben."

„Vielleicht kann Herr Ockel das Problem lösen," hoffe ich.

Wieder habe ich keine Lust mehr, weiter Möbel anzusehen. „Willst du jetzt bei jeden Anruf grübeln und nichts mehr machen?" murrt mein Mann böse. Wir fahren zur Baustelle, meine Gedanken überschlagen sich, ich kann nichts dagegen tun. Dort angekommen werden wir schon wieder von Olaf Bauer beobachtet, seine Mutter versteckt sich, wie immer, hinter der Gardine.

„Hast du den ganzen Tag nichts zu tun, als uns zu beobachten?" ruft mein Mann genervt.

„Ich unterstütze meine Eltern."

„Indem du uns den ganzen Tag auflauerst?"

„Du musst gerade was sagen, jemand der ins Fernsehen geht und ständig jammert, nur weil er abgebrannt ist. Bei uns war keiner."

Ich sehe das Männlein an und möchte ihn fragen, was dort gefilmt werden sollte, in seinem Kinderzimmer war ein Wasserschaden, der längst von der Versicherung beseitigt wurde. Die Holzpaneele von Anno Tobak sind nagelneu gemacht, dazu auch neuer Fußboden, so schön hatte er es vorher nicht, deshalb schläft er jetzt ja auch wieder dort. Doch wir sagen nichts, es hat keinen Sinn. Endlich ist es so weit und es kommen drei Mann vom Bauamt, nur unser Bauleiter ist nicht da.

„Was ist denn los?" fragt Herr Ockel, „ihr sollt euch nicht an die Baugenehmigung gehalten haben."

„Es geht um die Brandwand," erklärt mein Mann, „wir können sie nicht ganz an Bauers Haus anbauen, weil ihr Anbau zum Teil auf unser Grundstück gebaut ist, also ist eine Lücke entstanden, allerdings nicht überall, vorne und hinten liegt die Wand an und am Dach kommen wir fast nicht vorbei, da sich ihr Giebel nach vorne neigt. Wir dachten, wenn die Wand angeglichen wird, wäre das ok, sonst müssen sie eben den Anbau von unserem Grundstück abreißen."

„Immer langsam," beruhigt Herr Ockel, „warum habt ihr nichts gesagt, ich hätte das doch genehmigt in dieser speziellen Situation." Wir zucken mit den Schultern.

„Das habe ich mit der Statikerin abgesprochen." antwortet mein Mann.

„Ihr Bauleiter muss uns das weiterleiten. Wo ist er eigentlich?"

Endlich sehen wir ihn kommen. Herr Ockel erklärt ihm seinen Fehler, doch er sagt nicht viel dazu.

„Es muss noch mal ein Vermesser kommen, der soll sehen, wie weit ihr von der Grenze steht, wenn es nicht zu viel ist, mache ich eine Abweichgenehmigung."

Ich bin erleichtert und hoffe das Beste. Sofort telefonieren wir und erreichen, dass morgen einer kommt zum Vermessen.

„Tschüss, ich habe noch einen Termin." Schon ist unser

Bauleiter verschwunden.

„Der Vermesser soll mich anrufen und mir die Ergebnisse durchgeben, ich denke von eurem Hausbauer könnt ihr nicht viel erwarten." Damit verabschiedet sich Herr Ockel.

11. Juli

Unser Vermesser ist da und baut seine ganzen Geräte auf.

„Was habt ihr denn für ein Theater, es war doch schon alles vermessen?"

„Die Brandwand steht nicht genau auf der Grenze".

„Ihr sollt nun messen, wie weit wir von der Grenze weg stehen!"

„Die kann man doch gar nicht ganz anbauen, das Nachbargebäude ist doch krumm und schief."

„Tja, ich weiß auch nicht," sage ich ratlos.

Nach zwei Stunden steht fest, vorne stehen wir genau auf der Grenze und in dem Dreieck , wo unsere Nachbarn überbaut haben sind wir sieben Zentimeter entfernt.

„Die Nachbarn stehen fast einen halben Meter auf eurem Grundstück, ich habe das auf Bauers Terrasse markiert und da beschweren die sich? Am besten klagt ihr auf Abriss." Mit den Worten verabschiedet sich das Team.

Nun müssen wir vier Tage warten. Auf die Antwort der Stadt und auf Bauers Entscheidung. Wortlos fahren wir nach Hause. Fast haben wir gedacht, es ginge wieder bergauf und nun so was.

12. Juli

Die letzte Nacht habe ich kaum geschlafen. Immer wieder bin ich auf die Terrasse gegangen und habe geraucht, dabei war ich vor dem Brand so stolz aufgehört zu haben. Die Zeit vergeht nicht. Es ist schrecklich, nach einer gefühlten Stunde, sehe ich auf die Uhr und es sind drei Minuten vergangen.

Ich wundere mich, wieso man Zeit so verschieden wahrnehmen kann. Es wird langsam hell, doch noch immer ist es Nacht. Immer wieder grüble ich über unsere Situation. Es geht mir nicht in den Kopf, warum unsere Nachbarn dieses Theater veranstalten. Was ist nur in sie gefahren ?

15. Juli

Wir sind auf dem Weg zur Stadt. Die letzten Tage sind wie Gummi gewesen. Endlich erfahren wir heute die Entscheidung der Stadt. Punkt acht sitzen wir bei Herrn Ockel. Dieser ist noch nicht da, also müssen wir warten, schon wieder warten. Ich spüre die Ungeduld bis in die Fingerspitzen, alles kribbelt und ein steifes Gefühl erreicht meinen Nacken.

„Er ist bestimmt krank und wir müssen noch länger warten ,"flüstere ich zu meinem Mann. Er schweigt. Endlich geht die Türe auf.

„Wie lange sitzt ihr denn schon hier?" Herr Ockel ist erstaunt.

„Das ganze Wochenende, so gefühlsmäßig," antworte ich.

„Na, Frau Ring, nehmen Sie doch nicht alles so schwer."

Der hat gut reden, denke ich nur.

„Nun denn, es sind sieben Zentimeter, das kann ich locker vertreten, ich schreibe eine Abweichungsgenehmigung."

Vor Erleichterung könnte ich ihn küssen, lass es aber lieber sein und sage statt dessen

„Gott sei Dank."„Ich denke, so ist doch jedem gedient,

dafür lasst ihr auch die Finger von ihrem Anbau, auch wenn er bei euch auf dem Grund stück steht. So ein Streit nutzt doch keinem."

„Na, so sehen wir das doch auch, aber Bauers nicht," wende ich ein.

Herr Ockel sieht mich zweifelnd an, er scheint zu glauben, dass wir Bauers mit dem Abriss ihres Anbaus gedroht haben.

„Was soll denn dann der ganze Streit?"

„Genau das frage ich mich auch die ganze Zeit," sage ich zu ihm.

„Mit dieser Brandwand haben sie uns aber auch eine schwere Aufgabe gegeben, die können Bauers nicht leiden."

„Sie ist doch zu ihrem Schutz, setzen Sie sich doch mal zusammen," schlägt er vor.

Wir stehen auf und verabschieden uns. Ich bin erleichtert und umarme draußen meinen Mann.

„Wird alles gut, habe ich doch gesagt." Er grinst.

„Du, ich weiß nicht, aber ich möchte mich nicht mit der Bauer zusammensetzen," sage ich nachdenklich, „die ist mir zu doof."

„Wenn überhaupt, warten wir, bis Herr Bauer aus dem Krankenhaus raus ist, denn er ist der Hausbesitzer."

„OK." Ich gebe ihm recht.

Auf dem Weg nach Hause bin ich nachdenklich.

„Warum nur habe ich das Gefühl, dass es noch lange nicht vorbei ist?"

„Weiß ich nicht, du musst eben positiver sein," stellt mein Mann fest.

Bücher über positives Denken habe ich ja genug gelesen, in der Theorie ganz einfach, in der Praxis leider nicht. Angeblich muss man sich ja nur vorstellen, alles was man möchte, wäre schon da und man muss fest daran glauben, aber als wir an der Baustelle vorbeifahren, sehe ich kein Haus und es lässt sich einfach nicht herbeidenken.

„Ich bin ein Versager, noch nicht mal das schaffe ich," denke ich frustriert.

Zuhause angekommen hält Sascha uns sofort ein Fax hin.

„Die Entscheidung von Bauer ist da!" ruft er.

Wir lesen sie durch und setzen uns auf den Hintern. Sie haben Forderungen im Wert von 25000 Euro.

Sie möchten alles Mögliche von uns bezahlt haben, selbst die Sachen, die ihre Versicherung zahlt. Von einer Schüttung zwischen Brandwand und ihrem Haus ist nur nebenher die Rede.

„Ja geht's noch? Die flippen ja völlig aus, fehlt nur noch, dass ich einmal in der Woche bei denen putzen soll." Ich bin total empört.

„Nu reg dich nicht auf, wir haben ja eine neue Genehmigung, also müssen wir darauf nicht eingehen. Ich ruf die Bauarbeiter an, es wird weitergebaut."

Noch immer habe ich mich nicht beruhigt, als die Post kommt. Es ist ein Brief vom Schwelmer Amtsgericht. In der Zeit, in der wir nicht weitergebaut haben, weil wir dieser Bitte von Bauer`s nachgegeben haben, haben sie uns verklagt. Sie wollen, dass wir nicht mehr weiterbauen, wenn doch, sollen wir eine Strafe von 250000 Euro bekommen oder ein Jahr Haft. Diese Forderung ist für das Schwelmer Gericht zu hoch, also schicken sie es weiter nach Hagen. Es ist nur eine Info für uns.

Jetzt muss ich mich erstmal setzen, während ich nach meinem Mann rufe. Vielleicht gibt er mir einen Rat, wie ich positiver denken kann. Es ist unfassbar für mich, dass wir so hinterhältig hintergangen worden sind. Die Wand hätte fertig sein können. Offensichtlich haben sie niemals vorgehabt sich vernünftig zu einigen, nur im finanziell großen Stil. Mittlerweile hat mein Mann den Brief auch gelesen und ich warte auf seine beruhigende Worte.

„Wir brauchen einen Anwalt!"

Diese Antwort habe ich nicht erwartet, scheinbar erkennt er den Ernst der Lage.

„Das denke ich auch, ich hänge mich sofort ans Telefon," stehe auf und mache mich auf die Suche.

Nach einer halben Stunde habe ich einen Termin bei Herrn Haars, Rechtsanwalt für Baurecht.

„Schatz, komm, wir sollen in einer halben Stunde da sein."

Sofort machen wir uns auf den Weg und sitzen schneller als gedacht beim Anwalt.

Herr Haars macht immerhin einen seriöseren Eindruck als der Letzte.

„Das Problem ist, das es in der Bauzeichnung anders ist, wie Sie gebaut haben, damit lässt sich richtig Geld rausschlagen," erklärt er uns.

„Die gute Nachricht ist, dass sie eine Abweichgenehmigung haben."

Wir hängen still an seinen Lippen.

„Weiterbauen," sagt er, „je weiter sie kommen, umso besser. Vielleicht lehnt das Zivilgericht die Klage ab."

„Was ist mit deren Anbau"?

„Wird es nicht Zeit, dass wir dagegen vorgehen, das ist doch der Grund für den Schlamassel," fragt mein Mann.

„Ach lassen Sie das lieber, es sieht für das Gericht so nach Rosenkrieg aus."

Wir lassen uns überzeugen.

„Bauen sie jede freie Minute,“ sagt er fröhlich und verabschiedet sich.

„Ach, übrigens, seien Sie nicht weiter so naiv und glauben Sie können das alleine lösen. Besprechen Sie nichts mehr mit dem Anwalt der Gegenseite, Sie sehen ja was dabei herauskommt.“

Wir gehen zum Parkplatz.

„Na dann, auf in den Kampf,“ tönt mein Mann.

Ich verklemme mir den Spruch „Ich hab's ja gleich gesagt,“ außerdem bringt es mir keinerlei Genugtuung, Recht behalten zu haben.

16. Juli

Ein Spießrutenlauf beginnt. Wir treiben die Arbeiter an, schnell voranzukommen, immer mit dem Gedanken jederzeit einen Baustopp zu bekommen. Olaf Bauer springt wie immer an der Grenze herum, während Frau Bauer hinter der Gardine steht und uns beobachtet. Zwischendurch kommt sie mal in den Garten und zupft imaginäres Unkraut. Immer wenn man in ihre Richtung sieht, bückt sie sich schnell und hält einem ihren Hintern hin. Mittlerweile schon zum fünften Mal. Ich mache einen Spaziergang mit dem Hund , um auf andere Gedanken zu kommen. Als ich zurück komme wischt Frau Bauer ihre Haustür.

„Vielleicht sollte ich doch mal versuchen mit ihr zu sprechen,“ denke ich, doch als sie mich sieht, bückt sie sich sofort wieder.... Mir vergeht die Lust auf ein Gespräch wieder. Putzen ist Frau Bauer`s Leidenschaft, sie hat ihren Eingang mit nassen Lappen schon total rostig geputzt. Unter der Matte kommt überall Rost hervor, den sie stolz betrachtet. Ich erinnere mich daran, als unser Haus neu verschiefert wurde. Herr Bauer meinte zu uns, er hätte auch überlegt, sich einen neuen Eingang zu machen, aber sie würden nichts schöneres finden, also sehen wir immer noch auf das wunderschöne gelbe Plastik von 1964, was Frau Bauer aber schon etwas pastelliger geputzt hat.

An der Baustelle klingelt das Telefon, was im Keller schon angeschlossen ist für Kundengespräche.

„Guten Tag Herr Ockel," sage ich erstaunt."

„Wir, die Stadt ist von Familie Bauer verklagt worden, sie akzeptieren die Abweichung nicht."

„Aha und jetzt?"

„Es wird vor das Verwaltungsgericht kommen."

„Können wir irgendwas tun?"

„Sie können Beisitzende sein, da es Sie ja betrifft."

„Müssen wir aufhören zu bauen?"

„Nein, erst wenn so entschieden wird."

„Wie wird das wohl ausgehen," frage ich ihn.

„Tja, Frau Ring, vor Gericht und auf hoher See ist man alleine in Gottes Hand."

Nach diesem ermunternden Satz legt er auf.

„Ich kann das alles gar nicht glauben," sage ich zu mir selbst und gehe zu meiner Familie, um ihnen diese Nachricht zu bringen.

Eine bedrückte Stimmung breitet sich aus.

„Lass uns einfach die Lücke füllen, dann ist doch alles gut," überlegt Sascha.

„Ich fürchte, so einfach geht es nicht," wende ich ein.

„Ich frag den Ockel mal," meint mein Mann und greift zum Telefon. Eine Weile spricht er mit dem Bauamt und ich beobachte, wie er sich immer mehr aufregt.

„Was sagt er?" Ich frage ganz vorsichtig, ich glaube er explodiert bald.

„Ach, nur Mist."

Ich traue mich nicht weiter zu fragen, doch es ist auch nicht nötig.

„Wir dürfen nicht einfach eine Verfüllung machen, da dies nicht in der Baugenehmigung steht, also müssten wir das beantragen, hält er aber nicht für nötig, da er angeblich noch nie ein Verfahren verloren hat."

„Hört sich doch gut an," wage ich einzuwenden.

„Bei unserem Glück wird es das erste Mal sein," faucht er zurück.

„Außerdem habe ich ihm gesagt, dass Bauers ihren Anbau jetzt von unserem Grundstück reißen sollen, dann kann ich die Brandwand grenzständig setzen, aber das möchte er auch nicht, obwohl sich rausgestellt hat, dass sie diesen nie abnehmen lassen haben."

Mittlerweile ist er knallrot vor Aufregung. Ich nehme seine Hand und beruhige ihn.

„Wird sich alles klären, warten wir es ab." Das sage ich jedoch völlig gegen meine Überzeugung.

Ich gehe nach Hause und rauche in dem Poolraum. Mir geht nicht in den Kopf, was da passiert. Nach dem Brand habe ich gedacht, das wäre das Schlimmste, doch nun geht es schrecklich weiter. Ich rufe meine Mutter an, um ihr zu erzählen, was alles passiert ist.

„Warum tun die das?" fragt sie ratlos.

„Wenn ich das wüsste, aber ich fürchte, es geht ums Geld. Jahrelang haben sie nichts am Haus gemacht, doch jetzt nach dem Brand sehen sie ihre Chance."

Helfen kann sie auch nicht, doch ich konnte mich etwas ausjammern. Gerade habe ich aufgelegt, da geht wieder das Telefon. Ein Herr Krecht, Gutachter von unserer Versicherung.

„Ich soll ein Gutachten erstellen bei einer Familie Bauer, durch Sie soll der Keller nass sein und das ganze Schlafzimmer verschimmelt. Meine Frau wollte einen Termin machen, doch Frau Bauer war sehr unverschämt zu meiner Frau und sie wollten mich nicht hereinlassen. Das ist jetzt aber mit ihrem Anwalt geklärt, denn ohne Prüfung zahlen wir nicht. Übermorgen um drei Uhr bin ich dort vor Ort. Sollen wir uns danach zusammensetzen?"

„Ja natürlich, wir sind sowieso an der Baustelle."

„Ja aber sagen Sie mal, was sind denn das für Leute, die wollen doch Geld von uns, dann müssen sie uns auch reinlassen."

„Ich glaube, die sind völlig durchgeknallt," sage ich entnervt, „die sind im Geldfieber."

Kurz erzähle ich ihm die Geschichte.

„Bei abgebrannten Nachbarn bringe ich was zu Essen und helfe, aber benehme mich nicht so, also bis übermorgen."

Jetzt muss ich doch heulen, aber nach einer Weile höre ich den Kleinen krähen und gehe zu ihm. Er soll nicht bei so traurigen Menschen aufwachsen, er soll wenn's geht, unbeschwert bleiben, auch wenn es schwerfällt.

18. Juli

Müde setzte ich mich an den Tisch. Wieder habe ich schrecklich schlecht geschlafen.

„Oh Gott, ich habe einen Albtraum gehabt," teile ich dem Rest der Familie mit.

„Von Olaf Bauer?" witzeln die Jungens.

„Ne, von Frau Bauer`s Hintern."

„Ieh," schreien alle, „das ist wirklich schlimm."

Erheitert bricht eine Diskussion aus, über den Hintern der

Nachbarin, den sie uns immer entgegen streckt. Doch dann ist es Zeit für die Arbeit und außer Steffi, dem Kleinen und mir verlassen alle das Haus. Es wird Zeit sich Gedanken übers Essen für heute Abend zu machen, also gehe ich in die Küche, um zu sehen, was Essbares vorhanden ist.

Allerlei exotische Gewürze, von scharf bis superscharf hin zu höllenscharf ist von den Kindern dort gebunkert. Im Kühlschrank lagern Puddings und Joghurt mit Namen beschriftet, damit ja kein anderer davon isst. Zur Hälfte ist alles abgelaufen, doch ich lasse meine Finger davon, bevor ich mir anhören muss „Wo ist mein Joghurt, der war noch gut."

Ich bin zu alt fürs WG Leben und träume eine Weile davon, wieder eine eigenen Küche zu haben.

„Wird wohl nicht mehr lange dauern, zu Weihnachten stehe ich wieder im eigenen Reich."

Während ich das denke, habe ich ein blödes Gefühl, unsere Nachbarn setzen alles daran, dass dieser Wunsch scheitert. Laut seufze ich vor mich hin und mache mich auf den Weg zum Einkaufen.

Nachdem ich mein Auto mit Lebensmitteln beladen habe, fahre ich erstmal zur Baustelle. Dort sind sie am Dach unserer Nachbarn angelangt. Nun müssen die Dachpfannen von Bauer eine Reihe lang abgenommen werden, ihre Versicherung übernimmt dann den neuen Dachanschluss. Gott sei Dank ist dies mit dem Brandgutachter und der Tochter von Bauer alles abgesprochen worden.

Ich sehe die Bauer schon wieder hinter der Gardine stehen, allerdings sieht man heute den Kopf.

Als sie mich erkennt, schiebt sie schnell wieder die Gardinen zu.

Kaum hat ein Arbeiter die erste Dachpfanne beseitigt,

stürzt Olaf Bauer auf die Terrasse.

„Keiner rührt unsere Dachpfannen an, ich rufe sofort die Polizei."

„Oh nein, nicht schon wieder." Ich kann es nicht fassen.

Mein Mann hat schon das Telefon in der Hand und spricht mit unserem Anwalt.

„Wir sollen weitermachen," ruft er und sofort machen sich alle an die Arbeit. In ziemlich kurzer Zeit ist alles fertig. Wir warten auf den Dachdecker, der alles provisorisch verklebt, damit bei unseren Nachbarn nichts nass wird.

„Wo bleibt er denn?" Ich bin ungeduldig, da für heute Gewitter angesagt sind.

„Er kommt gleich, mach doch nicht so ein Stress," murrt mein Mann.

„Ja stell dir vor, denen regnet es rein, ich glaube die erschießen uns."

Beide sehen wir nach oben, wo Olaf Bauer mit hochrotem Kopf wieder Bilder macht.

Zu unserer Erleichterung kommt unser Dachdecker, den wir schon seit Jahren kennen.

„Hallo Heiko, gut das du kommst, mach alles schnell dicht, bevor unsere Nachbarn durchdrehen."

Geübt klettert er mit seinem Material auf das Gerüst und fängt an.

„Finger vom Dach," schreit Olaf Bauer wieder.

„Ich mache euch das doch nur dicht," erklärt ihm Heiko.

„Hallo, Olaf," rufe ich nach oben, „jetzt sei doch mal vernünftig, wir wollen doch nur das Dach von euch dichtmachen."

Olaf Bauer beachtet mich nicht.

„Wenn du das Dach anfasst, werfe ich dich vom Gerüst,"

ruft er während er mit wutverzehrtem Gesicht auf Heiko zugeht.

„Ist ja gut, krieg dich ein," sagt Heiko und klettert kopfschüttelnd vom Gerüst.

„Tut mir leid, aber so mache ich das nicht, hinterher wirft der Wahnsinnige mich darunter. Meiner Frau würde das nicht gefallen."

Völlig fassungslos lassen wir ihn wieder abfahren.

„Die sind doch nicht gescheit." Mein Mann wird langsam so rot wie Olaf Bauer.

Mittlerweile haben auch andere Nachbarn das Geschrei gehört und fragen, was denn los ist.

Wir erzählen von unserem Streit, was allgemeines Kopfschütteln verursacht.

„Das Haus ist abbruchreif," sagt jemand der ein paar Häuser über uns wohnt, „und isoliert war es auch nicht, die lügen ja."

„Tja wir wissen das, aber hoffentlich das Gericht auch."

So langsam habe ich die Nase voll.

Wir grübeln noch über diesen Irrsinn, da klingelt das Handy von meinem Mann. Der Anwalt von Bauers ist in der Leitung. Er möchte wissen, wann wir das Dach dicht machen, da es ja auch regnen soll. Meinem Mann platzt der Kragen.

„Der Dachdecker ist wieder gefahren, weil Olaf Bauer es verboten hat und ihn vom Dach schubsen wollte."

Das sei nur ein Missverständnis gewesen und er wäre dankbar, wenn wir es heute noch schnell erledigen würden.

Mein Mann schnappt nach Luft, doch er ruft Heiko wieder an.

„Jetzt kann ich erst am späten Nachmittag wiederkommen," verkündet er.

„Vielleicht bleibt es bis dahin trocken," hoffe ich.

„Wenn nicht, können wir auch nicht dazu, ist ja nicht unsere Schuld."

„Das werden die aber wieder anders sehen."

„Die sind ja auch nicht mehr normal," zischt mein Mann und sieht zu unseren Nachbarn hoch.

Diese sind allerdings von der Bildfläche verschwunden.

„Wozu rufe ich eigentlich die Tochter an und bespreche alles mit ihr?" schimpft er weiter.

„Wir müssen jetzt, glaube ich, vorsichtig sein, die haben kein Interesse an einer vernünftigen privaten Lösung." Eindringlich sehe ich meinen Mann an.

„Ach scheiß drauf," wettert er und stampft davon.

Zwei Stunden später wird der Himmel bedrohlich schwarz. Es sieht nach einem schweren Gewitter aus.

Der Anwalt von Bauer ruft wieder an und möchte wissen, wann unser Dachdecker kommt.

„Er ist jetzt bei anderen, wir warten drauf," antwortet mein Mann genervt.

„Das ist jetzt eh zu spät," flüstere ich.

Plötzlich kommt er doch noch angefahren.

„Ich habe mich beeilt, komm helft mir mit."

Mein Mann und meine Söhne klettern hinter ihm her. Ich kann gar nicht hingucken.

„Seid trotz allem vorsichtig," rufe ich ihnen nach.

Ich sehe zu, wie sie alle sich am Dach zu schaffen machen und mein Mann bedenklich unsicher auf dem Gerüst rumhampelt. Doch alles geht gut, zu viert haben sie es schnell geschafft und kommen wieder herunter. Kaum stehen sie auf festem Boden, kracht es fürchterlich, ein greller Blitz zuckt auf und es gießt wie aus Eimern.

„Das war knapp", ruft Heiko, „gerade so geschafft."

Wir stehen im strömenden Regen und müssen alle lachen, irgendwie finden wir die Situation plötzlich irre komisch.

Na, Familie Bauer sorgt wenigstens für Aktion.

21. Juli

In der Post ist ein Schreiben vom Hagener Amtsgericht, in dem ein Termin für die nächste Woche angegeben wird. Die Tochter von Bauers hat tatsächlich einen Eid geschworen, das ihr Haus verputzt und voll isoliert war, unser Abrissunternehmen hätte dies alles beseitigt. Ungläubig starre ich auf die Zeilen. Ich habe diese Leute unterschätzt, nie hätte ich es für möglich gehalten, dass sie so hemmungslos lügen und das auch noch unter Eid. Schnell suche ich im Computer die ganzen Fotos vom Abriss heraus, auf denen man deutlich erkennt, wie ihr Haus ausgesehen hat. Dicke Brocken Zementreste, die sie beim Anbauen an unser Haus einfach in die Lücken gekippt haben, kleben an ihrer Wand. Ihre Gebäudeversicherung ließ diese Reste entfernen.

Ich bin tief empört über dieses Verhalten. Natürlich kann man mal etwas übertreiben, aber völlig erfundene Dinge vor Gericht bringen? Was geht nur in diesen Leuten vor ?

Schnell ziehe ich mich an, der Gutachter unserer Versicherung hat gleich den Termin bei Bauer und will sich danach mit uns treffen, um die Schäden zu besprechen. Ich frage mich schon, welch schlimme Schäden sie haben, um sich so zu benehmen, aber dafür haben wir ja eine Versicherung. Vielleicht werden sie wieder vernünftiger, wenn die Versicherung da war und zahlt.

Als ich mich ins Auto setze pocht mein Herz fürchterlich, es war und ist zu viel Aufregung.

Ich muss vorsichtig sein, geht es mir durch den Kopf, aber

es geht ja im Moment nicht anders.

Als ich an der Baustelle ankomme, sehe ich die Versicherungsgutachter gerade noch in Bauers Haus verschwinden. Langsam gehe ich hinauf in den Garten, der etwas vom Gebirge hat. Man muss viele Treppen gehen, um oben anzukommen, aber er ist schön geworden. Das Gartenhaus steht hoch oben, wir haben es mit Tisch und Stühlen ausgestattet und daneben eine kleine Terrasse gebaut, so können wir uns hier etwas aufhalten. Einen Laufstall und etwas Spielzeug für den Kleinen haben wir auch hier.

Ein kleines Stück Zuhause. Ich stelle das mitgebrachte Essen auf den Tisch und rufe alle zum Essen.

Als alle am Tisch beisammen sitzen, erzähle ich die Neuigkeiten. Natürlich ist keiner begeistert.

Nachdenklich schaue ich durchs Fenster auf unsere Bodenplatte, auf der nächsten Monat unser Haus errichtet werden soll. Kann es wirklich sein, dass unsere Nachbarn dies wegen den 7 Zentimetern schaffen zu verhindern? Zumal es ja durch ihr falsches Bauen nur so geschehen ist. Beim besten Willen kann ich mir nicht vorstellen, dass sie so weit gehen, schließlich halten wir uns aufrecht, in der Hoffnung bald wieder ordentlich wohnen zu können. Mein Magen fängt schmerzhaft an zu ziehen, als ich die Gutachter und Familie Bauer an der Bodenplatte auftauchen sehe. Rumpelstilzchen springt wieder aufgeregt herum und zeigt mit dem Finger auf verschiedene Sachen, während er auf die Leute von der Versicherung einredet. Endlich löst sich die Versammlung auf und die beiden Männer kommen zu uns herauf.

„Ist ja wie auf einer Alm!" keucht der Gutachter.

„Setzen sie sich doch erst einmal," biete ich an.

„Wollen sie etwas trinken?"

„Ja bitte, ein Wasser, es ist furchtbar heiß heute."

„Der Garten sieht toll aus, die ganzen Felsen, so etwas habe ich noch nie gesehen"!

Zwar freue ich mich, dass es ihm gefällt, aber ich bin ungeduldig.

„Was ist denn nun los bei den Nachbarn?"

„Eigentlich nichts."

„Wie nichts", frage ich irritiert.

Er schüttelt langsam den Kopf.

„Ganz unangenehme Leute, der Sohn hochgradig aggressiv."

„Das haben wir wohl mittlerweile auch gemerkt, aber was haben sie denn für Schäden?"

„Im Schlafzimmer ist ein etwa ein Euro großer Fleck an der Wand, dieser ist an einem Rohr, welches nicht abgedichtet ist und an dem Wassertropfen hängen. Sie können irgendwie aber nicht erklären, wozu dies da ist. Eindeutig haben sie da schon immer ein Feuchtigkeitsproblem gehabt, denn das Brett vom Laminat ist an dieser Stelle schon mal ausgetauscht worden."

Er lacht erheitert.

„Die wollen sich sanieren, aber wir sind ja nicht auf den Kopf gefallen."

Ich kann nicht wirklich in das Lachen einstimmen.

„Dann war ich im Keller, mein Kollege durfte nicht mit, nur ich. So was habe ich auch noch nicht erlebt, was soll's, auf jeden Fall ist die Bruchsteinwand auf der angrenzenden Seite zu Ihnen ein wenig feucht, aber es ist eine alte Bruchsteinwand, die sind so. Vielleicht kommt es auch noch vom Löschen, aber da ist ihre eigene Versicherung für zuständig. Wirklich glauben kann ich das aber nicht, denn das war noch die beste Wand, alle anderen waren noch wesentlich feuchter, ich habe alles durchgemessen. Alle Rohre sind nass und verrostet, der Putz fällt von den Wänden, sie müssen schon jahrelang Probleme mit Feuchtigkeit haben.

Sie können die Bilder einsehen, die ich gemacht habe, ich schicke sie ihnen zu. Alles im Allem wird die Versicherung nicht dafür zahlen."

Einerseits bin ich erleichtert zu hören, dass wir doch nicht Schuld an den Schäden sind, andererseits werden Bauers nicht glücklich darüber sein, das hilft uns auch nicht weiter.

„Vielleicht zahlen Sie etwas aus Kulanz?"

„Kann ich mir nicht vorstellen, es ist zu offensichtlich Betrug, da müssen die ganz vorsichtig sein."

Damit verabschiedet er sich.

„Viel Glück beim Bauen!" ruft er noch beim Gehen.

„Na super," denke ich und schaue auf das Haus der Nachbarn. Hinter der Gardine sehe ich Frau Bauer, die uns die ganze Zeit beobachtet.

So eine alte Hexe, geht es mir durch den Kopf.

„Sag mal ehrlich, was geht in den Menschen vor?" wütet mein Mann.

„Keine Ahnung," erwidere ich, allerdings etwas leidenschaftslos.

Ich fasse ihn an die Hand.

„Reg dich nicht so auf. Sollen wir versuchen mit Frau Bauer zu sprechen, vielleicht kann man ja vernünftige Regelungen finden."

„Glaub mir, wenn ich denken würde, dass es einen Sinn hat, wäre ich der erste, der das machen würde, aber du weißt doch, wie es das letzte Mal ausgegangen ist. 25000 sollen wir zahlen."

„Gut, mit Herrn Bauer können wir nicht sprechen, er soll völlig dement sein."

„Ihm gehört zwar das Haus, aber das bringt uns nicht weiter und mit Frau Bauer kann man nicht reden, glaub es mir. Die Kinder machen, was sie will."

„Also, wir können nichts tun?"

„Im Moment fällt mir nichts ein, warten wir es ab."

27. Juli

Der Tag der Gerichtsverhandlung ist da. Mein Mann, Danny und ich sind auf dem Weg nach Hagen.

Die Fotos vom Gutachter haben wir gestern bekommen. Der Keller ist total marode, zu allen Seiten, aber wir sollen das bezahlen. Es ist zum Haare raufen.

Als wir auf dem Parkplatz ankommen, ist Familie Bauer schon anwesend, außer natürlich Herr Bauer in dessen Namen ja geklagt wird. Hochgradig arrogant schreiten sie an uns vorbei.

Im Gerichtssaal lassen wir uns alle nieder. Die Richterin kommt herein, begrüßt uns und erklärt vor allem der Tochter von Bauer`s welche Strafen auf Meineid stehen. Diese sieht auf den Boden und sagt nichts. Dann schickt die Richterin den Rest von Bauer`s raus, was sie kopfschüttelnd und leise schimpfend tun.

„Wo ist der Ankläger Herr Bauer?" fragt die Richterin.

„Der hatte einen Unfall und kann nicht kommen," erklärt Bauer`s Anwalt.

„Seine Tochter hat alle Vollmachten."

„Aber er ist doch längst wieder zu Hause und läuft auch mit in die Stadt," wende ich ein.

„Er kann aber nicht," schreit mich der Anwalt an.

„Ich darf doch um einen anderen Ton bitten," weist die Richterin ihn zurecht.

„Wir haben den Eindruck, dass Herr Bauer nicht mehr geschäftstüchtig ist und gar nicht weiß, dass in seinem Namen geklagt wird," wirft unser Anwalt ein.

Anwalt Schön wird puterrot.

„Haben sie dafür ein ärztliches Gutachten?"

„Nein natürlich nicht, aber es ist eine berechtigte Frage."

„Wir haben alle Vollmachen, basta."

„Nun gut, fangen wir an ,"sagt die Richterin.

„Nach einem Brand, bei dem das Wohnhaus der Familie Ring vollständig abgebrannt ist, soll nun ein neues Gebäude entstehen. Zwischen ihrem Gebäude und dem der Nachbarn wird eine Brandwand errichtet, für diese Wand fordern sie einen Baustopp. Erläutern sie doch mal die Gründe."

„Ja sie steht nicht auf der Grenze, deshalb" sagt trotzig Anwalt Schön.

„Wir haben von der Stadt eine Abweichungsgenehmigung bekommen," erklärt unser Anwalt.

„Die fechten wir gerade an," faucht die Gegenseite.

Die Richterin schaut etwas entnervt.

„Warum kommen sie dann erst zu uns?"

„Weil die Angeklagten beim Abriss ihres Hauses die Isolierung und den Putz von dem Haus meiner Mandanten abgerissen haben und deshalb Feuchtigkeit in den Keller und das Schlafzimmer dringt."

Unser Anwalt erhebt sich und bringt die Bilder vom Gutachter zum Richtertisch.

„Darauf ist gut zu erkennen, dass der Keller insgesamt und schon sehr lange feucht ist," erklärt er und zeigt ihr eine ganze Anzahl von Bildern. Anwalt Schön schaut extrem grimmig.

„Es sieht so aus, als wäre es das Ergebnis von vielen Jahren."

„Aber das wird doch von der Versicherung geklärt?" fragt die Richterin.

Bauer`s Tochter sieht die ganze Zeit zwanghaft an uns vorbei, doch nun sagt sie:

„Ihr müsst unser Haus isolieren und frisch verputzen, so wie es war."

Wir erklären der Richterin, dass das Haus nicht verputzt oder isoliert war und dass das auch nicht sein kann.

„Natürlich war das Haus super isoliert und verputzt," zischt die Tochter.

„Erkläre mir doch mal wie das geht," zischt mein Mann zurück.

„Ja, wie man so was eben macht, stell dich nicht dumm, so eine blöde Frage."

Mein Mann wendet sich an die Richterin.

„Unser Haus stand zuerst. Dann haben Bauers ihr Haus angebaut. Wie wollen ie dazwischen verputzt haben? Haben sie die Außenwand gemauert, dann verputzt und dann ganz schnell an unsere Wand geschoben?"

Scheinbar leuchtet das der Richterin ein. Die Richterin muss einen Augenblick nachdenken, dann schaut sie auf.

„Ich fürchte, das funktioniert nicht, es kann nicht verputzt worden sein zwischen den Häusern."

Tochter Bauer guckt dumm, sie begreift es nicht.

„Wir haben Frau Bauer gefragt, ob sie es von unserer Firma auch verputzen lassen will, da es dringend nötig ist bei ihrem Haus, das Gerüst wäre schon vorhanden gewesen, aber sie sagte, sie stecke kein Geld mehr ins Haus."

„Sie wollten, dass meine Mutter eine zweite Wand zieht," sagt Tochter Bauer.

Wir starren sie verwundert an.

„Was denn für eine Wand?"

„Das habt ihr gesagt," murmelt sie stur vor sich hin.

Ich schaue sie an.

„Sag mal, wie soll das in Zukunft weitergehen? Dein Bruder und deine Mutter beobachten uns den ganzen Tag, sie fotografieren und beschimpfen uns, wie soll man so zusammen leben?"

Sie antwortet nicht und sieht an uns vorbei.

Ich mache ihr einen Vorschlag.

„Wie wäre es, wenn wir zwischen euer Haus und unserer Brandwand eine Füllung machen, da gibt es so Kügelchen, die füllt man in die Lücken, dann habt ihr euer Haus isoliert und zwar das erste Mal. Wir würden das organisieren und dann teilen wir uns die Kosten. Die Lücke ist ja nur entstanden, weil ihr einen halben Meter mit eurem Anbau auf unserem Grund stück steht."

Tochter Bauer reagiert nicht.

„Das halte ich für ein faires Angebot," sagt die Richterin.

„Nein, wir möchten alles bezahlt haben."

Mein Mann neben mir platzt bald und ich kämpfe mit mir. Sollen wir es einfach alles bezahlen, vielleicht ist dann Ruhe im Busch.

„Es geht ja auch noch um einige andere Sachen, wir haben ja eine Liste aufgestellt."

Die Richterin hat sie vor sich liegen.

„Aber das sind doch alles Dinge, die ihre Versicherung bezahlen muss," wende ich ein.

Die Gegenseite geht nicht darauf ein und ich merke, sie wollen richtig Geld sehen und sich nicht gütlich einigen.

Scheinbar sieht die Richterin das genauso.

„Für mich gibt es keinen Grund einen Baustopp zu verhängen, alle angeführten Dinge können auch so erledigt werden. Die Familie Ring darf weiterbauen, überlegen sie sich das Angebot nochmal. Die Verhandlung ist geschlossen."

Wow, das ging aber plötzlich schnell. Tochter Bauer hat es noch gar nicht begriffen, sie sitzt noch als wir schon alle aufgestanden sind und flüstert ihrem Anwalt verwirrt etwas zu. Dieser ist wieder rot angelaufen, ich weiß, dass er es nicht gewohnt ist zu verlieren.

„Ich schwöre Ihnen, Sie werden ihr Haus so schnell nicht aufgebaut kriegen, dafür werde ich sorgen," schreit er uns plötzlich an."

Erschrocken sehe ich ihn an, auch die Richterin ist irritiert. Mein Mann will einen Schritt auf den Anwalt zugehen.

„Was soll denn der Scheiß," schreit er nun auch.

„Ah Gossensprache, Herr Ring," erwidert der Anwalt, „und das als Sozialdemokrat."

Der Anwalt ist in der Gegenpartei, scheinbar will er einen politischen Kampf austragen.

Mein Mann geht noch einen Schritt auf ihn zu.

„Nur zu Genosse Ring," feuert der Anwalt ihn an.

Ich hänge mich an seinen Arm, was aussichtslos ist, doch unser Anwalt erwacht aus seiner Erstarrung.

„Lassen Sie ihn reden, wir gehen jetzt raus," bestimmt er und drückt meinen Mann aus dem Gerichtssaal.

„Oh Gott, was war das denn jetzt," frage ich aufgeregt, während ich beruhigend die Hand von meinem Mann tätschele.

„Reg dich nicht so auf," sage ich zittrig zu ihm.

„Wer ist hier wohl aufgeregt, du oder ich?"

„Du! Aber ich auch."

Nachdem wir ein Stück den Gang entlang gegangen sind, dreht unser Anwalt sich um.

„Wir haben den Prozess gewonnen, das kann Herr Schön nicht gut verkraften, dafür ist er bekannt."

„Jetzt müssen wir warten, was das Verwaltungsgericht sagt, sie haben ja auch die Stadt verklagt," sage ich genervt.

„Da kann ich Sie auch als Beisitzende vertreten, ist immer besser."

Mein Mann und ich sehen uns fragend an.

„Na gut, ist sicher richtig," lässt sich mein Mann überzeugen.

Als wir im Auto sitzen sehen wir auf dem Parkplatz Familie Bauer, die heftig gestikulieren.

„Ich glaube, die sind nicht so glücklich," stelle ich fest. Allerdings gibt es mir nicht gerade ein gutes Gefühl, ich hätte mich lieber geeinigt, aber Bauers sind im Goldrausch. Wir müssen abwarten wie es weitergeht.

2. August

Unser Hausbauer ist mit ein paar Arbeitern da und legt die Pfetten für unser Haus. Das sind dicke Holzbohlen, die auf der Bodenplatte verdübelt werden, an den Stellen, wo die Wände hinkommen.

Andächtig gehe ich von Zimmer zu Zimmer und stelle mir vor, wieder eine eigene Wohnung zu haben.

Privatsphäre, eine eigene Badewanne, eine Küche, kaum noch vorstellbar. Aber mein Instinkt sagt mir, dass wir das Haus noch nicht aufbauen können.

Bei Bauers im Haus herrscht Hochbetrieb, seit die Fetten gelegt werden. Alle kommen angefahren. Bruder, Schwester, Kinder. Ein Baustopp wurde noch nicht ausgesprochen, jetzt werden sie nervös. Die Stadt hat im Brief für das Verwaltungsgericht geschrieben, dass der Anbau von Familie

Bauer im Weg stände, das wäre ihnen jetzt aufgefallen, deswegen könnte nicht anders gebaut werden. Wir waren sehr beeindruckt von der schnellen Auffassungsgabe. Bauers Anwalt war daraufhin der Meinung, wir hätten einen Steinmetz bestellen sollen, der jeden Stein individuell anpasst, der Kostenaufwand sei nicht ihr Problem, außerdem wäre es für seine Mandanten völlig unerträglich zu wissen, das an einer Stelle ein Zwischenraum von sieben Zentimeter sei. Außerdem wäre mein Mann im Stadtrat tätig und es wäre bestimmt Gemauschel im Spiel. Herr Ockel hat am Telefon fast einen Herzinfarkt bekommen, als er davon berichtet, wo er es doch bei uns so genau genommen hat und wir sogar zu Bauers Schutz diese teure Brandwand bauen mussten, die nicht unbedingt üblich ist und er wollte doch bei Bauers Anbau ein Auge zudrücken, damit sie glücklich und zufrieden sind. Tja, scheiße gelaufen.

Meine Freude ist wie weggeblasen, ich habe böse Vorahnungen, doch ich traue mich nicht etwas zu sagen, da meine Familie so ein glückliches Gesicht macht. Vielleicht habe ich ja unrecht.

5. August

Gerade habe ich unsere Wohnung aufgeräumt, da klingelt das Telefon. Unser Anwalt ist in der Leitung.

„Leider habe ich keine gute Nachricht für Sie, Sie haben einen vorübergehenden Baustopp!"

„Was heißt vorübergehend?"

„Wahrscheinlich kommt ein Gutachter vorbei, aber am besten kommen Sie vorbei, damit wir über das weitere Vorgehen sprechen."

„Aber das Haus soll doch aufgestellt werden."

„Das müssen Sie erst mal absagen, kommen Sie heute Nachmittag vorbei."

„Mein Mann arbeitet im Keller des Hauses."

„Er muss leider aufhören."

Ich muss mich erst einmal setzen, mir wird es eiskalt, obwohl ich ja damit gerechnet habe, zieht es mir nun den Boden unter den Füßen weg. Ich greife zum Telefon, um meinen Mann anzurufen.

„Schatz, du musst nach Hause kommen."

„Ne, ich bin am Verputzen."

„Du musst aufhören damit, wir haben einen Baustopp."

Am anderen Ende der Leitung herrscht Stille.

„Hast du mich gehört?"

„Ich komme!"

Er tut mir unendlich leid, nach so viel Schufterei, Stunde um Stunde hat er mitgebaut, damit wir alle wieder ein Zuhause haben. Meine Gedanken überschlagen sich. Was sollen wir nur tun? Wie lange dauert sowas? Ich entschließe mich beim Bauamt anzurufen. Verwunderlicherweise ist Herr Ockel sofort am Telefon.

„Ich habe die Nachricht schon bekommen, Frau Ring."

„Was sollen wir denn jetzt machen, was haben die für eine Begründung?"

„Wir haben noch nicht alles durchgelesen, der Brief ist voller Paragraphen, morgen setzt sich das ganze Bauamt zusammen und berät."

„Ich glaube, es wird Zeit gegen Bauers Anbau vorzugehen, der ist schuld am ganzen Dilemma."

„Es ist nun ein laufender Prozess, ich kann Ihnen keine Auskunft über unsere Taktik geben, fragen Sie ihren Anwalt." Na toll, er hilft uns ja überschwänglich.

„Ja, aber wie geht es denn jetzt weiter?"

„Gegen den Anbau gehen wir nicht vor, das Gericht wird es auch so einsehen," sagt er bestimmt.

„Und wie lange dauert so etwas?"

„Tja Frau Ring, wenn man einmal in die Mühlen des Verwaltungsgericht gekommen ist, wird es schwierig, nun habe ich aber auch keine Zeit mehr, ich habe einen Termin."

Dieser Mann begeisterte mich immer mehr, diese konkreten Aussagen sind einmalig und sein Einfühlungsvermögen nicht zu übertreffen.

Das Telefon klingelt. Eine Kundin ist am Apparat.

„Nächste Woche ziehe ich mit Ihnen um, muss ich den Inhalt der Schubladen auch verpacken?"

Ich muss mich super zusammenreißen, um ihre ganzen Fragen zu beantworten.

Ihre Stimme nimmt einen anklagenden Ton an.

„Sie können sich ja gar nicht vorstellen, was das für mich für ein Stress ist, so ein Umzug. Mit Sicherheit mussten Sie so einen Stress noch nie erleben."

Kurzzeitig bin ich in der Versuchung in den Telefonhörer zu schreien, so laut ich kann, stattdessen sage ich, "Seien Sie ganz unbesorgt, unsere Leute machen das schon."

Ich lasse mich in den Sessel fallen und habe das Gefühl gleich durchzudrehen. Über mir schlägt Noah rhythmisch auf sein Hammerspiel ein. Wieder geht das Telefon, unser Anwalt.

„Sie können jetzt schon kommen, ich habe gerade Luft."

Endlich höre ich den Schlüssel in der Türe, mein Mann kommt nach Hause.

„Wir sollen zum Anwalt kommen, jetzt schon."

„Ok, bist du fertig?"

Er fragt dies mit relativ ausdruckslosem Gesicht, offensichtlich muss er sich schrecklich zusammennehmen.

Ich entscheide mich auch nicht viel zu sagen, sondern mache mich still mit ihm auf den Weg.

Beim Anwalt müssen wir dann noch ins Wartezimmer. Still sitzen wir nebeneinander, dann nehme ich seine Hand.

„Es geht schon irgendwie weiter."

„Sicher, in ein paar Jahren."

„Komm, wir müssen optimistisch bleiben."

„Na, ich weiß ja wer das sagt, gerade du, mit deinen Vorahnungen."

Darauf kann ich nichts erwidern, denn in Wirklichkeit habe ich kein gutes Gefühl.

„Sie können herein kommen," begrüßt uns unser Anwalt.

Wir setzen uns gegenüber von ihm und lauschen seinen Ausführungen, zig Paragrafen, die kein Mensch versteht. Am Ende kommt heraus, dass wir genau auf der Grenze stehen müssen.

„Dann darf ich also jetzt den Anbau von Bauer abreißen, damit das geht?"

Mein Mann ist schon im Begriff aufzustehen, um dies in die Tat umzusetzen.

„Nein, das dürfen Sie nicht!"

„Warum nicht?"

„Sie dürfen nicht einfach deren Anbau abreißen, dann müssen sie ihn wegklagen."

„Ja, dann tun sie das."

„Es dauert aber lange und Herr Ockel möchte das nicht so gerne, mit dem habe ich gerade telefoniert."

„Warum nicht?"

„Er möchte es friedlicher regeln, keinen Rosenkrieg."

„Was können wir sonst tun?" mische ich mich ein.

„Wir können in Berufung gehen, nach Münster."

„Wie lange dauert das?"

„Etwa vier Wochen."

Wir sitzen still da und wissen nicht so richtig weiter.

„Es ist ein Versuch wert," meint unser Anwalt.

„Vielleicht reiße ich gleich die Brandschutzwand ab und dann klage ich den Anbau weg, vielleicht stürzt er auch zufällig mit ein, marode genug ist ja alles von denen."

„Jetzt machen Sie doch keinen Unsinn, wir nehmen den juristischen Weg."

Auch ich rede auf ihn ein, obwohl ich ihn gut verstehen kann. Am Ende einigen wir uns auf die Berufung in Münster.

„Wie lange kann so etwas dauern, wenn alle wieder in Berufung gehen," frage ich den Anwalt.

„Kommt darauf an."

„Geben Sie mal ne ehrliche Antwort."

„Na ja, es kann Jahre dauern."

Ich bin fassungslos.

„Jahre?.."

„Darum zahlen die meisten ja auch, das wissen ihre Nachbarn natürlich auch von ihrem Anwalt."

„Das sind ja Mafiamethoden, so etwas gibt es doch nicht bei uns," schreit mein Mann, „die haben doch falsch gebaut."

„Tja, aber die haben geklagt."

„Das Gericht geht stur nach den Paragraphen und danach müssen Sie genau auf der Grenze bauen. Da interessiert es keinen, warum das nicht möglich war!"

„Das ist doch irrsinnig."

„Nee, das bringt den Nachbarn Geld."

Offensichtlich amüsiert unser Anwalt sich über unsere

Naivität.

„Warten sie ab, was Münster sagt, dann reden wir weiter."

„Ach und Herr Ring, bauen Sie nicht weiter, Bauers haben angekündigt, Sie immer im Auge zu haben, das weiß ich von ihrem Anwalt, der hat das beim Bauamt verkündet."

Meine Sympathien für Familie Bauer wachsen immer mehr.

Langsam gehen wir zum Auto zurück.

„Ich muss mir erst mal eine rauchen," sage ich zu meinem Mann.

„Tu das, ich hole uns da drüben einen Kaffee."

Wir rauchen und trinken schweigend auf dem Parkplatz, außerstande nach Hause zu fahren. Wo soll das auch sein? In der Schimmelwohnung nicht und auf der Bodenplatte können wir uns die Zimmer durch die Pfetten nur vorstellen.

„Was machen wir denn jetzt," breche ich unser Schweigen.

„Ich verputze den Keller weiter."

„Das darfst du nicht."

„Ist mir scheißegal." Trotzdem nimmt er sein Telefon und ruft das Bauamt an. Während er telefoniert stecke ich mir die nächste Zigarette an, ich kann im Moment nicht anders.

„Ich darf weiter verputzen, nur oberirdisch nicht weiterbauen," sagt mein Mann erleichtert.

Obwohl ich mich wundere, bin ich erleichtert, dass er weiter basteln darf, bevor er durchdreht.

„Du kannst mich am Haus absetzen," sagt er und steigt ins Auto.

Ich setze mit auch. „Ich gehe jetzt nach Frau Bauer, ich kann mir nicht vorstellen, dass man sich nicht richtig einigen kann."

„Tu es nicht!"

„Willst du es mir verbieten?"

„Nein, aber es wird nichts nutzen, schon gar nicht jetzt, wo sie einen Baustopp erreicht haben."

„Aber es nutzt ihnen auch nichts, wenn wir Jahre klagen, dann kriegen sie auch nichts."

„Versuche es, ich glaube es nicht."

„Die haben sich verrannt, ich will mal sehen, dass wir für beide Seiten was vernünftiges hinbekommen, das muss doch gehen."

Inzwischen sind wir an der Baustelle angekommen und ich gehe meinem Mann in den Keller hinterher.

„Was ist, du willst doch nach Frau Bauer?"

„Ich rauche mir erst noch eine."

Während ich dies tue, grübele ich, was ich sagen soll. Meine Hände werden feucht und mein Herz bollert. Vielleicht sollte ich es lassen, denke ich, er hat ja recht, es wird nichts bringen. Außerdem merke ich, dass mein Stolz sich meldet, soll ich wirklich zu Kreuze kriechen, wo die so doof sind? Schnell schlucke ich den Stolz herunter und gehe los. Frieden ist wichtiger als alles andere, da hat Stolz nichts zu suchen. Kurz drauf stehe ich vor der Tür der Nachbarn. Ich klingle sofort, damit ich es mir nicht anders überlege. Es tut sich nichts. Scheinbar ist keiner Zuhause und ein Gefühl der Erleichterung macht sich bei mir breit. Dann soll das Gespräch eben nicht sein, am besten ich gehe sofort wieder. Ich drehe mich um und gehe wieder Richtung Haus, da öffnet sich die Tür.

„Scheiße" stöhnt meine innere Stimme.

Frau Bauer sieht mich arrogant an.

„Ah, Frau Ring, haben Sie den Brief schon bekommen?"

„Guten Tag Frau Bauer, ja haben wir und ich komme in der Hoffnung, dass wir vielleicht noch mal in Ruhe zu einer Lösung gelangen."

„Haben Sie den Brief auch gelesen, Sie wissen dass Sie jetzt nicht mehr weiterbauen dürfen?"

„Ja, auch das weiß ich, wir gehen jetzt in Berufung, aber ich dachte, wir könnten mal vernünftig zusammen reden, bevor wir einen langen Rechtsstreit anfangen."

„Da hätten Sie früher kommen müssen, wir haben ihnen doch die Hand gereicht."

Ich muss überlegen.

„Wann?"

„Unser Einigungsangebot."

„Meinen sie die 25000 Euro?"

„Natürlich, unser ganzes Schlafzimmer und der Keller sind verschimmelt."

„Aber das stimmt doch nicht, das ist doch überprüft worden."

„Doch, das stimmt, denken Sie mal an meine Gesundheit?"

Wieder schreit eine Stimme in mir. "Geh lieber weg."

„Versetzen Sie sich doch mal in unsere Lage, wir sind völlig abgebrannt und möchten nur wieder ein Zuhause."

„Wieso, Sie sind doch wieder untergekommen."

„Aber bei uns ist es wirklich schimmelig und wir machen uns Sorgen wegen dem Kleinen, Sie sind doch auch Mutter, Sie müssen das doch verstehen."

Frau Bauer verschränkt ihre Arme vor der Brust.

„Ich muss gar nichts."

„Jetzt geh aber," meldet sich wieder die Stimme, aber ich hole tief Luft, bleibe freundlich und versuche es weiter.

„Wir sehen zu, dass die Versicherung ihr Schlafzimmer

fertig macht".

„Wir gehen nicht gegen Ihren Anbau vor und sagen auch nichts, dass Sie mehrere Quadratmeter von unserem Garten benutzen und auch nicht, dass Sie ein Fenster auf unserer Grenze haben, das dürfen Sie ja auch nicht."

„Das wäre ja auch noch schöner, wir dürfen das, ist alles erlaubt."

„Reiß dich zusammen," sage ich mir, „nicht streiten."

„Außerdem verputzen wir ihren Anbau von unserer Seite, das ist ja auch in unserem Interesse."

„Das ist ja auch das mindeste, Sie haben ja auch unsere Verkleidung davon abgemacht."

„Ja die war doch ganz durchlöchert und in den Balken war der Holzwurm, jetzt machen wir das ordentlich."

„Dann ist ja gut."

Endlich scheint man sich zu einigen, ich bin erleichtert.

„Alle anderen Dinge, sowie Dachanschluss, ihren Sichtschutz und die anderen Dinge, die Sie fordern, bezahlt doch ihre Versicherung."

„Ja, ich weiß."

Ich bin etwas verwirrt, dass sie das zugibt.

„Warum sollen wir es dann bezahlen?"

Sie sieht krampfhaft an mir vorbei. Ich bemühe mich weiter zu verhandeln.

„Diesen Zwischenraum von sieben Zentimetern können wir verfüllen, wenn Sie damit einverstanden sind und schon wären alle Probleme beseitigt."

„Wie ich schon sagte, sie kommen zu spät."

„Aber wieso?"

„Mit Ihrer Höhe stimmt glaube ich auch was nicht, wir haben gemessen."

Jetzt bin ich echt geschockt, gerade dabei haben wir super

aufgepasst, damit so etwas nicht passiert.

„Mit welcher Höhe?"

„So genau weiß ich das nicht, aber wir haben da was gemessen."

Ich überlege, wie sie da hoch gekommen sind.

„Wie verbleiben wir, denken sie noch mal über alles nach?"

„Wir werden sehen, das wird mit der Familie besprochen, wir halten da alle zusammen, damit sie das wissen."

Natürlich, klar.

„Wir haben so viel Unannehmlichkeiten durch sie, das mit dem Feuer hätte nicht sein müssen."

„Das haben wir uns auch nicht gewünscht."

„Sie nehmen nie Rücksicht, auch die Sträucher wachsen immer bei uns drüber."

Eigentlich ist das ja sowieso unser Grund stück, aber das sage ich lieber nicht.

„Ohne unseren Anwalt machen wir sowieso nichts."

Meine innere Stimme wird sehr schrill und sagt mir, dass es nun reicht.

„Ok, Frau Bauer, überlegen sie es sich, es würde mich freuen, wenn wir uns einigen könnten."

Schnell verschwinde ich um die Ecke, ich bin ziemlich stolz auf mich, dass ich so ruhig geblieben bin.

Im Keller sieht mein Mann mich erwartungsvoll an.

„Hast du mit ihr gesprochen?"

„Klar, ich glaube wir werden uns jetzt einigen können."

„Wirklich?" Er hört sich sehr skeptisch an.

Ich erzähle von dem Gespräch.

„So toll hört sich das aber nicht an."

Das will ich nicht hören, wenn man ganz fest daran glaubt, klappt das.

„Ich will nur nicht, dass du zu viel erwartest."

„Was mir Sorgen macht, ist die Aussage von ihr, die Wand wäre zu hoch."

„Was?"

„Sie haben wohl gemessen."

„Unmöglich, das ist total genau gebaut, hundert Mal nachgeprüft, wie wollen sie das denn gemacht haben?"

„Keine Ahnung."

Geistig stelle ich mir vor, wie Frau Bauer die Mauer hochklettert.

„Glaub mir, die suchen krampfhaft nach mehr."

„Ich hoffe jetzt erst mal ‚basta, sie wollen sicher auch mal wieder Frieden."

Mein Mann schüttelt den Kopf. „Wir warten es ab."

Mit so viel Aufmunterung, seitens meines Mannes, mache ich mich auf den Weg nach Hause.

Hoffnungsvoll räume ich die ganze Wohnung auf, wir ziehen ja bald aus. In einem Buch, ich glaube es heißt 'The Sekret', habe ich gelesen, dass man sich das gewünschte Endergebnis bildhaft vorstellen soll, dann trifft es auch ein, also mache ich eine Tasse Kaffee, setzte mich in einen Sessel und schließe die Augen. Ich stelle mir vor, dass Frau Bauer rüberkommt, mir freundlich die Hand gibt und sagt

„Ich habe mir ihr Angebot überlegt, lassen wir es so machen und alles ist gut."

„Da freue ich mich aber."

Ich nehme sie in den Arm und wir lachen herzlich über das Missverständnis.

Als ich die Augen wieder öffne, habe ich doch vielleicht das Gefühl zu dick aufzutragen. So übertrieben klappt das sicher nicht. Also lasse ich die Umarmung weg.

Nun ist es schon später Nachmittag und ich muss noch

einkaufen. Als ich an der Baustelle vorbei fahre, sehe ich, dass alle aus der Bauer Familie da sind. Tochter Bauer steht auf unserer Bodenplatte, mit einem Mann den ich nicht kenne. Sie betrachtet die Zimmereinteilung und scheint sich köstlich zu amüsieren. Sie gestikuliert mit den Armen und muss immer wieder lachen. Es wirkt gehässig.

Doch ich ermahne mich, dass ich ja nur positiv denken will. Den ganzen restlichen Tag tue ich dies, und als ich abends ins Bett gehe, ist es das letzte, was ich denke.

6. August

„Schatz, wir haben eine neue Vereinbarung bekommen, per Mail," ruft mein Mann.

Das meine Vorstellungen so schnell in Erfüllung gehen, hätte ich gar nicht gedacht. Schnell laufe ich ins Büro. Mein Mann hält mir mehrere Blätter entgegen. Ich reiße sie ihm aus der Hand und fange an zu lesen. Jetzt wollen sie Dinge im Wert von 50000 Euro. Ich kann es nicht glauben.

Im Nachsatz wird noch darauf hingewiesen, dass ich Frau Bauer in Zukunft nicht mehr persönlich anzusprechen habe, vor allem, dass ich sie nicht mit Geschichten über die Sorge um unser Baby behelligen soll.

Ein merkwürdiges Gefühl macht sich in mir breit und ich überlege, was das bedeutet.

Hass, es kommt richtiger Hass und Ekel auf.

„Was ist das für eine böse Frau."

Ich merke, wie mein Gesicht rot anläuft.

„Das ist mir jetzt richtig peinlich, dass ich bei ihr war, die haben sich bestimmt totgelacht. Jetzt weiß ich auch, warum die blöde Tochter so fröhlich war."

Ich warte darauf, dass mein Mann sagt :

„Ich habe es gleich gesagt."

Stattdessen beruhigt er mich.

„Es war ok, du hast es nochmal versucht, darüber solltest du dich nicht ärgern, schon gar nicht braucht es dir peinlich sein."

Ich gehe in die Küche, um mir einen Kaffee zu holen. Mit meiner Tasse gehe ich in den Poolraum.

Ich setze mich in den Sessel, stecke mir eine Zigarette an und starre in das Wasser, was so langsam vor sich hin schimmelt. Da unser Vermieter es immer noch nicht geschafft hat das Becken leerzupumpen, fängt das Wasser an zu riechen, ölige Punkte treiben auf der Oberfläche, doch ich muss jetzt einen Moment alleine sein. Ich kann es nicht fassen, dass unsere Nachbarn so brutal sind. Wie lange müssen wir wohl noch hier ausharren? Inzwischen hat auch der Rest der Familie das Schreiben gelesen und kommen in den Poolraum, den wir inzwischen Kommandozentrale nennen. Sascha hält die Forderungen in der Hand.

„Ich dachte, du hättest mit ihr geredet."

Da trifft er nun einen ganz wunden Punkt.

„Habe ich auch," erwidere ich gereizt.

„Hast du es nicht ruhig genug gemacht?"

„Doch, habe ich, selten habe ich mich so zusammengerissen."

Kurz berichte ich nochmal von unserem Gespräch, während wieder der Hass in mir hochsteigt.

„Aber sie wollen doch wieder alles bezahlt haben, was ihre Versicherung übernimmt."

„Weil sie eine Hexe ist und Geld will," sage ich laut, es hallt durch den leeren Raum.

„Das ist Wahnsinn," sagt Danny.

„Wenn du willst, kannst du ja mit ihr nochmal sprechen,"

fordere ich Sascha auf.

„Ne, bestimmt nicht."

„Dürfen wir ja auch nicht mehr," wendet Danny ein.

„Wer weiß, was die Hexe erzählt, wie das Gespräch gelaufen ist, am Ende jammert sie ihrer Familie vor, ich habe sie bedrängt, hat sie ja schon einmal gemacht," spekuliere ich.

„Sie will sich sanieren und genießt die Aufmerksamkeit ihrer Familie, so oft wie jetzt waren die noch nie da, dass findet sie gut, sie jammert und alle kommen," stellt Sascha fest.

Von der Seite habe ich das noch gar nicht gesehen, aber ich glaube, er hat recht, abgesehen vom Geld, genießt sie es im Mittelpunkt zu stehen. In dem Moment wird mir auch klar, wenn es nicht sein muss, lässt sie uns niemals wieder dort wohnen, sie suhlt sich in der Macht.

Mein Mann kommt herein.

„Ich habe die Vereinbarung zu unserem Anwalt gemailt und der schickt sie nach Münster, jetzt müssen wir abwarten."

„Wie lange kann das dauern?"

„Er sagt zwei bis vier Wochen."

Ich stöhne auf.

„Dann schaffen wir es nicht mehr bis Weihnachten."

„Klar doch, kriegen wir hin," ruft mein Mann betont zuversichtlich."

Ich glaube ihm kein Wort.

Nachdem ich meine Mutter angerufen habe, um ihr alles zu erzählen, gehe ich ins Bett und ziehe die Decke über meinen Kopf, ich will nichts mehr hören und sehen.

16. August

Wir feiern Noahs Geburtstag in unserem Garten. Die Sonne scheint, alles ist mit Luftballons geschmückt und ich sehe zu, wie der Kleine sich über die Geschenke freut. Alles natürlich unter den Blicken unserer Nachbarin, die sich hinter der Gardine versteckt und uns ununterbrochen beobachtet.

„Die passt auf, das Noah nichts falsches geschenkt bekommt, sonst ruft sie das Jugendamt," kommentiere ich die Situation.

„Beachte sie gar nicht," ermahnt mich Sascha.

Aber mittlerweile kann ich das nicht mehr, sie ist allgegenwärtig und wenn nicht sie, dann ihr Sohn.

Ich habe das Gefühl, als wenn sie nach und nach unser Leben wegnimmt. Trotzdem versuche ich zu feiern und Noahs heitere Art hilft mir dabei. Wir spielen mit den neuen Sachen und es wird ein schöner Nachmittag. Als wir abends wieder zu Hause sind, geht es mir schlecht, ich merke, dass mich alles überfordert. Mit Wucht überfallen mich alle Ereignisse, das Feuer, die Angst, die Verzweiflung und letzten Endes Bauer`s. Ich gehe ins Bett, ohne mich ums Abendessen oder sonstiges zu kümmern, ich kann nicht mehr.

18. August

Die letzten beiden Nächte waren schrecklich. Immer wieder wache ich nach einem Alptraum wieder auf.

Ich will nach Hause und immer steht Frau Bauer riesengroß vor mir und will mich nicht rein lassen, jedes Mal schubst sie mich lachend weg.

Das muss aufhören, denke ich und fange an in meinen Büchern zu wühlen. Ich habe ein paar spirituelle Bücher und finde was ich suche. Schnell blättere ich auf die Seite, auf der einem gesagt wird, wie man sich gegenüber seinen Feinden verhalten soll. Man muss sich sein Gegenüber vorstellen und in Gedanken reine Liebe rüberschicken. Sofort mache ich mich ans Werk. Nachdem ich mich bequem hingesetzt habe, stelle ich mir Frau Bauer vor, was mich schon eine ziemliche Überwindung kostet, dann denke ich an die Menschen, die ich liebe. Nun kommt das schwerste, ich versuche diese Liebe zu Frau Bauer zu schicken.

In Gedanken schicke ich es zu ihr rüber und mit einem Mal platzt ihr Kopf. Ich bin hochzufrieden, bis mir einfällt, das mein Versuch geplatzt ist. Ich frage mich, wie andere so etwas schaffen, ich bin scheinbar noch nicht soweit, vielleicht später, jetzt kaufe ich mir erstmal Schlaftabletten.

Nachmittags telefoniere ich mit Tina, einer guten Bekannten. Sie schlägt mir vor, dass sie ihre Vodoopuppe für uns einsetzen kann. Bei einem langen Aufenthalt in Afrika, hat sie diese Kunst erlernt.

„Da kann ich nicht dran glauben," versuche ich ihr zu erklären.

„Ich aber, das reicht doch."

„Hast du schon jemals Erfolg damit gehabt? „

„Aber natürlich," sagt Tina.

„Erzähle mal," fordere ich sie auf.

„Es hat schon mal jemand einen starken Ausschlag bekommen, durch meine Kunst."

Ich muss lachen. „Wie hast du das gemacht?"

„Ich verrate nicht, wie das funktioniert, aber ich mache schon etwas draus."

„Na meinetwegen, vielleicht ist Frau Bauer morgen ein ganz neuer, netter Mensch."

„Wie heißt die Nachbarin mit Vornamen?"

„Rita."

„Gut, aber wenn es richtig wirken soll, brauche ich was persönliches."

„Was denn?"

„Ein Haar oder eine Zahnbürste."

„Wie soll ich das denn machen?"

„Lass dir was einfallen."

Ich beende das Gespräch und halte es für ausgeschlossen, dass ich Frau Bauer nach ihrer Zahnbürste fragen kann. Dabei fällt mir ein, dass sie immer ihre Schuhe draußen auf der Terrasse stehen lässt.

Sofort rufe ich Tina nochmals an.

„Gehen auch Schuhe?"

„Nicht wirklich, aber mal sehen, wenn du da dran kommst."

Ich gehe ins Büro, in dem mein Mann sitzt.

„Ich habe gerade mit Tina gesprochen."

„Schön und was sagt sie?"

„Sie will Frau Bauer mit ihrer Vodoopuppe quälen."

Mein Mann muss lachen.

„Nur zu."

„Klaust du mir dafür ihre Schuhe von Terrasse?"

„Bist du blöde?"

„Die brauchen wir dafür."

„Ich fasse die Schweißmauken nicht an, mach es selber."

„Trau ich mich nicht."

„Ist ja auch quatsch, wir müssen vernünftig daran gehen und nicht mit so einem Blödsinn."

Also hake ich das wieder ab, eigentlich schade, aber er hat ja Recht, man muss aufpassen, dass man normal bleibt.

20. August

Ich erwache um fünf Uhr morgens früh und höre, wie sich jemand ins Haus schleicht. Wer kommt denn jetzt erst nach Hause? Schnell ziehe ich mir etwas über und sehe nach. Mein Mann steht im Hausflur, in der Hand eine riesige Bohrmaschine, in der anderen eine Eisenplatte.

„Wo kommst du denn her?"

„Och, ich war am Haus."

„Mitten in der Nacht?"

Ein merkwürdiges Grinsen breitet sich in seinem Gesicht aus. Er geht die Treppe runter in sein Büro.

Ich gehe hinter ihm her, er kommt mir komisch vor.

„Was hast du dort gemacht?"

„Nichts!"

„Ach, komm, ich sehe es dir doch an."

Auf einmal habe ich eine Idee.

„Du hast die Schuhe geklaut."

„Besser."

„Was hast du getan?"

„Ich habe so getan, als bohre ich in die Brandwand, allerdings habe ich die Eisenplatte dazwischen gehalten. Dann habe ich mich versteckt."

„Und dann?"

Seine Augen leuchten auf und er macht einen seligen Eindruck, vielleicht ist er ja verrückt geworden.

„Dann kam die Bauer im Nachthemd auf die Terrasse gelaufen, um zu sehen, ob ich weiterarbeite.

Sie hatte die Haare zu allen Seiten stehen und ich konnte die weißen stacheligen Beine sehen. Das war ein Anblick, sie hat sich den Hals verrenkt, um etwas zu sehen, dann ist sie wild hin und her gelaufen."

Mein Mann schüttelt sich vor Lachen.

Obwohl es eine gewisse Komik nicht entbehrt, sehe ich mich veranlasst, mit ihm zu schimpfen.

„Das nennst du vernünftiges Vorgehen?"

„Ne, aber es war witzig, ich musste sie einfach ärgern."

„Hat sie dich auch nicht gesehen?"

„Nein, aber dieses verzehrte Gesicht, du hättest es sehen sollen."

Ich lasse ihn im Büro zurück, auf jeden Fall ist er heute abgelenkt.

23. August

Wieder höre ich meinen Mann nachts nach Hause kommen. Leise kommt er ins Schlafzimmer. Sofort setze ich mich im Bett auf.

„Hast du etwa wieder gebohrt?"

„Nein."

„Was dann?"

„Ich habe eine Fanfare an die Wand gehalten und bei Bauer`s ging sofort wieder das Licht an, aber diesmal hat sie nur am Fenster geguckt."

„Schatz, höre doch auf damit."

„Lass mich doch!"

„Nein, du solltest lieber nachts schlafen, es nutzt doch alles nichts."

Beide versuchen wir noch weiter zu schlafen, aber es klappt nicht.

Ich suche nach der Hand von meinem Mann.

„Schatz?"

„Ja?"

„Wir fahren ein paar Tage zum Wohnwagen, wir müssen

mal hier raus, die Kinder können sich um das Geschäft kümmern, bauen können wir eh nicht, ok?"

„Ich glaube ja."

Ich bin froh, am besten wir fahren weg, bevor mein Mann durchdreht.

30. August

Seit ein paar Tagen sind wir am Wohnwagen und versuchen abzuschalten. Mit aller Kraft bemühe ich mich, meine innere Unruhe in den Griff zu bekommen.

Die letzten Tage sollten uns ablenken, doch das ist nicht richtig aufgegangen, aber wenigstens haben wir die Nachbarn nicht gesehen. Natürlich kam man immer wieder auf das Thema zu sprechen, zumal wir einige Male mit unserem Anwalt telefonieren mussten. Dieser hat mit dem Richter in Münster gesprochen und ihm die Forderungsliste von Bauer`s geschickt. Er fand sie wohl auch sehr unmoralisch und hat versprochen eine Lösung zu finden. Hoffentlich beeilt er sich ein bisschen, bevor ich vor Übermüdung die Lösung nicht mehr verstehe. Konnte ich mal eine Nacht durchschlafen? An die Zeit kann ich mich gar nicht mehr erinnern, die Zeit vor dem Brand kommt mir inzwischen völlig irreal vor, gab es sie ?

Ich wünsche mir nichts mehr, als ein normales Leben, werden unsere Nachbarn das jemals wieder zulassen? Tausende Fragen gehen mir durch den Kopf, immer wieder. Ich habe das Gefühl nie wieder aus dieser Misere herauszukommen. Unkontrolliert fange ich an zu weinen.

„Schatz, was sollen wir bloß tun?"

„Jetzt höre doch mal auf," faucht mein Mann genervt.

„Ich überlege doch nur."

„Aber du fragst das alle fünf Minuten."

„Vielleicht sollten wir einfach bezahlen?"

„Dann können wir das Haus nicht mehr zu Ende bauen, weil wir dann kein Geld mehr haben."

„Vielleicht kaufen wir dann erst mal keine Möbel."

„Auch wenn es dir schwer fällt, wir warten auf die Entscheidung vom Gericht."

Ich nehme meinen Hund an die Leine und laufe mit ihm zum See. Erschöpft lasse ich mich auf eine Bank fallen und schaue über das Wasser. Es beruhigt ein bisschen, aber ich erkenne, dass es mir schlecht geht, ich bin am Durchdrehen.

Kurz kommt mir der Gedanke, einfach in dieses Wasser zu gehen, immer weiter und dann müsste ich nicht mehr denken. Wie schön das wäre, wie erholsam.

„Reiß dich zusammen," weise ich mich selber zurecht, „es gibt so viele Menschen, denen es schlechter geht."

Nun habe ich noch ein schlechtes Gewissen dazu, weil ich mich nicht mehr zusammennehmen kann.

„Scheiße," murmle ich und gehe wieder weiter. Wenn ich das Geld hätte, würde ich es Bauer`s noch heute in den Briefkasten werfen, damit sie uns unser Leben wiedergeben, aber ich habe es nicht. Ich fühle mich so, als würde man gefangen gehalten und jemand bestimmt, ob man raus darf oder nicht.

„Gib mir Geld, sonst kannst du verrotten," lacht es hämisch in meinem Kopf. Mein Leben gleitet mir aus der Hand. Nichts ist von früher geblieben, alles verbrannt und ein Neuanfang wird blockiert, obwohl uns das aufrecht gehalten hat. Ich versuche an die hungernden Kinder in armen Ländern zu denken, die viel schlimmer dran sind, aber es hilft nichts.

„Ich will nach Hause," heule ich vor mir hin.

Als ich wieder am Wohnwagen bin, habe ich mich ein wenig beruhigt. Mein Mann wartet schon auf mich.

„Am besten wir fahren morgen zurück, da sind wir abgelenkter und du kommst auf andere Gedanken."

Obwohl ich das zwar nicht glaube, möchte ich doch zurück zu den Kindern und dem Kleinen.

„Ja, ich packe schon mal zusammen."

31. August

Wir sind wieder zurück. Von Münster ist noch nichts gekommen, so sehr ich das auch gehofft habe.

Nun sitze ich im Wohnzimmer unserer Unterkunft und sehe begeistert zu, wie Noah die ersten Schritte versucht. Steffi und ich feuern ihn an und er klatscht stolz in die Hände. So sehr wir uns auch freuen, nun haben wir ein neues Problem, die Wohnung ist alles andere als kinderfreundlich, überall scharfe Granitstufen und der Swimmingpool ist auch gefährlich.

„Wir müssen die Wohnung kindersicher machen und die Türe zum Pool immer zumachen, wer weiß, wie lange wir noch hier wohnen müssen."

Meine Schwiegertochter stimmt mir zu und wir fangen an umzubauen, so kommt man wenigstens auf andere Gedanken, gegen den Schimmelgeruch sind wir allerdings machtlos.

„Was macht ihr denn da?" Mein Mann sieht ins Wohnzimmer.

„Noah kann bald laufen," sage ich stolz, als wäre er das erste Kind was laufen lernt.

„Und vor Freude baut ihr alles um, das sieht aber blöde aus."

„Ist aber sicherer und schön sah es vorher auch nicht aus."

„Ok, das stimmt."

Hinter einem Schrank als Sichtschutz schlafen Danny und Anka, man hat immer den Eindruck als kämen Stimmen aus dem Schrank, aber Privatsphäre haben wir uns längst abgewöhnt. Eine Weile schaut mein Mann uns zu.

„Ich schreibe weiter auf Facebook," verkündet er.

„Was schreibst du denn?"

„Es fragen so viele wann das Haus kommt."

„Und denen antwortest du alle?"

„Ich erzähle denen unsere Situation."

„Na, dann mach mal," murmle ich, wenn es ihm hilft, soll er sich bei Facebook austoben.

10. September

Das Schreiben von Münster ist endlich da. Mühsam arbeiten wir uns durch den Brief, der für Normalsterbliche kaum zu verstehen ist. Der Baustopp bliebe vorübergehend bestehen, aber wir sollen uns von der Stadt eine Füllung genehmigen lassen, die zwischen den Wänden geschüttet wird, als dann können wir weiterbauen. Sie drücken am Schluss des Briefes noch ihr Unverständnis darüber aus, dass wir unsere Rechte nicht wahrnehmen, indem wir den Anbau der Nachbarn wegklagen, da er auf unserem Grund stück steht und wir dadurch nicht richtig bauen können.

„Super," schreit mein Mann, „jeder sagt mir, ich soll das lassen, von wegen Rosenkrieg und das Gericht rügt einen dafür, dass ich es nicht tue. Und überhaupt, wie lange soll das denn dauern?"

„Jetzt reg dich doch nicht auf, wir rufen jetzt die Stadt an und dann kann es weiter gehen, ist doch gut."

Langsam regt er sich ab.

„Gut, rufst du an?"

„Klar", rufe ich voller Elan, froh endlich wieder handeln gut können.

„Guten Tag Herr Ockel," rufe ich ins Telefon, „der Brief von Münster ist da, sie sollen uns eine Füllung genehmigen und dann können wir weiterbauen."

Am anderen Ende ist es still, warum freut er sich nicht ?

„Tut mir leid Frau Ring, aber das geht nicht mehr."

„Wieso, so steht es als Lösung in dem Brief."

„Wir haben ein Bild bekommen, von dem Bau der Brandwand, Familie Bauer hat uns das zugeschickt."

„Was denn für ein Bild?"

„Familie Bauer hat sich das von Facebook runtergeladen."

„Ja und , das verstehe ich nicht, was ist denn auf dem Bild?"

„Es zeigt den Bau des Fundamentes und sie behaupten jetzt, es wäre alles mit Dreck und Erde gebaut, anstatt mit Beton, um Geld zu sparen, nun wäre alles einsturzgefährdet."

„Das ist doch völliger Blödsinn, dann bliebe die Wand doch gar nicht stehen, da ist massenhaft Beton geflossen."

„Das Problem ist, dass es auf dem Bild wirklich wie Erde aussieht, sie verlangen nun eine völlige Stilllegung, sie sollen die Baustelle gar nicht mehr betreten dürfen."

Ich bin sprachlos.

„Hallo sind sie noch dran?"

„Ja," ist alles was ich noch rausbekomme.

„Hören sie, ich habe mich gegen die Stilllegung entschieden, weil ich das selber für Quatsch halte, aber ich kann ihnen so keine weitere Genehmigung geben, ich brauche Zeit, um zu überlegen, wie es weitergeht."

„Schicken sie uns mal das Bild rüber?"

Mehr kann ich im Moment gar nicht mehr sagen.

„Das haben sie doch selbst bei Facebook reingesetzt, ihr Sohn steht in dem Loch mit einer Schaufel, sehen sie es sich einmal an."

„Ok, tschüss."

Ein kalter Schauer zieht durch meinen Körper. Mein Herz pocht so schnell, dass ich Angst bekomme. Was passiert uns da alles ‚wann hört es auf? Mein Mann kommt ins Zimmer.

„Hast du angerufen?"

„Ja."

„Was ist denn los mit dir?"

Ich erzähle von dem Gespräch. Mein Mann hört verwundert zu.

„Was soll denn der Scheiß, natürlich haben wir alles mit Beton gebaut."

„Wie soll sonst die Wand stehenbleiben."

„Zeig mir das Foto!"

„Hey, ganz ruhig," pampt mein Mann.

„Du mit deinem scheiß Facebook, ich hab's ja gesagt," brülle ich völlig unkontrolliert.

„Schrei mich nicht an," brüllt er zurück, während er zum Computer geht.

Einen Moment später hat er die Seiten geöffnet. Jede Menge Bilder sind zu sehen.

„Ich habe eine Fotogalerie gemacht, habe ich dir doch schon erzählt," meint er beleidigt.

Bild für Bild gehen wir durch, bis wir das besagte Foto gefunden haben. Darauf sieht man, wie Sascha zusammen mit dem Vorarbeiter Beton schaufelt. Die Qualität ist nicht sehr gut, daher ist alles grau in grau.

„Wie kann man daraus schließen, dass es kein Beton ist, zumal die Bauer ständig zugesehen hat, rätselt mein Mann.

„Wie kommen die an das Foto, das finde ich interessanter?" Ich koche vor Wut.

„Ich habe unter meinen Facebookfreunden eine Frau, die ist glaub ich, eine Freund in von Bauer`s Tochter."

„Die könnte das Bild heruntergeladen haben."

„Ja, so muss es gewesen sein."

„Ich könnte stundenlang kotzen, das kommt dabei raus, bei den tausend angeblichen Freunden."

„sind nur 400, aber ich habe bereits alle gelöscht die mit der Tochter auch befreundet sind!"

„Ja, aber zu spät."

Ich drehe mich um und verlasse das Zimmer, bevor wir richtig Streit bekommen.

Wieder gehe ich zum Swimmingpool, der einzige Ort, an dem geraucht werden darf. Ich nehme einen Zug von der Zigarette und versuche meine Wut loszuwerden, die sich im Moment voll gegen meinen Mann richtet. Ich betrachte die öligen Flecken, die sich auf dem Wasser immer weiter ausbreiten. Während ich überlege, warum sich Ölflecken darin bilden, höre ich, wie mein Mann mit dem Bauamt spricht.

Die Hoffnung, dass er etwas erreicht, ist für mich bei null. Kurz darauf geht die Tür auf und er kommt herein.

„Und , was sagt er," frage ich ihn. „Hat er sich in der letzten halben Stunde was ausgedacht, der Herr Ockel ?

„Wir sind am Nachdenken," meint er vorsichtig, was bei mir schon die Alarmglocken auslöst.

„Das kann man doch leicht beweisen, dass wir selbstverständlich mit Beton gebaut haben," meine ich aufgebracht.

„Sie haben auf dem Bild auch noch gesehen, dass die Kellerwand einen Meter von ihrer Kellerwand weg steht und deswegen wollen uns Bauer`s auch verklagen."

„Wieso, das war doch mit der Statikerin besprochen und so haben wir es auch dem Bauamt

abgegeben."

„Ja, aber die Bauzeichnung hätte auch geändert werden müssen von unserem Bauleiter, das hat er nicht getan."

„Ja super," mir fehlen die Worte.

„Unterirdisch ist keine Grenzständigkeit nötig, sagt Herr Ockel, außerdem haben Bauer`s gar keine eigene Kellerwand sie haben einfach unsere genommen, dass könnte man in den alten Unterlagen sehen," erklärt mir mein Mann.

„Ja aber wo ist denn dann das Problem?"

„Es ist falsch gezeichnet, deswegen verklagen uns Bauer`s weiter.

„Was soll denn jetzt passieren?"

„Wir haben drei Möglichkeiten, Bauers das Geld geben, die Wand wieder abreißen und die Kellerwand, oder einen neuen Bauantrag stellen."

„Du kannst doch nicht den Keller wieder rausreißen," rufe ich erschrocken.

„Aber die Brandwand, der Keller kann neu eingezeichnet werden, eine neue Baugenehmigung dauert so lange."

„Darf man die wieder abreißen?"

„Ja ich habe gefragt."

„Das ist doch super teuer."

„Ich zahle lieber ein Unternehmen, als den Bauern das Geld zu geben."

„Da müssen wir nachfragen, wie teuer das wird," mischt Sascha sich ein.

„Ich fahre jetzt mit einem dicken Hammer zur Baustelle und reiß die Wand ein," ruft mein Mann plötzlich und rennt raus.

„Vatter, lass das sein," ruft Sascha.

„Jetzt können mich alle mal," schreit mein Mann, er ist völlig außer sich.

„Die kriegst du nicht abgerissen, die ist viel zu stabil," ruft Sascha wieder.

„Das werden wir ja sehen" sagt mein Mann.

„Schatz, bitte beruhige dich."

Schnell springe ich auf und ziehe an seinem Arm, meine Wut ist verflogen.

„Lass uns in Ruhe darangehen," flehe ich ihn an.

Er reißt sich los, rennt durch den Flur und schlägt mit der Faust vor die Bürotür. Es gibt einen lauten Knall.

„Diese Schweine, ' 'schreit er durch den Flur. Wir werden alle ganz still, doch jetzt wird er wieder ruhig, er hat seinen Frust herausgeschrien.

„Ich hole Angebote ein, für den Abriss der Wand," verkündet er und setzt sich vor den Computer.

Ich setze mich wieder und bin verzweifelt. Ein wenig habe ich Angst, dass unsere Familie diesen Stress nicht übersteht.

„Lieber Gott, falls du mich irgendwie hören kannst, bitte hilf uns."

5. September

Die ersten Angebote für den Abriss der Brandwand sind furchtbar teuer, sie muss Stück für Stück herausgeschnitten werden, da diese Wand ja eigentlich für die Ewigkeit gebaut ist. Herr Ockel hat mich noch einmal angerufen und mich gebeten, es meinem Mann wieder auszureden.

„Das steht doch in keinem Verhältnis, das bekommen wir

auch anders hin, gedulden sie sich doch."

Mittlerweile könnte ich mich stundenlang in den Hintern beißen, dass wir nicht oben im Garten gebaut haben, dann könnten Bauers ihre Bruchbude selbst mal fertigmachen. Das Telefon klingelt und ich hebe ab.

„Guten Tag, Firma Kunze hier, ich stehe an ihrer Baustelle und sehe mir die Wand an, eine Frau im Hause über ihnen, sagt mir die ganze Zeit, ich solle sie so schnell wie möglich wegreißen, da keine Genehmigung dafür vorliege. Ist sie befugt dazu?"

„Nein, das ist unsere Nachbarin Frau Bauer und sie kann ihnen den Auftrag nicht geben."

„Ich war mir auch sehr unsicher, deswegen rufe ich an. Warum soll die Wand weg?"

So kurz wie möglich erzähle ich unser Drama.

„Das ist ja schrecklich, ich mache ihnen einen Sonderpreis, fünftausend Euro."

Das ist wirklich ein Bruchteil dessen, was die anderen Firmen wollten.

„Das ist total nett, wir melden uns bei ihnen."

Ich weiß wirklich nicht, was das Beste ist, was können wir tun, ohne das Bauer`s wieder klagen ?

Ich rufe unsere Statikerin an, um sie um Rat zu fragen.

„Was bitte soll denn dieser Unsinn, ich habe alles zur Stadt gesendet, wir müssen doch eine Lösung finden, bei dem maroden Haus ihrer Nachbarn, können sie ihnen das nicht in Ruhe erklären?"

„Ihre neuen Pläne sind vom Architekten nicht eingezeichnet worden."

„Entschuldigen sie, aber das ist doch eine Formalität."

„Und die Nachbarn behaupten, es wäre kein sicheres Fundament, alles nur mit Dreck und Erde gebaut."

Jetzt ist sie beleidigt.

„Ich bin spezialisiert auf Brandschutzwände und war auf der Baustelle, ein dickeres Fundament gibt es kaum. Was wollen diese Leute?"

„Sie wollen Geld und wir sollen ihren Keller sanieren."

„Am besten sie wären mit dem Bagger in die Hütte gefahren, dann wäre sie weg."

Frau Sawatz redet sich in Rage.

„Ich schreibe ihnen eine Bestätigung, das alles richtig gebaut ist, als wenn ich ein Fundament mit Dreck baue, nicht zu fassen."

„Schicken sie es doch gleich zur Stadt," bitte ich sie.

„Erledige ich so schnell wie möglich."

Vielleicht klärt sich ja doch alles. Ich mache mich auf den Weg zum Einkaufen.

Irgendwie habe ich das Gefühl, dass mein Gehirn einfach nicht noch mehr Gedanken erfassen kann, es streikt. Vielleicht sollte ich abschalten und dann kommt plötzlich die Antwort.

Mein Blick fällt auf einen Wühltisch mit Büchern.

Ich schiebe meinen Einkaufswagen zur Seite und sehe die Bücher durch. Es kann ja sein, dass ich etwas finde, was mir weiterhilft, oder wo ich eine Antwort finde. Insgeheim glaube ich schon an solche Dinge, aber es ist auch viel einfacher, wenn es sich um kleinere Probleme handelt. Wir haben im Moment einen ziemlichen Berg, da muss schon was Besonderes gefunden werden. Auf einmal lese ich einen Titel, der mich genauer hinsehen lässt. "Gespräche mit Gott." Davon habe ich noch nie was gehört, vielleicht ein ganz neues Buch? Egal, ich nehme es mit in der Hoffnung, dass es mir irgendwie hilft. Als ich wieder nach Hause komme, lenkt mich das typische Chaos erst mal ab. Erst wird ausdiskutiert, wer als erstes in die Badewanne darf, wobei man schon mal das Gefühl hat, als wäre man an der Front. Jeder hat sich sein eigenes Gericht besorgt, so dass wir in der kleinen Küche zu dritt versuchen unser eigenes Essen zu kreieren. Mittlerweile hole ich Noah zum dritten Mal von der gefährlichen Wendeltreppe und beschließe, ihn in den Laufstall zu setzten, was ein verzweifeltes Gebrüll auslöst. Da mein Mann gerade Nachrichten sieht, dreht er den Ton lauter, um das Geschrei zu übertönen. Als ich gerade denke, dass diese Lautstärke nicht zu übertreffen ist, schafft Noah es, seine singende Schildkröte in Gang zu bringen, ohne dabei mit dem Schreien aufzuhören.

„Das ist nur eine Übung, starke Nerven zu bekommen,‟ muntere ich mich auf, „andere kaufen sich dafür extra Medikamente. Ich dagegen bekomme dies völlig kostenlos.‟

Endlich sitzen wir alle beim Essen und es wird entspannter. Der Kleine hat ein Brot in der Hand und kaut glücklich vor sich hin. Nachdem alles wieder weggeräumt ist, gehe ich in unser Zimmer und hole mein neues Buch. Ich mache es mir im Bett bequem und fange an zu lesen, während mein Mann fernsieht. Sehr schnell bin ich in das Geschriebene vertieft und völlig faszinierend. Auch wenn ich nicht alles sofort so glauben kann, was dieser Mann erzählt, kommt mir vieles richtig vor. Plötzlich, fast völlig aus dem Zusammenhang gerissen, lese ich einen Satz,

der mir den Mund offenstehenden lässt.

Das Haus muss nicht abgerissen werden, sondern die Mauern müssen nur ordentlich geprüft werden.

Natürlich ist nicht unsere Brandwand gemeint, aber für mich ist es die Antwort.

Ich drehe mich zu meinem Mann um, der mittlerweile schläft. Ich rüttle ihn hin und her.

„Schatz, schläfst du?"

„Was ist los?" Erschrocken setzt er sich im Bett auf, seit dem Brand sind wir alle sehr schnell alarmiert.

„Ist was passiert?"

„In diesem Buch steht, dass die Wand nicht abgerissen werden muss."

Verwirrt starrt er mich an.

„Was für ein Buch?"

„Ich habe es heute gekauft, um eine Antwort zu finden und da steht wirklich dieser Satz."

Er legt sich wieder hin und macht die Augen zu. Irgendwie ist er nicht so euphorisch wie ich.

„Was sagst du dazu?"

„Hm, gut," murmelt er und schläft weiter.

Für mich ist die Sache klar, morgen werde ich es ihm erklären.

14. September

Ich schleiche um das Büro herum, um einen passenden Zeitpunkt zu finden, um meinem Mann meine neue Lösung zu überbringen.

„Schatz," ruft er, „kannst du mir mal eine Tasse Kaffee bringen?"

„Natürlich," flöte ich, sofort.

Das ist der Moment. Mit zwei Tassen betrete ich das Büro. Im Moment muss ich vorsichtig sein, das Reizthema bei ihm anzusprechen.

„Was ich gestern Abend angesprochen habe, meine ich ernst, wir sollten die Wand stehenlassen."

„Genau, ich gebe dir Recht, wir stellen einen neuen Bauantrag."

Damit habe ich nicht gerechnet, da er meine spirituellen Gedanken sonst ablehnt.

„Oh, hätte ich nicht gedacht, dass dich der Satz aus dem Buch auch so überzeugt hat."

„Was für ein Satz, was fürn Buch?"

„Na, was ich dir gestern Abend erzählt habe, ich bin immer noch ganz beeindruckt."

„Ich weiß von nichts," antwortet er erstaunt.

„Es hat also nichts damit zu tun dass du deine Meinung geändert hast?"

„Was es auch war, nein."

„Wie kommt es dann?"

„Weil die Bauer will, dass wir die Wand wieder abreißen, das ist bestimmt eine Falle."

„Wie meinst du das?"

„Keine Ahnung, aber vielleicht findet sie dann einen Weg, dass wir Sie gar nicht wieder aufbauen dürfen."

„Also ist es besser, wir lassen alles stehen."

„Genau, ich rufe gleich das Bauamt an."

Ich bin froh über die Entscheidung, auch wenn wir nicht den gleichen Grund haben, es läuft auf das gleiche hinaus. Während ich den Haushalt mache, höre ich mit halben Ohr mit, wie mein Mann etliche Telefonate führt. Es scheint alles nicht so einfach zu sein, aber inzwischen bin ich das ja gewöhnt. Nach einer Weile gehe ich wieder ins Büro, ich brauche dringend Informationen.

„Wie sieht es aus," frage ich erwartungsvoll.

„Super, unser Architekt will nur eine neue Zeichnungen machen, wenn ich mich schriftlich verpflichte, ihn nicht zu verklagen, da er die baulichen Veränderungen nicht nachgetragen hat."

„Was sagt unser Bauleiter und Hausbauer?"

„Der hat mit allem wieder nichts zu tun."

„Das war aber doch sein Architekt."

„Ja, aber jetzt muss er angeblich eine ganze Zeit ins Ausland und sagt nur, er wünsche uns viel Glück."

„Will der uns verarschen?" Eine Weile sitze ich grübelnd in der Ecke, bis mir plötzlich eine Idee kommt.

„Wir holen unseren ersten Architekten wieder."

„Den haben wir damals in die Wüste geschickt, der kommt nicht mehr," meint mein Mann kopfschüttelnd.

„Wir haben ihn gut bezahlt und er hat gesagt, wenn wir Hilfe brauchen, sollen wir ihn anrufen, außerdem wird er sich freuen, dass es mit dem anderen nicht gut geklappt hat."

„Ich rufe ihn an und versuche es," sagt er immer noch zweifelnd.

Gespannt höre ich ihm beim Telefonieren zu. Hoffentlich klappt mal etwas.

Endlich legt er auf und sieht mich still an.

„Na los, was sagt er," will ich ungeduldig wissen.

„Er macht's, morgen Nachmittag kommt er vorbei. Gott sei Dank, ich glaube jetzt wird alles gut."

15. September

Ich sitze wieder am Pool. Das hört sich ja sehr exklusiv an, ist es aber definitiv nicht. Es war ein langer Tag.

Unser alter Architekt war da, ich hätte nie geglaubt, dass ich mich mal so freuen würde, ihn zu sehen.

Er hat sich sofort ins Zeug gelegt und ist alles mit uns durchgegangen. Auch mit dem Bauamt hat er alles schon durchgesprochen. Es ist eine Erleichterung, dass jemand diese ganzen Gespräche übernimmt.

„Wir brauchen den Vermesser noch einmal," erklärte er uns, "diesmal muss alles Millimeter genau stimmen.

„Was ist denn nun mit dem Keller?" Mein Mann will sich diesmal absichern.

„Im Keller wird keine Grenzständigkeit gefordert, außerdem ist ihre alte Kellerwand stehengeblieben.

Ich habe mir alle Unterlagen besorgt, auch von Bauer`s, sie haben eure Kellerwand einfach für sich auch genutzt. Grenzständiger geht's nicht. Dann habt ihr die neue Wand gebaut und dazwischen ist nun ein Fundament von einen Meter, sicherer geht's nicht. Ich zeichne das alles ein, damit es keine Unstimmigkeiten gibt."

„Also besteht Hoffnung, dass diesmal alles gut wird?" Ich habe ihn ziemlich ängstlich in die Zange genommen."

„Ich denke doch und gebe mein bestes."

Jetzt sitze ich hier und habe wieder neue Hoffnung. Gerade als ich mich nach den ganzen Wochen mal etwas entspanne, fliegt die Tür auf und Anka stürmt herein.

„Hat man hier irgendwo mal Ruhe?" Sie schimpft lautstark vor sie hin, hinter ihr folgt bellend Gracy, ihr Chihuahua.

„Was ist denn los," frage ich erschrocken.

„Ich muss für meine Klausur lernen, aber das ist ja ein Irrenhaus."

Jetzt erst höre ich den Lärm, ich bin es schon gewohnt und blende es aus. Noah hat sämtliches Spielzeug angemacht, was irgendwie Töne oder Musik hervorbringt, dazu kreischt er laut und fröhlich, während mein Mann Berlin schaut und das Fernsehen entsprechend laut macht.

„Oh je, willst du in unser Zimmer gehen?"

„Nein!"

„Warum nicht?"

„Da gefällt es mir nicht." Trotzig zündet sie sich eine Zigarette an.

„Hoffentlich haben wir bald wieder eine Wohnung."

„Anka, wir arbeiten daran."

Ein WG Leben ist nicht immer leicht. In dem Moment öffnet sich die Tür und Noah kommt im Affenzahn hereingekrabbelt, da Anka die Tür nicht geschlossen hat. Schnurstracks krabbelt er auf das Wasserbecken zu.

„Stopp," schreie ich laut, was er mit vergnügtem Kreischen beantwortet. So schnell ich kann, springe ich auf und laufe zu ihm hin. Gerade noch bekomme ich ihn an der Latzhose zu fassen und halte ihn auf. Ein hohes Quietschen tönt durch den Raum, ich habe auf den Hund getreten, der nun auch droht ins Wasser zu fallen. Mit einem Fuss schupse ich ihn zurück.

„Gracy," schreit Anka und nimmt ihn auf den Arm.

„Ist nichts passiert," kommentiere ich die Sache.

„Es ist ein Irrenhaus, ich sag's ja und lernen kann ich jetzt auch nicht mehr."

Mein Mann ruft durch die Tür.

„Was ist mit Essen?" „Ich mache was," sagt Anka, „Schnitzel mit Pommes.

Ich bin froh, dass sie etwas macht, ich bin hundemüde, da ich Nachts immer noch grüble, mir fehlt Schlaf.

Eine halbe Stunde später stellt sie das Essen auf den Tisch. Heißhungrig stürzt mein Mann sich darauf.

Er wird puterrot im Gesicht und schnappt nach Luft.

„Trinken," keucht er und fängt an zu husten. Es dauert eine ganze Weile, bis er sich beruhigt hat.

„Was sind das für Pommes?"

„Na besonders extrascharfe, die mag ich gern, ruft Anka.

Ich sehe meinem Mann an, dass er sich auch wieder einen eigenen Haushalt wünscht.

20. September

Wir stehen mit dem Vermesser an der Baustelle.

„Na dann auf ein Neues," meint er und packt seine Geräte aus.

„Was läuft denn hier eigentlich für ein Blödsinn?" fragt er mich leise, da Frau Bauer auf der Terrasse steht und uns mit Argusaugen beobachtet.

Ich erkläre ihm die sieben Zentimeter Dramatik.

„Das Nachbarhaus ist so krumm und schief, da kann man nicht gerade dran bauen."

„Mir brauchen sie das nicht zu erklären," antworte ich genervt.

Nach zirka einer Stunde sehe ich ihn auf die Terrasse von Bauer`s klettern, die sich auf ihrem Anbau befindet. Mit pinker Farbe zeichnet er einen Strich auf einen Stein, wo die Grenzen entlanglaufen. Erst jetzt sehe ich ‚wie doll sie auf unserem Grund stück gebaut haben.

„Was machen sie da, kreischt plötzlich die Stimme von Frau Bauer auf Terrasse.

Unser Vermesser sieht sich erschrocken um.

„Wir brauchen nochmal Daten, ich habe sie doch angerufen."

„Ich wusste nicht, dass sie auf meine Terrasse müssen, sofort runter, ich rufe meinen Anwalt an."

Mit einem Satz springt er zurück auf unser Grund stück.

„Wagen sie es nicht nochmal!"

„Schon gut, bin doch schon weg."

Er packt seine Sachen zusammen und verabschiedet sich.

„Viel Glück beim neuen Bauantrag, wollen sie wirklich neben diesen Leuten wohnen?"

Ohne auf Antwort zu warten, verschwindet er. Ich sehe

nach oben in das verzerrte Gesicht von Frau Bauer. Ich will nicht neben ihr wohnen, aber wir müssen hier wieder aufbauen, sonst zahlt die Versicherung nicht. Dumm gelaufen.

21. September

Unser Anwalt hat die Akten geschlossen. Er hat dem Gericht geschrieben, dass wir von vorne anfangen, also brauchen wir keinen Anwalt mehr. Hoffentlich.

Familie Bauer hat sich einen neuen Dachanschluss machen lassen und in unsere Brandwand gebohrt, was sie laut Statikerin nicht durften, aber die nehmen sich einfach alles heraus. Obwohl wir den Arbeitern gesagt haben, dass sie es verkleben sollen, haben sie doch gebohrt, kaum als wir ihnen den Rücken zugedreht haben. Sollen wir sie jetzt verklagen? Wahrscheinlich nicht. Wir sind immer noch bemüht, das Niveau nicht noch weiter sinken zu lassen.

Unsere Versicherung hat uns ein Schreiben geschickt, in dem Bauer`s um sechstausend Euro bitten, falls bei ihnen Schäden im Keller entstehen, da wir statt Beton, Erde benutzt hätten. Dieses Anliegen wurde abgelehnt. Es vergeht kaum eine Woche ohne neue Forderungen von Bauer`s. Ich bin es so leid.

Gestern haben wir eine große Plane über den Keller gezogen, da es hereinregnet und wir befürchten müssen, dass er kaputtgeht.

Inzwischen laufen fünf Trockengeräte Tag und Nacht.

Es ist zum Verzweifeln. Jeden Tag leeren wir literweise Wasser aus. Bauer`s Tochter beobachtet das Treiben mit einem breiten Grinsen. Es ist ein merkwürdiges Phänomen, sie suhlen sich in ihrer Macht, die sie wahrscheinlich zum ersten Mal in ihrem Leben haben.

23. September

Wochenende. Immer habe ich es geliebt, nun fürchte ich es.

„Wie unterschiedlich man Zeit wahrnehmen kann," wundere ich mich. Vor dem Brand war ein Wochenende im Nu um, jetzt kommt es mir vor ,wie eine Woche. Man kann nichts vorantreiben und ist zum Stillstand gezwungen, was ich im Moment nicht ertragen kann. Ich lege mich auf das Sofa um einen Moment fernzusehen. Während ich still liege, merke ich wie mein Herz viel zu schnell und feste schlägt. Mein Mann kommt herein.

„Du bist leichenblass, was ist los?"

„Mir geht's nicht gut, mein Herz schlägt viel zu schnell."

Das hätte ich besser nicht gesagt, sofort werde ich ins Krankenhaus gebracht, was ich hasse und zwanzig Minuten später sitze ich vor einer Ärztin, die feststellt, dass mein Herz wirklich rast. Ich komme sofort auf die Überwachungsstation und werde überall verdrahtet. Nun kann ich auf dem Monitor bildlich beobachten, wie mein Herz rast. Ich muss im Krankenhaus bleiben und bin gezwungen, still liegenzubleiben. Es fällt mir so schwer, dass ich laut schreien könnte. Mir fällt auf, dass ich seit dem Brand nie zur Ruhe gekommen bin und ihn auch noch nicht verarbeitet habe. Das Theater mit unseren Nachbarn treibt mich in den Wahnsinn. Die Tür öffnet sich und eine Ärztin kommt herein, es ist dieselbe, die beim Brand bei mir war.

„Diesmal bleiben sie aber hier," witzelt sie und setzt sich auf mein Bett.

„Dann erzählen sie mal was los ist."

Fragend sehe ich sie an.

„Sie sollen mal den Auslöser für ihr Herzrasen erzählen."

Ich fange an zu heulen und erzähle von unseren letzten Monaten.

„Jetzt bleiben sie erst mal hier und am besten überlegen sie sich, ob es das wert ist, neben solchen Menschen zu bauen."

Alle können immer gut reden, was sollen wir denn machen?

26. September

Ich bin wieder zu Hause. Nach etlichen Untersuchungen ist man zu dem Schluss gekommen, dass es einfach zu viel Stress war. Ich freue mich wieder im Irrenhaus zu sein, besser als im Krankenhaus! Unser Architekt hat die Pläne fertig, erzählt man mir, jeder Zentimeter stimmt nun und es ist alles schon eingereicht. Alles gut, oder nicht?

Ich gehe ins Bett und nehme die Tropfen, die ich zum Schlafen verschrieben bekommen habe. Eine Weile sehe ich noch Fernsehen und dann werde ich müde. Ich kann tatsächlich schlafen, das erste Mal nach dem Brand. Es ist das beste Erlebnis seit langer Zeit.

27. September

Wir fahren zur Baustelle und halten auf der anderen Straßenseite. Als wir die Straße überqueren, sehe ich Frau Bauer mit ihrem Sohn Olaf in der Haustür stehen. Als wir an ihnen vorbei müssen, versuche ich, sie nicht anzusehen.

„Schämen sie sich eigentlich nicht," ruft Frau Bauer uns hinterher."

„Bitte? Wie meinen sie das denn?" Ich bin geschockt, leider ist mein Mann schon abgebogen.

„Sie sollen unsern Keller renovieren und unser Schlafzimmer, ist alles beschädigt."

„Frau Bauer, wir wissen doch alle inzwischen, dass es nicht stimmt, wir haben die Bilder doch gesehen."

„Eine Unverschämtheit, dass ihr die Fotos bekommen habt," schreit Olaf Bauer.

„Dadurch wissen wir aber, dass ihr lügt." Ich versuche ruhig zu bleiben.

„Sie haben genug Geld bekommen, also können sie uns das auch bezahlen, wir haben nämlich kein Geld," erklärt mir Frau Bauer.

„Außerdem hatten wir durch ihr Feuer so viel Unannehmlichkeiten, das musste nicht sein, Frau Ring, schämen sie sich."

Die meint das wirklich ernst, ich bin sprachlos. Mein Mann kommt von dem Geschrei angezogen wieder zurück.

Olaf Bauer macht sich so groß er kann, aber gegen meinen Mann sieht er mickrig aus.

„Was willst du?" Mein Mann geht langsam auf ihn zu.

„Ich helfe meiner Mutter," schreit er laut.

„Wobei, dass sie eine Klage nach der anderen machen kann?"

„Ihr habt unsern Putz und die gute Isolierung abgerissen, deshalb ist es bei uns feucht."

Aufgebracht sehe ich ihn an.

„Wie habt ihr das denn damals gemacht, verputzt und dann schnell die Wand vor unser Haus geschoben?"

Unsicher starrt er mich an.

„Na gut, es war nicht verputzt, aber..."

„Was aber, ihr habt Putzreste in die Lücken geschüttet, die damals auch da waren, was man nicht darf."

Er springt plötzlich auf mich zu und hat seine Nase fast in

meinem Gesicht.

„1970, da hat man sowas gemacht," zischt er und spuckt dabei mein ganzes Gesicht voll. Vor Ekel kann ich gar nichts mehr sagen und versuche mir, mit dem Ärmel alles abzuwischen, dabei gehe ich einen Schritt zurück. Leider kommt er mit und hat sein Gesicht fast immer noch in Meinem.

Mein Mann geht auf ihn zu.

„Hör auf damit!"

Gott sei Dank weicht er sofort zurück. Andere Nachbarn kommen hinzu, auch sie versuchen Bauer`s zur Vernunft zu bewegen.

„Wir wissen doch alle, dass ihr Keller seit Jahren feucht ist, lassen sie es doch mal gut sein."

„Das war Grundwasser," empört sich Frau Bauer, „aber jetzt kommt es von Rings."

„Nee, is klar," rufe ich. Langsam kann auch ich mich nicht mehr beherrschen.

„Ich hatte unsere Versicherung übrigens gebeten, dass sie ihnen dass aus Kulanz bezahlt, obwohl das nicht richtig ist," teile ich ihnen trotzdem mit.

„Ja jetzt haben sie auch endlich zehntausend Euro bezahlt," schreit Rumpelstilzchen triumphierend.

Ich bin perplex. Das hat unsere Versicherung uns nicht mitgeteilt. Ich werfe einen Blick auf Frau Bauer, die mit rotem Gesicht zum Himmel sieht. Sie ist völlig verstummt. Mit messerscharfen Verstand, begreife ich, dass sie dieses Geld von ihrer eigenen Versicherung bekommen haben und blöd Olaf es verwechselt und dummerweise ausgeplaudert hat. Sie fahren mehrgleisig.

„Lass uns gehen, mit solchen Leuten will ich nicht reden," sage ich zu meinem Mann und ziehe ihn fort. Auch die anderen gehen wieder ihrer Wege.

„Wir haben einen guten Anwalt," kreischt uns Olaf Bauer hinterher, „er hat uns versprochen, alles durchzusetzen, was wir haben wollen!"

Ich zwinge mich weiter zu gehen, ohne darauf zu reagieren, doch mein Mann wirft den Anker und will wieder zurückgehen.

„Schatz, lass es, es wird nur schlimmer," flüstere ich ihm zu.

Er überlegt kurz und geht dann doch schnell mit mir in unseren Keller. Als wir dort angekommen sind atme ich tief ein und aus, um meinen Adrenalinspiegel wieder auf die Reihe zu bekommen.

„Schatz, ich weiß nicht, ob ich jemals neben denen wieder wohnen kann," stöhne ich.

„Wenn das Haus erstmal steht, können die uns am Kopp blasen."

Ich selber fühle mich hin und her gerissen, auf der einen Seite möchte ich den Anstand wahren, ein vernünftiger Mensch bleiben und sachlich die Angelegenheit klären, auf der anderen Seite würde ich der Bauer gern eine ballern. Wie oft habe ich im Fernsehen verständnislos den Kopf geschüttelt, wenn man völlig verfeindete Nachbarn gesehen hat, immer dachte ich, dass man sich doch zusammenreißen kann, doch nun bin ich im Begriff selbst so auszurasten. Zum ersten Mal bekomme ich eine Ahnung, was in diesen Leuten vorgeht. Doch trotz allem, will ich es so nicht eskalieren lassen, ich muss mich beruhigen, so möchte ich nicht sein, oder doch? Vielleicht ein einziges Mal? Laut stöhne ich auf, durch meine niedrigen Gedanken aufgeschreckt.

„Was ist los," fragt mein Mann erschrocken.

„Nichts, gar nichts."

„Komm wir machen es uns im Keller gemütlich, mehr haben wir leider noch nicht," lacht mein Mann.

„Meinst du, wir dürfen hier einziehen?"

„Bestimmt darf man das auch nicht, Bauer's würden uns mit der Polizei herausholen lassen," vermutet mein Mann.

„Was wäre wenn wir einen Wohnwagen kaufen und auf die Bodenplatte stellen?"

„Nee, is klar und die Kinder?" fragt mein Mann. „Am besten für jeden einen Wohnwagen und dann so ne Wagenburg bauen, woll?

"Schatz," sagt mein Mann strafend, „"bald kommt das Haus, beruhige dich, das Schimmel WG Leben hat bald ein Ende."

„Ich weiß nicht, ich habe so ein blödes Gefühl."

„Oh nein, nicht schon wieder!"

5. Oktober

Die Genehmigen vom neuen Bauantrag soll noch dauern, das Bauamt möchte sichergehen, dass alles genauestens stimmt. Also üben wir uns in Geduld, schließlich soll diesmal alles klar gehen. Herr Ockel hat uns gebeten, einem Anwalt den Bauantrag vorzulegen, damit dieser feststellt, ob alles so in Ordnung geht. Wir fahren zu einem neuen Anwalt, fünfzig km entfernt, er ist uns als sehr gut empfohlen worden. Wir sitzen vor ihm und erklären ihm die Sachlage. Er hört uns eine ganze Weile zu, bevor er uns unterbricht.

„Was soll ich denn genau für sie tun, sie stellen doch einen neuen Bauantrag, damit ist das alte doch erledigt."

„Das Bauamt möchte, dass sie den Bauantrag kontrollieren," erklärt mein Mann.

Der Anwalt lacht, ich weiß beim besten Willen nicht, was so komisch sein soll.

„Also wirklich, das ist nun wirklich die Sache ihrer Stadt, trauen die sich nicht mehr?"

„Ich weiß nicht," antworte ich zögernd, „sie wollen sich vergewissern."

„Nein, ich übernehme nicht deren Arbeit, dafür ist ihr Geld zu schade."

„Was mich noch interessiert," wirft mein Mann ein, „ist, ab wann ich das Haus aufbauen kann, wenn wir die Genehmigung haben."

„Sofort!"

„Herr Ockel meint, wir sollen vier Wochen warten, ob Familie Bauer wieder Einwände hat."

„Nein, nicht warten, wissen sie wie viele Möglichkeiten es gibt, Einwände zu erheben? Es ist leider eine Art Volkssport geworden, sehr lukrativ für uns Anwälte." Wieder lacht er, sein Job scheint sehr heiter zu sein.

„Sie meinen also, wir sollen sofort anfangen?" Ich bin sehr skeptisch.

„Ja, wenn es geht Tag und Nacht durchbauen, je weiter sie kommen umso besser!"

„Sie glauben also, dass es wieder einen Baustopp gibt," ich bin ernüchtert.

„Ich weiß es nicht, aber es ist nicht ausgeschlossen, ich wünsche ihnen aber viel Glück."

Damit verabschiedet er sich und schneller als gedacht sitzen wir wieder im Auto.

„Ein aufmunterndes Gespräch, jetzt bin ich richtig beruhigt," sage ich zu meinem Mann.

„Ach komm, der Antrag ist diesmal wasserdicht, verspreche ich dir."

„Dein Wort in Gottes Ohr."

16. Oktober

Die Zeit vergeht furchtbar zäh. Stadt nur abzuwarten, kümmre ich mich um den Rest unserer Einrichtung. Das Küchenstudio hat schon zweimal angerufen, um die Küche zu bringen, mit viel Überredungskunst habe ich es geschafft, dass sie alles erstmal umsonst einlagern. In den letzten Tagen habe ich Töpfe, Geschirr und andere Artikel gekauft die alle im Keller gelagert werden. Für Familie Bauer scheinbar unerträglich, sie haben durch ihren Anwalt mitteilen lassen, dass sie sehr wohl sehen, dass wir verschiedene Dinge in den Keller bringen und appellieren an die Stadt, dass sie endlich eine Stilllegung verordnen. Doch nach Protesten meines Mannes, der argumentiert, das er schließlich täglich die Trockner leeren muss um noch schlimmere Schäden zu verhindern, lehnt die Stadt dies zu unserer Erleichterung ab. Wieder einmal versuche ich herauszufinden, was für ein Teufel die geritten hat.

„Das ist mir egal, was die denken, es ist eine böse, verbitterte Frau. Ende!"

Mein Mann will nicht diskutieren.

Gestern kam eine ältere Frau mit Stock an unserer Baustelle vorbei.

„Geht's bald weiter?"

„Ich will es hoffen," mehr weiß ich nicht zu sagen.

„Ich habe den Streit mitbekommen, es wird schon werden."

Offensichtlich will sie mich aufmuntern, was ich dankbar zur Kenntnis nehme, aber sie wird kaum wissen was hier abgeht, ich kenne sie auch gar nicht.

Sie sieht mich plötzlich an und schlägt mir auf die Schulter.

„Sie erleben hier am eigenen Leib, was Neid aus den Menschen macht, aber es geht vorbei."

Sprachlos sehe ich ihr nach, wie sie weitergeht. Hoffentlich hat sie Recht, obwohl ich nicht glauben kann, dass jemand neidisch auf unser Erlebnis sein kann. Trotz neuem Haus, falls es das jemals geben wird, werden wir niemals mehr so unbeschwert leben wie früher.

17. Oktober

Mein Mann erstellt weiter sein Baualbum bei Facebook, er ist unbelehrbar. Nun hat er von einer Facebookfreund in eine Anfrage bekommen, ob sie uns umsonst eine Fotogalerie anfertigen solle, sie sei Fotografin. Dafür wolle sie uns besuchen und Fotos von uns machen.

„Das ist doch nett, oder," fragt mein Mann begeistert.

„Warum tut sie das," frage ich vorsichtig.

„Sie steht noch am Anfang ihrer Karriere und versteht es als Bereicherung und außerdem will Sie einen Beitrag leisten, uns zu helfen."

„Aha ,"ich bin immer noch skeptisch, Facebook ist mein Feind.

„Übermorgen kommt sie mit Mann und Kind zum Frühstück und macht Fotos."

„Na gut, ist für später sicher mal interessant," lasse ich mich überzeugen.

„Weißt du übrigens, wer mir einen Freundschaftsantrag gemacht hat?"

„Ne," sage ich ziemlich uninteressiert.

„Die Enkelin von Bauer," platzt mein Mann vergnügt

heraus.

„Wie jetzt, ist die nicht erst zwölf? Ich bin ziemlich begriffsstutzig.

„In Wirklichkeit war das natürlich Tochter Bauer`s, sie kann nicht mehr auf meine Facebookseite," mein Mann freut sich.

„Also wollen sie weiter Bilder ansehen?"

„Genau," meint er nachsichtig, „scheinbar bin ich zu blöde.

„Was hast du geantwortet?"

„Ob ihre Mami weiß, dass sie mit dem bösen Onkel schreiben will, dann habe ich nichts mehr gehört."

„Die ziehen wirklich sogar das Kind mit rein, um an Infos zu kommen? Sie entwickeln eine richtig kriminelle Energie, ich kann darüber nicht lachen."

„Ich habe es zum Glück sofort gemerkt."

„Sofort und gemerkt, dass ist ja mal was ganz neues bei dir," ärger ich ihn.

So geschafft, er ist nicht mehr so vergnügt und schließt endlich sein Facebook.

18. Oktober

Als ich heute bei der Büroarbeit war, rief mich plötzlich Herr Westermann an, er ist der Sohn von der Vorbesitzerin unseres abgebrannten Hauses. Oh je, vielleicht will er sich beschweren, dass wir das Haus abbrennen lassen haben, geht es mir durch den Kopf.

„Guten Tag Frau Ring, erinnern sie sich an mich?"

„Ja, natürlich, aber das Haus ist weg."

„Das habe ich wohl mitbekommen, ich wollte ihnen nur mitteilen, dass Familie Bauer bei mir war."

„Oh Gott, was wollen sie jetzt?"

„Jaaa, sie wollten, dass ich ihnen einen Schriftsatz aufsetze, in dem ich sage, dass meine verstorbene Mutter ihnen erlaubt hat, einen halben Meter über die Grenze zu bauen, was sie nie getan hat."

„Ehrlich," sage ich geschockt.

„Das habe ich natürlich nicht getan, es hat mich so geärgert, dass ich ihnen das mitteilen wollte."

„Schönen Dank. Das ist ja unser großes Problem dass ihr Anbau schräg über unsere Grenze geht, deswegen konnten......"

„Ich weiß worum es geht ,"unterbricht er mich, deshalb haben Bauer`s Angst, dass sie den Anbau wegklagen. Ich habe sie erst mal etwas reden lassen, seien sie vorsichtig, die wollen sie ausnehmen."

„Das wissen wir, danke für den Anruf."

Nach diesem Gespräch rufe ich meine Mutter an und erzähle ihr die Neuigkeiten.

„Die sind verbrecherisch unterwegs, die Alten, hätte man nicht gedacht," kommentiert sie das Gehörte. Jetzt muss ich doch lachen.

„Da brauchst du gar nicht lachen, Alterskriminalität, wird oft unterschätzt, passt bloß auf euch auf."

„Ja, Mama, machen wir."

Sie malt alles noch schwärzer als ich.

19. Oktober

Die ganze Familie sitzt um den Tisch versammelt, mit der Fotografin und ihrer Familie. Wir haben zusammen gefrühstückt und es war entgegen meiner Vorbehalte sehr nett und interessant.

Sie haben die letzten Jahre in der USA gelebt und nun möchte sie hier als Fotografin bekannt werden. Die meisten Bekannten haben sie natürlich in den Staaten. Sie macht jede Menge Fotos von uns und alle haben Spaß. Dann fahren wir zur Baustelle und posieren auch dort für ihre Bilder. Hinter der Gardine beobachtet uns natürlich Frau Bauer, so dass wir eine übertriebene Show liefern.

„Seit ihr ständig unter ihrer Beobachtung?" Unsere Fotografin zeigt ein mitfühlendes Gesicht.

„So ist es," sagt mein Mann.

Sie verabschiedet sich mit den Worten.

„Haltet durch!"

31. Oktober

In drei Wochen sollen wir die Baugenehmigung bekommen, hat uns Herr Ockel mitgeteilt. Wir sitzen bei unserem Architekten und gehen alles noch mal durch.

„Alles ist zentimetergenau nachgemessen und wasserdicht, da kann kein Baustopp mehr kommen, mir fällt nichts ein, was man beanstanden könnte," versichert er uns.

„Ich bin furchtbar aufgeregt," sage ich zu ihm.

„Kopf hoch, jetzt geht's voran."

4. November

Wir haben unserem Hausbauer mitgeteilt, dass am 23. November das Haus aufgestellt werden kann.

„Hoffentlich klappt das auch bei ihm," sage ich nervös zu meinem Mann.

„Er wird sich gleich melden."

Ein paar Minuten später kommt eine Mail von ihm.

„Was schreibt er?" Ich springe sofort zum Computer.

Mein Mann schaut irritiert aus.

„Er will das ganze Restgeld, sonst schickt er keinen LKW raus."

„Aber das ist doch erst fällig, wenn das Haus steht?"

„Eigentlich ja, aber er meint, dass er sich absichern will, falls wieder ein Baustopp kommt."

„Das ist aber nicht legal," wende ich ein.

Sofort schreibt mein Mann zurück, welche Sicherheit wir denn hätten, dass er uns das Haus auch bringt. Kurz darauf schreibt er zurück, da müssten wir ihm nun mal vertrauen.

„Was sollen wir machen," sage ich ratlos zu meinem Mann.

„Weiß ich noch nicht."

Wir rufen die ganze Familie ins Büro. Lange diskutieren wir und einigen uns, wir wagen es.

Ich mache die Überweisung fertig und wir sagen dem Hausbauer zu. Hoffentlich war das richtig.

7. November

Heute haben wir alles mit Herrn Schulz durchgesprochen. Am Freitag den 23.November um 13 Uhr wird unser Haus aufgestellt. Wir haben es keinem gesagt, es soll keiner wissen, vor allen Dingen Bauer`s nicht, damit sie sich nicht vorher wieder was ausdenken. Um 10 Uhr können wir uns die Genehmigung an der Stadt abholen. Nur unserem anderen Nachbarn mussten wir Bescheid sagen, da wir seine Einfahrt für das Aufstellen des Kranes brauchen.

„Ihr müsst keine Angst haben," sagt er, „von mir erfahren die bestimmt nichts."

15. November

Ich bin kurz vorm Durchdrehen, so aufgeregt bin ich. Hoffentlich klappt alles. Vielleicht bekommen wir alles fertig vor Weihnachten, wäre das schön. Herr Schulz hat inzwischen klargestellt, dass er zu seinem Bautrupp noch mindestens fünf Leute von uns braucht, um das Haus aufzustellen, ich kann mir nicht vorstellen, dass dies normal ist, aber wir haben es organisiert.

17. November

Inzwischen kann sich keiner mehr auf die Arbeit konzentrieren, jeder denkt nur DAS HAUS KOMMT.

Der Kleine merkt die angespannte Atmosphäre, er ist quengelig. Nach besten Kräften beschäftigen wir uns mit ihm. Herr Schulz hat verkündet, dass der Kran nicht zur Verfügung steht, den er immer nimmt, aber mein Mann hat einen anderen besorgt. Nun hoffe ich, dass er den Rest alleine schafft und nicht morgen anruft, dass wir das Haus erst selber schnitzen müssen.

23. November

Der große Tag ist da. In aller Frühe sind wir alle schon durchs Haus gewuselt. Nun stehen mein Mann und ich vor dem Rathaus, aber es ist noch zu früh. Herr Ockel ist noch nicht da.

„Ich muss mir noch eine rauchen," keuche ich süchtig.

„Mach mal," antwortet mein Mann einsilbig, auch er ist hochgradig nervös.

Endlich können wir in die heiligen Räume.

„Guten Morgen, Familie Ring," begrüßt uns Herr Ockel, „dann wagen wir mal einen Neustart."

Zehn Minuten quälen wir uns durch die Papiere, dann haben wir es geschafft, wir haben eine neue Baugenehmigung. Herr Ockel sieht uns ernst an, er verzichtet auf seine üblichen Sprüche.

„Ich hoffe sehr, dass ihr diesmal unbehelligt zu Ende bauen könnt, wenn irgendwas sein sollte, ruft mich sofort an, ich versuche es dann sofort zu klären. Ich hätte nie geglaubt, dass Familie Bauer es so auf die Spitze treibt."

„Nein, sie dachten, es wären nette alte Leute, weil man das im Alter voraussetzt, aber ich habe schon früh etwas anderes zu ihnen gesagt," wirft mein Mann ihm vor.

„Ja, so kann man sich täuschen, aber jetzt müsste alles klargehen. Ich wünsche viel Nervenstärke für die nächste Zeit."

Wir schnappen die Papiere und gehen hinaus.

„Ach übrigens, hier habe ich noch den RAL-Ton der Farbe, die wir gerne sehen würden," er läuft hinter uns her und gibt uns einen Zettel. „Hätte ich doch fast vergessen."

Jetzt laufen wir schnell in den Aufzug.

„Das Holz ist doch fertig gestrichen, wenn es kommt, was nützt uns jetzt noch die Tonart," flüstere ich meinem Mann zu.

„Nichts, sie wollten rot und sie kriegen rot, basta.

Als wir an der Baustelle ankommen, herrscht dort schon ein reger Betrieb, ein paar Männer stellen sich als der bestellte Bautrupp vor. Unsere Kinder sehen uns erwartungsvoll an.

„Und , alles klar?"

Ich ziehe die neue Baugenehmigung aus der Tasche und schwenke sie durch die Luft.

„Wir haben sie, nagelneu, es kann losgehen," rufe ich und bringe sie andächtig an dem Geländer in unserer Einfahrt an. Unser Nachbar kommt heraus, er ist fast so nervös wie wir.

„Habt ihr sie?"

„Jawohl," ruft mein Mann erleichtert.

„Ich habe schon alles freigemacht, ihr könnt meine ganze Einfahrt

mitbenutzen, sagt unser Nachbar Werner Ochse.

„Das ist nett," bedanke ich mich, froh dass wir auch andere Nachbarn haben.

In diesem Moment kommt der Kran, ein Riesenteil, er ist wirklich beeindruckend. Er wird auf dem Parkplatz auf der anderen Straßenseite aufgebaut.

„Wo bleibt Schulz mit unserem Haus, hoffentlich kommt er auch," sage ich besorgt zu meinem Mann.

„Natürlich," antwortet er bestimmt, aber ich glaube, er spricht sich selbst Mut zu.

„Vielleicht gibt's das Haus gar nicht," vermute ich.

„Jetzt mach mich nicht bekloppt," schimpft er.

In dem Moment kommen riesige LKW angefahren.

„Da kommt's," ruft Sascha.

Wir versammeln uns alle an der Straße, als wollten wir einem Festzug bewundern, nur das Klatschen verklemmen wir uns. Na ja vielleicht innerlich. Ich springe meinen Mann an.

„Schatz es kommt wirklich!"

„Ich sag's doch."

Ab jetzt wird's hektisch, Zurufe und Anweisungen tönen aus allen Ecken, die Kinder, mein Mann und Freunde sind alle schwer beschäftigt, mitzuhelfen. Die ersten Nachbarn kommen aus ihren Häusern.

„Geht's los?"

„Ja, rufe ich begeistert!"

„Da freuen wir uns für euch."

Unser Nachbar von gegenüber holt seinen Fotoapparat.

„Ich mach Bilder für euch."

Dann kommt der große Augenblick, das erste Teil wird aufgestellt. Eine Hauswand wird quer über die Straße geschwungen, ich bin mir nicht sicher, ob ich da gut hinsehen kann. Obwohl die Autofahrer ungehindert weiterfahren können, bleiben die meisten stehen, um zuzusehen. Es kommt schon zum Stau, Fenster werden heruntergelassen und mir unbekannte Leute gratulieren zum Haus. Mir wird bewusst, wie viele unser Drama mitbekommen haben und freue mich über die freundlichen Zurufe. Wir wollten in aller Stille aufbauen, doch ich glaube, das klappt nicht.

In diesem Moment kommt Frau Bauer nach Hause, sie steht fassungslos auf der anderen Straßenseite und betrachtet das Geschehen. Ihr Gesicht verzieht sich zu einer furchtbaren Grimmasse. Steif überquert sie die Straße und ohne uns eines Blickes zu würdigen, verschwindet sie in ihrem Haus.

„Oh je, ich glaube, das war purer Hass, sie weiß doch von dem neuen Bauantrag," sage ich zu meinem Mann.

„Schon," meint er, aber sie wussten nicht, dass wir heute aufbauen."

Ich gehe hoch in unseren Garten, sehe von dort weiter zu und mache Bilder von diesem langersehnten Augenblick. Plötzlich kommt Olaf Bauer auf die Straße geschossen. Wild gestikuliert er herum und schreit laut

„Baustopp, sofort aufhören."

Ich sehe von oben, wie meine Schwiegertochter auf ihn zu geht und ihm erklärt, dass wir eine neue Genehmigung haben, sie zeigt auf mein neu angebrachtes Dokument und fordert ihn auf, es sich in Ruhe durchzulesen. Doch das will er nicht. Er läuft mit seinem Fotoapparat zwischen den Arbeitern rum, die gerade ein großes Teil annehmen müssen und durch ihn behindert werden.

„Hau ab, du Arschloch," schreit einer der Männer, dem ein Teil aus der Hand rutscht.

Olaf Bauer fotografiert ihn.

„Pass auf, dass ich dir nicht in den Hintern trete, brüllt dieser.

Jetzt läuft er zum Kranführer und fotografiert diesen.

„Lass es, ich will das nicht," ruft dieser von oben.

Olaf Bauer rennt weiter zwischen den Leuten rum und behindert diese bei der Arbeit.

„Ey, schafft mal einer den Wahnsinnigen hier weg," schreit der Bauleiter entnervt.

Mein Mann läuft über die Straße auf ihn zu.

„Oh mein Gott," denke ich, „jetzt fängt er sich eine," und halte den Atem an.

„Fass mich nicht an," quietscht Olaf.

„Hau einfach ab und lass uns arbeiten," sagt mein Mann dröhnend.

„Nein ihr dürft nicht weitermachen."

„Dann lies doch endlich das Papier durch."

„Ich gehe nicht aus dem Weg," provoziert er weiter.

Mein Mann fasst ihn nicht an. Er streckt seinen beträchtlichen Bauch raus und fängt an, Olaf Bauer damit zu rammen. Stück für Stück drängt er ihn zurück. An den Fenstern kleben die Nachbarn.

Werner von nebenan schreit aus dem Fenster.

„Jogi, hau ihm was auf die Schnauze, ich hab nichts gesehen."

Gegenüber ruft Frau Cort.

„Nein, Jogi, nicht schlagen."

Mein Mann schlägt nicht, er kickt ihn mit dem Bauch immer weiter, eigentlich sieht es witzig aus.

Olaf stolpert, kann sich aber noch fangen, doch er ist den Bärenkräften meines Mannes nicht gewachsen, er gibt auf.

„Euch zeige ich's," kreischt er und verschwindet.

Ich stehe unter Schock und brauche einen Moment, um aus der Erstarrung zu kommen.

„So ein Arsch," vergisst sich mein Mann, „los weiterarbeiten."

Ich gehe mit Steffi in unser Gartenhaus, ich muss mich erst mal setzen.

„Jetzt trinken wir erst mal was, auf den Schreck."

Wir schütten uns Sekt ein und langsam geht es wieder besser.

„Gut, dass Jogi so'n dicken Bauch hat," lacht Steffi.

„Er hat ihn nicht angefasst, das kann er nicht behaupten, der kleine Olaf," kichere ich.

Von dort oben haben wir einen super Ausblick und können den Bau verfolgen, es geht schnell voran.

Im Gartenhaus wird es voll, inzwischen ist meine Mutter mit Freund in da, Freunde und Bekannte, Nachbarn, Geschwister, Freunde von den Kindern, alle haben es schon gehört, soviel zum heimlichen Aufbau. Viele haben Sekt mitgebracht und feiern. Ich bin froh, dass sich die Atmosphäre dadurch lockert. Inzwischen ist es dunkel geworden, so dass wir alle in das ehemalige Kinderzimmer von Olaf sehen können. Mit den Sektgläsern in der Hand schauen wir zu, wie er in seinem Zimmer von einer Wand zur anderen läuft.

„Oh, je," meint meine Freundin Claudia, „der nimmt es

aber schwer.

Mit einer Hand hält er sich ein Telefon ans Ohr, mit der anderen rauft er sich die Haare.

„Offensichtlich," gebe ich ihr recht.

Plötzlich hält er an einer Wand an und schlägt seinen Kopf davor.

„Der benimmt sich, wie ein Psycho, ich glaube, ihr müsst vorsichtig sein," meint sie nun etwas stirnrunzelnd.

„Ja, langsam macht er mir auch Angst," stimme ich ihr zu, „ich glaube, einer sollte heute Nacht hierbleiben."

„Sieh mal, die erste Etage steht," ruft Steffi.

Ich ziehe mir meine Jacke an und gehe hinunter.

„Geh mal rein," ruft mein Mann.

„Darf man das?"

„Klar, ich komme mit."

Feierlich betrete ich das Haus, unsere Etage steht. Langsam gehe ich von Zimmer zu Zimmer und richte alles in Gedanken ein. Sollten wir bald wieder eine Wohnung für uns ganz alleine haben? Richtige Erleichterung kommt noch nicht auf.

„Hallo, kommt ihr mal raus? Die Polizei ist da," ruft jemand von draußen.

„Was ist denn jetzt wohl schon wieder," stöhne ich, während ich zur Straße gehe.

Ein Polizeiauto parkt vorm. Haus.

„Sie sollen hier einen Schwarzbau errichten, der Anruf kam von ihren Nachbarn."

„Wir haben alle Genehmigungen, wir haben denen das auch schon gesagt," erklärt mein Mann.

„Dürfen wir die mal sehen?"

„Natürlich, die hängen doch für jeden offen ersichtlich in der Einfahrt"

Beide Polizisten gehen dorthin und fangen an zu lesen.

„Ist alles in Ordnung, wir gehen zu ihren Nachbarn und sagen Bescheid, damit sie sich beruhigen können."

Beide verschwinden durch die Haustür von Bauer`s.

„Die werden niemals Ruhe geben," sage ich zu meinem Mann.

Ich zünde mir eine Zigarette an und nehme einen tiefen Zug. Wir warten darauf, dass die Polizei wieder herauskommt. Es dauert furchtbar lange. Inzwischen ist eine viertel Stunde vergangen.

„Was machen die da drin?" Ich werde ungeduldig. Nach einer dreiviertel Stunde erscheinen sie endlich wieder. Sie kommen auf uns zu. Der ältere von beiden bleibt bei uns stehen.

„Das war eine harte Nuss, die flippen völlig aus, aber ich glaube jetzt geben sie Ruhe. Wir haben zwanzig Minuten gebraucht, um den Sohn zu bändigen, er tobte wie ein Wilder und schrie immer wieder, dass sie erst bauen dürfen, wenn sie ihnen Geld geben. Was ist denn da los?"

„Sie wollten 50.000 Euro von uns, da wir sieben Zentimeter an einer Stelle von ihrem Haus wegstehen, aber das Verfahren ist mit der neuen Genehmigung erloschen, da wir die Lücke nun verfüllen." erklärt mein Mann.

Der Polizist schüttelt mit dem Kopf, lässt sich aber zu keiner Äußerung hinreißen.

„Ich habe dem Sohn auch erklärt, dass ihr bis 22 Uhr bauen dürft, er war der Meinung, um 18 Uhr müsste Schluss sein.

Ich hoffe, er gibt Ruhe, aber beschwören würde ich es nicht ‚"sagt er und sieht uns lange an.

Ich glaube er warnt uns ohne Worte vor Olaf Bauer. Als die Polizisten weg sind, merke ich, dass mein Mann es auch so aufgefasst hat.

„Ich schlafe heute Nacht hier, der Vollpfosten steckt uns sonst noch die Hütte an."

„Ja, ich glaube auch das ist besser, meinst du die lassen uns jemals wieder in Ruhe?"

„Wenn sie schlau sind," antwortet mein Mann mit unverhohlener Wut, „ich arbeite weiter."

Bis 22 Uhr sind alle noch am Wirken, dann verabschieden sich alle bis zum nächsten Morgen. Ich fahre mit den Kindern nach Hause und sinke in mein Bett. Was für ein Tag.

24. November

Ich schlafe schlecht und träume wild.

Der große Kran schwenkt eine Hauswand über die Straße. An dieser Wand hängt Olaf Bauer.

„Ihr kriegt kein Haus mehr, ich lass nicht los. Gebt uns Geld, kreischt er.

Im Fenster sieht man Frau Bauer mit verzogener Grimmasse.

„Gib nicht auf," knurrt sie laut zu ihrem Sohn, lass nicht los, tu es für Mami."

Oh je, sie ist ein Werwolf, wir haben es nicht gemerkt. Ich überlege, dass wir die Menschen warnen müssen. Doch endlich kommt mein Mann, er trötet in eine riesige Fanfare und Olaf erschreckt sich.

Sie hat einen furchtbar lauten Ton.

Schweißgebadet wache ich auf. Mein Mann steht im Zimmer und sein Handy klingelt.

„Was tust du?"

„Ich ziehe mich um und fahre wieder zur Baustelle, willst du mit?"

„Ne, ich muss erst zu mir kommen."

„Dann bis später." Er ist aufgeregt und hat keine Zeit.

„Noch nicht mal im Schlaf habe ich Ruhe vor den Nachbarn," schimpfe ich und stehe auf.

Erst mal brauche ich Kaffee, dann kann ich den Kampf mit dem Tag aufnehmen. Eigentlich hatte ich mich auf das Haus gefreut, aber ich hätte es mir auch fröhlicher vorgestellt. Mal sehen, wie es heute läuft. Ich beeile mich dann doch zum Haus zu kommen, bevor der Werwolf meine Kinder frisst.

Meine Mutter ist schon da mit Kartoffelsalat und Würstchen.

„Ist noch was passiert gestern Abend, oder haben Bauer`s Ruhe gegeben," will sie von mir wissen.

„Sie haben Ruhe gegeben, fragt sich nur wie lange."

„Komm wir verteilen das Essen."

Ich möchte auf andere Gedanken kommen.

Der Tag vergeht ohne Zwischenfälle, es ist kaum zu glauben. Gegen Abend steht schon fast die zweite Etage, ein großes Gerüst ist rund ums Haus aufgebaut worden.

„Schatz, willst du mal in die zweite Etage," schreit mein Mann vom Gerüst.

„Wie soll ich denn darein kommen?"

„Na übers Gerüst und durchs Fenster, wie sonst?"

„Eigentlich würde ich lieber nicht, wenn ich mir das so betrachte."

„Jetzt stell dich nicht so an," ruft er ungeduldig.

Ich klettere am Gerüst hoch und kralle mich an meinen Mann.

„So, jetzt durchs Fenster, "weist er mich an.

Stocksteif winde ich mich durch das Fenster.

„Geht doch, wie eine Gazelle," feuert mein Schatz mich

an.

Endlich stehe ich wieder auf festen Boden und schaue mich um.

„Und , gefällt es dir?"

„Oh ja, richtig gut."

Er nimmt mich in den Arm.

„Siehst du, diesmal wird alles gut, habe ich doch gesagt," grinst er.

Hoffentlich hat er recht.

26. November

Der Kran kann nur noch heute stehenbleiben, da Herr Schulz gedacht hat, dass es schneller gehen würde. Wieder muss mein Mann sich darum kümmern, dass ein neuer Kran morgen zur Verfügung steht. Unsere Kinder und Freunde, insgesamt 8 Mann, arbeiten ununterbrochen mit, der Aufbautrupp arbeitet, als hätten sie das noch nie gemacht.

„Ich glaube nicht, dass die schon viele Häuser aufgebaut haben," sagt Danny zu mir.

„Irgendwas stimmt da nicht, gut dass wir uns alle so gut auskennen, was machen die bei anderen Leuten, sie benutzen schon unser gesamtes Werkzeug."

„Hauptsache es steht bald," antworte ich.

„Was ist mit Essen," will mein Mann wissen.

„Anka macht Chili," informiere ich ihn.

„Wann?"

„Um 18.Uhr,"murmel ich leise, da ich weiß, was jetzt kommt.

„Ja und bis dahin?"

„Schon gut, ich fahre und hole was," sage ich schnell und mache mich auf den Weg.

Ich kaufe Brötchen und Frikadellen und fahre schnell wieder zurück. Alle erwarten mich schon hungrig. Gerade als wir in die Brötchen beißen, sehen wir drei Leute von der Stadt kommen, unter ihnen Herr Ockel. Ihre Mienen sind ernst und verlegen. Ich lege mein Brötchen weg und werde blass.

„Es tut uns leid, Familie Bauer hat einen Baustopp durchbekommen, Sie müssen sofort aufhören zu bauen," teilen sie uns mit.

„Nein," schreie ich auf, können die uns nicht in Ruhe lassen?"

„Es ist unglaublich schnell durchgeboxt worden," sagen sie entschuldigend.

„Aber es ist doch diesmal alles richtig," schreie ich weiter, ich kann mich nicht beherrschen und fange an zu weinen.

„Diesmal haben sie sich was anderes ausgedacht, akute Gefahr durch bauen ohne Beton, da handelt das Gericht so schnell und sie werfen uns einen falschen Bebauungsplan vor," erklärt Herr Ockel.

Er zeigt uns das Schreiben. Ich nehme es und versuche durch meine Tränen zu lesen. Familie Bauer ist hochgradig gefährdet, die Wand kann jeden Moment einstürzen und auch die gesamte Öffentlichkeit auf der Straße ist im hohen Maße gefährdet, außerdem fühlten sie sich durch unser Haus erschlagen. Das haben sie am Wochenende geschrieben, als gerade mal die erste Etage stand.

„Ja nun, das ist im Moment etwas, was die Anwälte gerne schreiben, da sind sich die Richter immer sehr uneinig."

Fassungslos sehe ich ihn an. Als wenn das alles ein Spiel wäre.

Relativ beherrscht sagt mein Mann zu Herrn Ockel :

„Wenn wir jetzt aufhören, regnet es in alle Etagen, das ganze Haus geht kaputt. Dafür werde ich Sie als Stadt verklagen!"

Kein zu erwartender Protest, sondern betretenes Schweigen, bei den Bauamtsleuten. Sie beraten sich.

Der Leiter vom Bautrupp mischt sich ein.

„Das ist ein Fertighaus, da kann man nicht mittendrin aufhören, da stimmt die ganze Statik nicht, wie stellen sie sich das vor?"

Herr Ockel ist am überlegen.

„Wenn ich das schriftlich vom Architekten und der Statikerin bekomme, könnt ihr vielleicht fertigbauen.

Wir treffen uns morgen wieder hier, bis dahin brauche ich die Aussagen."

Damit verschwinden sie und lassen uns völlig fertig zurück.

Mein Mann hat schon sein Handy gezückt ,und ruft alle an, während ich immer noch wie erstarrt herumstehe. Mein Blick wandert herüber zu Bauer`s, die hinter der Scheibe alles glücklich verfolgen und ein ungeheuerlicher Hass fängt an ,in mir zu brodeln. In diesem Moment wird mir klar, dass ich sehr aufpassen muss, nicht außer Kontrolle zu geraten. Auf jeden Fall machen Bauer`s hinter ihrem Fenster keinen ängstlichen Eindruck, wo doch jeden Moment angeblich die große Brandwand auf sie stürzen kann.

Ich muss hier weg und fahre zu unserer Übergangswohnung. Langsam gehe ich die Treppe runter ins Wohnzimmer, in dem Steffi und der Kleine sitzen.

„Oh, wieder zu Hause," fragt Steffi, „wie weit ist das Haus?"

„Wir haben wieder einen Baustopp," teile ich ihr mit ,

„Nein, nicht schon wieder, nein ich kann nicht mehr,"

schreit sie lautstark.

Obwohl ich selber total fertig bin, nehme ich sie in den Arm.

„Beruhige dich, es wird alles gut."

„Nichts wird gut, die lassen uns dort nie wieder wohnen."

Ein wenig hilflos stehe ich da und weiß nicht weiter, während Steffi einem Nervenzusammenbruch nahe ist. Laut weinend verschwindet sie in ihrem Zimmer. Noah sitzt staunend auf dem Teppich. Ich nehme ihn hoch und versuche ihn zu beschäftigen. Es tut mir so unendlich leid für die Kinder, sie hausen seit Monaten in dem kleinen Zimmer, mit Baby.

Wir waren uns einig, dass der Kleine von all unseren Sorgen nichts mitbekommen soll, doch manchmal klappt es dann doch nicht. Gegen Abend kommen die Männer nach Hause, es ist ein stiller Abend, was soll man auch sagen. Müde und traurig gehen alle zu Bett.

27. November

Wir stehen in unserem halbfertigen Haus, zusammen mit Herrn Ockel , Otto, dem Vorarbeiter vom Bautrupp und unserem Architekten. Mein Mann legt die geforderten Schreiben vor.

„Nun gut, bauen sie das Haus richtig auf, aber das Dach wird nicht mehr gedeckt,"

bestimmt Herr Ockel.

„Aber wenn jetzt der Winter kommt, geht das Haus ohne Dachziegel kaputt," wendet Otto ein.

„Wir reden hier ja nur von zwei, drei Wochen," meint Herr Ockel.

„So schnell können sie das klären?" Ich glaube ihm kein

Wort.

„Es ist ein laufendes Verfahren, da kann ich nichts zu sagen," äußert er sich mit einem arroganten Tonfall.

„Es soll ein falscher Bebauungsplan sein, das ist doch ihre Aufgabe, den richtig auszustellen."

Ich werde langsam böse.

„Das regle ich schon, antwortet er wieder ausweichend."

„Wie?" Ich will wissen, wo wir dran sind.

„Frau Ring, ich mache keine Rechtsberatung und jetzt muss ich gehen."

Ziemlich schnell ist er verschwunden, ich weiß nicht auf wen ich wütender bin.

Herr Held will mich beruhigen.

„Lehnen sie sich zurück, die Stadt ist doch verklagt, nicht sie."

„Ich kann mich nicht zurücklehnen, wir brauchen wieder ein Zuhause," rufe ich laut.

Betreten schaut Herr Held auf seine Schuhe. Er kann ja auch nichts dafür.

Draußen kommt der neue Kran, es geht weiter. Kaum werden die nächsten Teile verbaut, springt Olaf wieder auf der Straße rum, sie wussten nicht, dass wir weiterbauen dürfen.

Wenig später hält ihr Anwalt mitten auf der Straße und springt aus seinem Wagen. Auch er fotografiert uns beim Bauen.

Bauers haben ihn sofort angerufen.

„Herr Ockel sagt, dass Telefon läuft heiß bei ihm, alle zehn Minuten rufen Bauers oder der Anwalt an," sagt mein Mann zu mir.

„Hoffentlich ersticken sie an ihrer Bosheit," meine ich zu ihm. Ich habe im Moment keine Lust meinen Hass zu verarbeiten, ich will ihn ausleben.

Den ganzen Tag arbeitet meine Familie mit, um alles voranzutreiben. Alle zwei Stunden kommt Bauer`s Anwalt wieder, um zu dokumentieren, dass wir weiterbauen. Es ist nervenzerreißend. Spät abends baut der Kran ab und fährt weg. Ich höre förmlich das Seufzen der Erleichterung bei Bauer`s. Sie wissen ja nicht, das morgen wieder ein neuer Kran kommt und es weitergeht.

28. November

Wieder kommt ein neuer Kran und es geht weiter. Wieder läuft Anwalt Schön die Straße hoch und runter. Wir versuchen ihn zu ignorieren. Plötzlich kommt Frau Bauer aus dem Haus und überquert die Straße. Vor lauter Hass ist ihr Gesicht wieder ganz verzogen.

So möchte ich nicht werden, denke ich, nie möchte ich so vergrämt enden.

Es muss einen Weg geben, der mich von meinem Hass befreit.

Ich nehme mir vor mit meiner Familie um unser Recht zu kämpfen, doch nicht um den Preis, so zu enden wie die alte Bauer. Abends sind wir endlich fertig, das Haus steht.

„Wo ist die Haustür," fragt mein Mann den Otto.

„War nicht dabei, müssen wir mal nachfragen."

„Und wo sind die Dachziegel und der Fassadenputz?"

„Keine Ahnung," sagt Otto.

„Na hoffentlich kommt das noch ‚"zweifelt mein Mann.

„Bestimmt," sagt Otto.

Wir betrachten unser Haus, doch wirkliche Freude kommt nicht auf.

„Mal sehen, wie es weitergeht," sagt mein Mann.

„Ja, mal sehen," antworte ich.

1. Dezember

Es ist klar, dass es nicht so schnell beendet ist, wie Herr Ockel versprochen hat. Ich stehe in unserem scheußlichen Wohnzimmer und weiß nun, dass wir Weihnachten hier verbringen müssen. Ich versuche einen Heulkrampf zu unterdrücken und schaue mich um. Hier muss was passieren, denke ich und reiße spontan die dunklen Gardinen vom Fenster. Danach fahre ich nach Roller und suche luftige Stoffe. Den ganzen restlichen Tag dekoriere ich die Wohnung um und gestalte alles weihnachtlich.

Im ganzen Haus verteile ich Lichterketten, um die Dunkelheit zu vertreiben. Nach mehreren Stunden bin ich zufrieden, es sieht freundlicher aus. Auch Noah versucht freudig meine ganzen Kugeln zu essen.

„Hey, sieht ja fast gut hier aus," staunt Danny, als er nach Hause kommt.

„Wir müssen schließlich irgendwie versuchen, Weihnachten zu überleben," sage ich.

5. Dezember

Ich telefoniere mit einer ehemaligen Nachbarin, die sich erkundigt, was bei uns los ist.

„Bauer`s haben das Haus von meinem Opa gekauft. Er hat es ihnen fürn Appel und `n Ei überlassen.

Sie waren damals Flüchtlinge und er wollte helfen. Euer Haus hat ihm auch gehört, er würde sich im Grab rumdrehen, wenn er wüsste, wie die sich jetzt benehmen."

Sie ist fast am Weinen.

„Immer geht's um Geld, es ist so furchtbar."

Ich bin nicht in der Lage sie jetzt zu trösten, aber sie empfiehlt uns einen ihr bekannten Anwalt.

„Ich rufe den an, er soll euch helfen," sagt sie.

Viele fragen nach, was los ist, die Ratschläge sind vielfältig. Eine Nachbarin möchte Unterschriften sammeln, um Fam. Bauer zum Aufgeben zu zwingen. Eine andere möchte einen Flashmob organisieren. Weiter geht es mit Eiern auf die Hauswand werfen, schwarze Magie und verprügeln!

Der Kreativität sind keine Grenzen gesetzt. Zu meiner großen Überraschung gibt es für hundert Euro Leute, die sie sich ordentlich vornehmen wollen. Das ist wirklich preiswert.

Wir entscheiden uns dagegen.

6. Dezember

Der empfohlene Anwalt hat sich bei uns gemeldet und ist heute Abend zu uns nach Hause gekommen. Wir sitzen alle zusammen mit ihm am Tisch, mal was anderes. Noah kräht oft laut dazwischen, so dass es schwer ist, sich zu unterhalten. Auch unsere Katze und die beiden Hunde umkreisen ihn misstrauisch, wer kann es ihnen verübeln.

„Wir haben alles in den letzten Tagen zusammengetragen," erklärt mein Mann eifrig.

Tatsächlich hat er viele Stunden dafür gebraucht und legt ihm nun eine Akte vor, in der sämtliche Bilder, Erklärungen vom Bauunternehmen und sogar einen Film, den ich gemacht habe, vorhanden sind. Gott sei Dank habe ich gefilmt, als das Fundament gegossen wurde.

„Damit müsste es bewiesen sein, dass alles ordentlich gebaut worden ist, ich schicke morgen alles zum Gericht," meint unser neuer Anwalt Herr Oberst.

„Ich schreibe auch dazu, dass es merkwürdig ist, dass ihre Bedenken gegen einen gewissen Geldbetrag vorüber sind."

Inzwischen haben Bauer`s klargemacht, dass sie zu einer Einigung, für einen gewissen Geldbetrag, bereit sind.

„Das Problem ist aber, dass die Stadt verklagt ist und deshalb muss ich erst noch mit denen sprechen, wie es weitergeht. Die sind ja angeklagt, dass sie einen falschen Bebauungsplan gemacht haben."

„Müssen wir unser Haus dann wieder abreißen," frage ich ihn besorgt.

„Wir müssen erst mal abwarten, was alle Seiten sagen, vielleicht einigt sich die Stadt ja mit ihren Nachbarn."

„Das wäre natürlich am besten," meine ich hoffnungsvoll.

„Ich gehe morgen zur Stadt und spreche mit denen, morgen Abend rufe ich sie an, was es gegeben hat."

Damit verabschiedet sich Herr Oberst.

Diesen Abend gehe ich mit neuem Mut ins Bett, er erreicht bestimmt etwas.

7. Dezember

Wir warten alle gespannt auf den Anruf von Herrn Oberst. Mit Hilfe der Stadt ist das Drama sicher bald vorbei. Um halb sieben abends klingelt es. Er steht selber vor der Türe.

„Leider lässt die Stadt sich auf keine Diskussion ein. Sie meinen, sie sind im Recht und werden Bauer`s keinen Cent bezahlen, sie haben Anwälte eingeschaltet und werde prozessieren, durch alle Instanzen, notfalls über Jahre.

Ihnen steht es natürlich frei zu bezahlen, wenn sie es schneller haben wollen."

„Super und jetzt?" Ich bin enttäuscht.

„Ich muss darüber nachdenken, ich melde mich, im Moment weiß ich auch nicht weiter," erklärt er und verabschiedet sich.

Warten, warten, warten, ich drehe total am Rad.

9. Dezember

Es regnet ständig in den letzte Tagen, wir haben Angst, dass unser Haus kaputt geht, so ohne Dachziegel, aber es interessiert keinen. Nicht das Gericht, der Stadt und Bauer`s schon gar nicht.

„Wir müssen eine Plane über das Dach ziehen," meint mein Mann, „sonst geht uns alles kaputt.

„Wir dürfen doch nichts machen, Bauer`s rufen sofort den Anwalt an," wende ich ein.

„Die können mich am Arsch lecken," schreit er zurück, „wenn das Haus kaputt ist, können wir es abreißen."

Meine Söhne geben ihm recht.

„Morgen kaufe ich eine große Plane und frage ein paar Freunde, das kriegen wir hin."

„Es ist zu gefährlich," wende ich nochmal ein.

„Es muss aber sein," sagt Danny jetzt auch.

Also bin ich still, sie haben so viel hinbekommen, dann werden sie das auch noch schaffen.

Im gesamten Haus laufen Tag und Nacht Trockengeräte, die immer wieder entleert werden, ich möchte gar nicht wissen, wie viele Liter wir schon abgepumpt haben. Trotz allem rufe ich Herrn Ockel an und teile ihm unser Vorhaben mit. Er stimmt, oh Wunder zu. Allerdings lässt er sich sonst keine Information entlocken, was ich bei der Gelegenheit versuche, schade.

10. Dezember

Mein Mann, meine Söhne mit Freunden stehen auf dem Dach und versuchen die Plane darüber zu ziehen. Es ist schwieriger als gedacht, der starke Wind fegt unter die Plane und hebt sie hoch in die Luft.

„Festhalten," schreit Danny meinem Mann zu.

„Ich versuche es ja," schreit er zurück und rutscht mit einem Bein ab.

Mir wird es eiskalt vor lauter Schreck, aber er fängt sich wieder.

„Lasst es lieber," rufe ich voller Angst hoch, doch ich werde völlig ignoriert. So langsam will ich das Haus nicht mehr, es bringt Unglück, rede ich mir ein. Ich nehme meinen Hund und gehe mit ihm Gassi, da ich nicht mehr zusehen kann. Ich habe keine Kraft mehr zum Kämpfen und überlege, ob wir uns nicht lieber eine Wohnung nehmen sollen. Die Vorstellung weiter neben Bauer`s wohnen zu müssen, erscheint mir unerträglich. Doch wir müssen das Haus zu Ende bauen, sonst will die Versicherung ihr Geld zurück.

Egal wie ich es drehe, es ist keine schnelle Lösung in Sicht. Als ich mit dem Hund zurück komme, haben sie die Plane befestigt.

„Geschafft," ruft mir mein Mann stolz zu.

Das ist wenigstens erfreulich.

12. Dezember

Ich sitze vor dem Computer und suche nach Wohnungen. Das Haus habe ich völlig abgeschrieben für die nächsten Jahre. Selbst wenn Bauer`s jetzt ihre neue Einigung schicken, wollen sie sicher noch mehr wie 50000 €.

Das können wir nicht bezahlen. Unserem neuen Anwalt haben wir das auch schon mitgeteilt, auch wenn Bauer`s das glauben, wir haben es nicht.

„Was tust du da?" Mein Mann sieht mir über die Schulter.

„Ich suche eine Wohnung für uns."

„Was soll denn das," schimpft er.

„Wir können hier nicht ewig wohnen bleiben, wir werden doch verrückt, so alle auf einem Haufen, außerdem stinkt der Schimmel immer schlimmer, wir werden krank."

„Das Haus wird doch bald fertig," antwortet er optimistisch.

Ich starre ihn an. „Glaubst du wirklich, was du da sagst?"

„Warte erst mal ab," fordert er.

„Wie lange denn noch," schreie ich ihn an.

Er dreht sich um und schlägt die Tür zu. Wir streiten uns immer öfter, unsere Nerven sind hinüber.

15. Dezember

Meine Familie plant eine Weihnachtsfeier im neuen Haus. Sie haben schon jede Menge Leute eingeladen. Ich höre gar nicht zu, völlig teilnahmslos nehme ich die Planung hin. Nichts wird mich jemals wieder das Haus betreten lassen.

17. Dezember

Heute soll die Feier stattfinden.

„Bist du fertig, Schatz?" Mein Mann steht in der Tür.

„Wofür?"

„Na die Weihnachtsfeier, wir wollen gleich los."

„Ich komme nicht mit."

„Was soll der Quatsch, sicher kommst du mit."

„Nein, ich gehe nie wieder in dieses Haus."

„Alle haben sich so eine Mühe gegeben, das finde ich nicht gut von dir," meint er beleidigt , jetzt komm, sei nicht blöde."

„Ich kann dort nicht mehr hin, niemals werden wir das Haus beziehen können, dann kann ich da nicht feiern."

Er will mich in den Arm nehmen.

„Es wird schon alles gut."

Ich flippe total aus.

„Höre auf damit, ich kann's nicht mehr hören, nichts wird gut."

Wieder versucht er nach mir zu greifen, doch ich fange an zu schreien und weinen.

„Lasst mich in Ruhe, ich will nicht in das scheiß Haus."

Mein Mann sieht mich entsetzt an.

„Schon gut, bleib hier."

Mein Anfall ist vorbei und nun tut es mir leid.

„Warte, ich komme," sage ich heiser und gehe so verheult, ohne mich umzuziehen, mit.

„Eh schon egal," sage ich.

18. Dezember

Die Feier war doch sehr schön und es war gut mal wieder etwas anderes zu erleben, doch mir geht es immer noch schlecht.

Allerdings haben wir uns entschieden, mit Bekannten am zweiten Weihnachten in Skiurlaub zu fahren. Wir müssen dringend hier raus. Alle stoßen auf unser neues Haus an, was mir sehr schwer fällt, da ich nicht weiß, ob wir es jemals beziehen werden. Auf jeden Fall müssen wir es irgendwie fertigbekommen und wenn wir es hinterher verkaufen.

„Gib nicht einfach auf," sagt Tina zu mir, „ihr müsst die dickeren Eier haben."

Darauf stoßen wir erstmal an und ich kann sogar etwas lachen, ein kleines bisschen. Ich glaube, ich brauche noch mehr Alkohol.

19. Dezember

Unsere nette Fotografin hat uns Bilder geschickt. Außerdem hat sie in den USA unsere Geschichte in ihrer Kirchengemeinde erzählt. Nun haben wir zig E-Mails bekommen, aus Kalifornien, Los Angeles, New York, usw. Alle sprechen uns Mut zu und denken an uns. Ich bin gerührt, dass es so viele Menschen gibt, die uns schreiben, obwohl wir fremd sind. Das gibt mir wieder Mut, ich bin es diesen Leuten schuldig, mich wieder aufzurappeln. Wir laminieren die Briefe ein und hängen sie an unser Haus. Wenn das kein Glück bringt. Für mich ist es ein Zeichen, dass ich nicht aufgeben darf.

21. Dezember

Auch andere Freunde und Nachbarn haben Briefe an das Haus gehängt, irgendjemand hat sogar eine Tannengirlande mit Weihnachtskugeln um das Gerüst geschlungen. Alle wollen uns sagen, dass wir nicht alleine sind. Es bedeutet mir sehr viel, zu merken, dass es doch viele Menschen gibt, die auch an andere denken, die gerade nicht nur eine glückliche Weihnachtszeit erleben. Auch wenn dies nur Kleinigkeiten sind, bedeuten sie mir viel, es zeigt doch, dass die

Menschen auch in unserer Zeit die Gemeinschaft und das Mitgefühl nicht vergessen haben.

22. Dezember

Familie Bauer hat uns durch ihren Anwalt ausrichten lassen, dass sie nun zu einer Einigung bereit sind. Ihre Forderungen wollen sie uns im nächsten Jahr zukommen lassen.

„Ne ist ja klar," schimpfe ich, „sonst könnte man ja am Ende noch ein gelassenes Fest haben, wenn man sich vorher geeinigt hätte, das ist doch eine Schweinebande."

„Deine Ausdrucksweise hat sich sehr verändert, wenn es um Bauers geht," grinst mein Mann.

„Bei diesen Menschen kann ich mich einfach nicht anders ausdrücken, tut mir leid."

„Du hast doch nicht wirklich geglaubt, die würden dass noch vor Weihnachten regeln, oder?"

„Ich habe es gehofft," gebe ich zu.

Mein Mann schüttelt den Kopf.

„Das wusste ich vorher. Während andere Heiligabend feiern, trifft sich diese Familie und stellt zusammen einen neuen Forderungskatalog auf, anstatt zu singen."

„Tja, jeder setzt seine Prioritäten," stelle ich resigniert fest.

24. Dezember

Wir sind alle am Aufräumen, saugen und vorbereiten. In der Mitte vom Wohnzimmer steht ein riesiger Baum, der soll von den dunklen Möbeln von der Oma ablenken. Leider spielt Noah schon mit den ersten Kugeln. Er bestaunt die Tanne ausgiebig. Ankas Hund schnüffelt verdächtig daran, hoffentlich benutzt er ihn nicht zum pinkeln. Auch die Katze muss genau beobachtet werden, sie sieht aus, als setzt sie gleich zum Sprung an.

Da wir alle zusammen hier wohnen, haben wir alle hierhin eingeladen, auch die Familie der Schwiegertöchter. Es wird also voll. Wir decken festlich den Tisch und kümmern uns ums Essen. Ich habe Angst vor diesem Tag gehabt, doch bei dieser Hektik kommt man wenigstens nicht ins Grübeln.

Endlich kommen die Gäste. Wir versammeln uns um den Tisch,

und es wird ein wirklich schöner Abend.

Noah bekommt seine Geschenke und wir freuen uns fast mehr darüber, als das Kind. Gott sei Dank sind wir als Familie zusammen, das ist wichtiger als jedes Haus, auch wenn unsere WG manchmal anstrengend ist. Als wir ins Bett gehen, bin ich erleichtert.

„Es war doch nicht so schlimm, unser Weihnachten," sage ich zu meinem Mann.

„Na siehste, wird alles gut."

Anstatt ihn dafür zu schlagen, gebe ich ihm einen Kuss. Schließlich ist Weihnachten.

28. Dezember

Wir sind in Österreich. Zum ersten Mal nach dem Brand fühle ich mich wieder frei. Hier ist keiner, der unser Leben bestimmt. Ich genieße dies in vollen Zügen, wer weiß, was zu Hause wieder auf einen zukommt.

Wenn man Ski fährt, fühlt sich alles leichter an.

Ich stehe oben auf dem Berg und schaue auf die weite Landschaft. Weiße Berge und ein strahlend blauer Himmel.

Es ist wunderschön. Als ich in die Ferne sehe, kommt es mir völlig irrsinnig vor, dass man sich um sieben Zentimeter streiten kann. Ich denke darüber nach, dass eigentlich kein Mensch überhaupt Land besitzen dürfte, wir eingeschlossen. Die Erde ist für alle Menschen da, wer hat das Recht nur für sich ein Stück zu beanspruchen? Eigentlich müsste man es mieten und die Allgemeinheit muss das Geld bekommen. Aber ich glaube nicht, dass ich mich mit diesem Gedanken durchsetzen kann, ich schaffe es ja schon nicht bei den sieben Zentimetern. Also fahre ich lieber wieder hinunter, um auf den Boden der Tatsachen zu kommen.

31. Dezember

Wir feiern in einer beliebten Apre Ski Bar Sylvester, mit unseren Freunden. Es ist kurz vor Mitternacht und mein Mann und ich gehen nach draußen in den Schnee. Punkt Zwölf ist der Himmel bunt vom Feuerwerk. Wir nehmen uns in den Arm.

„Frohes neues Jahr, mein Schatz," flüstert mein Mann mir ins Ohr.

„Das wünsche ich dir auch."

Wir sehen uns an und müssen natürlich an unsere Probleme denken.

„Ein neues Jahr," sage ich, „packen wir's an?"

„Klar, passt scho," antwortet er grinsend.

5. Januar

Wir bekommen die Forderungen von Fam. Bauer. Wieder ein Katalog mit Ansprüchen, insgesamt im Wert von 50000

Euro. Diesmal wollen sie auch das Geld von ihren verlorenen Prozessen wiederhaben. Auch die Dinge die ihre Versicherung bezahlt, sollen wir übernehmen. Ansprüche, die die Stadt ihnen gegenüber hat, durch ihre Klagerei, natürlich auch. Abgesehen davon, wollen sie eine Bescheinigung der Stadt, dass sie genauso bauen dürfen wie wir, was sie ja vorher angeklagt haben.

„Wollen die neu bauen, oder was soll das." Mein Mann regt sich auf.

„Les weiter," fordere ich ihn auf.

Ein Gutachter, den sie aussuchen, soll feststellen, ob wir mit Beton gebaut haben, wenn nicht, möchten sie ihren gesamten Keller saniert haben, in dem alle Wände bei ihnen neu aufgebaut werden. Anschließend soll der Gutachter alle unsere Arbeiten überwachen und wir sollen ihn bezahlen, auch für die Zeit, in der er vorher schon immer bei ihnen war.

„Sieh mal, der war im April schon bei denen, da wurde gerade das Haus abgerissen und dann ungefähr alle vier Wochen, was hat der da gemacht?" Jetzt bin ich empört.

„Der sollte was suchen und wir sollen es bezahlen," wütet er.

„Und der soll jetzt weiter suchen, das ist sicher ein voreingenommener Bekannter," überlege ich.

Natürlich sollen wir eine Bürgschaft für Herrn Bauer aufnehmen über 50000 Euro. Wenn wir nicht sofort ihre Arbeiten bezahlen, nehmen sie davon das Geld und alle Anwaltskosten müssen wir natürlich auch tragen.

Unsere Kinder kommen ins Büro.

„Und ?"Danny sieht uns gespannt an.

„Lest es euch durch," sagt mein Mann und wirft es ihnen zu.

Nacheinander lesen sie das Dokument.

„Das mache ich nicht," schreit mein Mann, „niemals, die verarschen uns doch total."

„Was sollen wir denn sonst tun," will ich von ihm wissen.

„Warten bis sie sich mit der Stadt zu Ende geklagt haben," schreit er und geht aus dem Zimmer.

Wir übrigen sehen uns ratlos an. Meine Schwiegertochter Steffi fängt an zu weinen.

„Lass uns doch bezahlen, wir können doch so nicht weitermachen."

„Selbst wenn wir das Geld jetzt noch haben, nützt es doch nichts, wenn wir dann kein Geld mehr haben, um die Restarbeiten am Haus zu erledigen. Es müssen noch die gesamten Elektroarbeiten , Wasser und Heizungsinstallationen durchgeführt werden. Abgesehen von den üblichen Renovierungsarbeiten wie anstreichen , tapezieren, Laminat legen und fliesen!"

„Wollt Ihr Euch auf einen kahlen Betonboden setzten und warten bis wir wieder Geld haben?

Tut mir leid, ich würd Euch gerne was anderes erzählen."

„Ich kann ihn verstehen," meint Danny, „warum müssen die auch so übertreiben, wer weiß ,was denen ihr Gutachter daraus macht."

Nach langer reiflicher Überlegung, knickt mein Mann ein. Ich weiß das er sich die Entscheidung nicht leicht gemacht hat, aber aus Rücksicht auf mich und die Kinder, überlegt auf die Erpressung einzugehen !

Ich greife zum Telefon und rufe unseren Anwalt an.

„Guten Tag Herr Oberst, ich möchte mit ihnen über die Vereinbarung reden. Mein Mann möchte sie so nicht annehmen."

„Am Telefon ist das schlecht, kommen sie morgen Vormittag vorbei, dann gehen wir alles durch."

„Na gut, dann bis morgen."

„Was sagt er," wollen die Kinder wissen.

„Nichts, morgen haben wir einen Termin."

„Also wieder warten," sagt Steffi.

„Ja, leider," murmle ich vor mich hin.

Den Rest des Tages gehen wir uns alle etwas aus dem Weg, um nicht diskutieren zu müssen. Jeder denkt mit Sorgen an seine Zukunft.

6. Januar

Wir sitzen bei unserem Anwalt.

„Am besten wir gehen die Liste Punkt um Punkt durch," fängt er das Gespräch an.

„Gar nicht nötig," pampt mein Mann ihn an, „ich lasse mich nicht derartig erpressen."

„Herr Ring, sie müssen das wirtschaftlich sehen und nicht persönlich."

„Ich sehe das wirtschaftlich, ich gebe denen keine 50000 Euro und persönlich nehme ich es auch."

„Nun beruhige dich doch erst mal," bitte ich ihn.

„Herr Ring," sagt unser Anwalt mit hypnotischer Stimme ‚"wenn sie darauf nicht eingehen, können sie das Haus Jahre nicht bewohnen, denn wenn der erste Prozess gelaufen ist, geht der Verlierer in die nächste Instanz, die Stadt hat dies schon deutlich gemacht. Sie müssen jahrelang Miete bezahlen und den Kredit für ihr Haus und wenn dann alles durch ist, ist ihr Haus nicht mehr bewohnbar, so ohne Dach und Putz.

Sie sollten sich das gut überlegen, so ist das Spiel, 95 Prozent aller Fälle werden so geregelt, dem Bauherrn bleibt meist nichts anderes übrig."

Ich starre ihn an, wie dumm und naiv wir sind, das ist das Spiel.

„Dann muss die Stadt uns das ersetzen," beharrt mein Mann.

„Ja, nachdem sie dann gegen die Stadt klagen bestimmt, irgendwann, aber wenn Bauer`s verlieren, wovon die Stadt ausgeht, müssen die bezahlen, aber das können sie nicht und dann?"

„Das ist doch alles nicht richtig," empört sich mein Mann.

„Das steht auf einem anderen Blatt," erwidert der Anwalt. Eine Weile starren wir uns stumm an.

„Ok," sage ich, „ich will einen Zusatz, dass die Dinge die eigentlich ihre Versicherung übernehmen muss, überprüft werden, das sehe ich nicht ein.

„Gut ich notiere es," unser Anwalt schreibt es auf.

„Was ist mit diesem Gutachter, der ständig bei denen war, warum müssen wir den bezahlen, was hat der da gemacht?"

„Keine Ahnung, da kommt es auch nicht mehr drauf an," wirft der Anwalt ein.

„Ne, ist klar und der unabhängige Gutachter ist zufällig der selbe," schreit mein Mann.

„Nein, es ist ein anderer," entgegnet der Anwalt.

„Das ist doch der gleiche Name," stellt mein Mann fest.

„Nun gut, es ist der Bruder, aber er hat einen guten Ruf vor Gericht und auf einen anderen, lassen Bauer`s sich nicht ein."

„Ich habe Angst, dass die uns verarschen," stelle ich fest.

„Gut wir schlagen vor, dass ihr Architekt auch dabei sein wird," schlägt er vor.

„Wieso muss ich deren Anbau, der noch dazu auf meinem Grund stück steht , verputzen? Der ist eh völlig marode," mokiert sich mein Mann wieder.

„Na, das ist doch im eigenen Interesse, oder wollen sie auf diese schäbige Wand sehen?" Er versteht es meinen Mann nach und nach zu überzeugen.

„Ich möchte meine eigenen Baufirmen haben, die Verfüllung wollen Bauer`s in Auftrag geben, wieso wollen die mein Haus zu Ende bauen?"

„Gut, ich versuche das zu ändern," beruhigt unser Anwalt wieder.

Jetzt muss ich mich doch wieder einmischen.

„Bauer`s haben den Bebauungsplan kritisiert und möchten jetzt eventuell genauso bauen, für dass sie gegen die Stadt klagen, das haben wir doch gar nicht in der Hand."

„Das muss die Stadt unterschreiben, ich treffe mich dafür mit dem Bürgermeister," erklärt er uns.

Mein Mann sitzt missmutig auf seinem Stuhl.

„Ich versuche die Einigung zu ändern und melde mich dann wieder," verabschiedet sich unser Anwalt.

„Einigung, wenn ich das schon höre, es ist eine Erpressung, die von Anwälten besiegelt wird!" faucht mein Mann.

Keiner antwortet und wir fahren nach Hause.

12. Januar

Die neue Vereinbarung ist da, unser Anwalt hat die Punkte ändern können, vor allen Dingen können wir jetzt unser Haus selber fertigstellen, Halleluja, wir müssen es nicht vom Nachbarn bauen lassen.

„Bauer`s betonen, wegen dem Schreiben zum Gericht, dass sie ja kein Bargeld haben wollen, sie möchten nur alles bezahlt haben," teilt uns unser Anwalt mit.

„Klar, ihre überfälligen Sanierungen, ihren Anwalt, verlorene Prozesse usw., das ist doch nur anders umschrieben," ärger ich mich, „sollen sie lieber gar nichts sagen."

„Lesen sie sich alles in Ruhe durch und melden sie sich wieder," schlägt er vor.

Das Schreiben geht durch die ganze Familie, jeder liest es sich durch.

„Was sagt ihr?"

Wir sitzen alle um den Tisch versammelt und ich sehen uns alle fragend an.

„Es ist das einzige, was wir tun können, unterschreiben," sagt Sascha.

Mein Mann ist nicht überzeugt.

„Die wollen einen neuen Keller, wisst ihr wie teuer das werden kann, da kommen wir selbst nicht mit 50000 € aus."

„Aber nur, weil sie sagen, wir hätten ohne Beton und Stützen gebaut, aber das stimmt ja nicht. Der Gutachter überprüft das doch," rede ich auf meinen Mann ein.

„Ach und du glaubst nicht, dass Bauer`s den Gutachter bestechen würden?"

„Doch, ich habe gelernt, aber wir müssen vertrauen, dass das nicht passiert," sage ich bestimmt.

„Vertrauen, der Schweinebande, ihrem Anwalt und den von Ihnen ausgesuchten Gutachter?

Na klar, nichts leichter als das."

„Wir haben keine Alternative," wendet Sascha ein.

„Alle Mauern müssen noch einmal überprüft werden, dann wird es gut, weißt du noch?" werfe ich dazwischen.

Ich bin immer noch fest überzeugt, dass dieser Satz für uns bestimmt war.

„Was soll ich wissen," fragt mein Mann irritiert.

„Na, das Buch!"

„Jetzt lass mich doch mit dem Buch in Ruhe, ich treffe

doch damit keine Entscheidungen."

Wir sehen alle etwas betreten auf den Boden, meine Strategie wird nicht so ernst genommen.

„Ich unterschreibe," sagt mein Mann plötzlich in die Stille herein, „aber nur wegen der Familie, wäre ich Single, könnten die mich am Arsch lecken."

„Gott sei Dank bist du ja kein Single, du hast das Glück uns alle zu haben," ich küsse ihn.

„Wir schaffen das alle zusammen," nickt Sascha.

Wir haben uns entschieden und rufen den Anwalt an. Er will die Verträge aufsetzen.

Hoffentlich haben wir uns richtig entschieden.

15. Januar

Unser Anwalt kommt mit dem Vertrag zu uns nach Hause. Mein Mann und ich unterschreiben schnell, damit wir uns es nicht noch anders überlegen.

„Wo ist denn die Unterschrift von Herrn Bauer," fragt mein Mann plötzlich, „er sollte doch als erstes unterschreiben, er ist der Besitzer des Nachbarhauses?"

„Oh, das habe ich gar nicht bemerkt," sagt unser Anwalt überrascht, „das holen wir nach und dann kann ich den Gutachter bestellen."

„Na, dann kann es ja losgehen," sage ich doch etwas besorgt.

18. Januar

Herr Bauer hat immer noch nicht unterschrieben und wir warten wieder.

21. Januar

Heute sind die Verträge unterschrieben worden, von Frau Bauer und ihrer Tochter. Sie haben sich per Notar eine Vormundschaft über Herrn Bauer geholt. Die Unterlagen vom Notar sind beigefügt.

„Die arme Wurst, sagt mein Mann, jetzt ist er denen total ausgeliefert."

Nun müssen wir auf den Gutachter warten, der natürlich schwer beschäftigt ist.

„Hoffentlich kommt der noch in diesem Jahr," meint mein Mann.

Wir müssen weiter warten, während wir Tag für Tag das Wasser aus unserem Haus schütten.

30. Januar

Wir haben endlich einen Termin mit dem Gutachter. Am 5. Februar kommt er zum Haus. Ich bin doch langsam verunsichert und kann mir gar nicht mehr vorstellen, dass wir es jemals zu Ende bauen. Sicherheitshalber sehe ich mich immer wieder nach Wohnungen um.

Wenn Frau Bauer wieder mit ihrer Jammerei vor dem Gutachter anfängt und noch ihren dementen Mann mit Gehhilfe dazu holt, haben sie sicher wieder den Altenbonus. Wir haben es schon von vielen Seiten gehört, dass sie erzählt, wie schlimm es bei ihnen ist, durch unseren Brand, es hat sie schlimmer getroffen als uns. Leider sieht ja niemand nach.

5. Februar

Vor Aufregung ist es mir eiskalt. Sascha, Danny und ich stehen auf der Bodenplatte und warten. Mein Mann hat einen Fernumzug und kann nicht rechtzeitig dabei sein. Das ist wahrscheinlich auch besser so, ich weiß nicht, ob er sich zurückhalten kann. Unser Anwalt und unser Architekt sind auch schon da. Während wir uns noch begrüßen, trifft Bauer`s Anwalt mit dem Gutachter ein. Kaum sind sie da, kommt Frau Bauer mit ihrem Schwager und , juchhu, mit ihrem Rumpelstilzchen Olaf. Ich muss tief Luft holen, als ich ihn sehe. Nur Herrn Bauer, den Hausbesitzer, kann ich nicht entdecken, wo mögen sie ihn verstecken ?

„Es soll also nur mit Erde gebaut worden sein, so dass die Gefahr besteht, dass alles wieder einstürzt und ihr Keller ist dadurch feucht geworden."

„Genau," bestätigen alle Bauers eifrig.

Unser Architekt legt alle Zeichnungen vor und erklärt ihnen die Bauweise. Auch die Schreiben von den Bauunternehmen, die den Beton gegossen haben, fügt er bei. Einschließlich Verladungs- und Wiegeprotokolle. Eine ganze Weile bespricht er alles mit ihnen.

„Von den Zeichnungen und der Statik ist alles richtig," stellt der Gutachter fest.

„Ja aber so haben sie es nicht gemacht," schreit Rumpelstilzchen, „wir haben Bilder als Beweis."

„Dann müssen wir noch mal einen neuen Termin machen. Wie brauchen eine Bohrmaschine, um Probebohrungen zu machen." schlägt der Gutachter vor.

„Wir haben alles da, können wir das nicht sofort machen?" fragt Sascha.

„Von mir aus ja," antwortet der Gutachter.

Sofort holt Sascha die Maschine und einen großen Bohrer. Wir gehen alle zusammen in unseren Keller, obwohl ich es ganz schrecklich finde, die Bauern in unser Haus zu lassen.

„Wir müssen ein Loch in die Wand zu ihren Nachbarn bohren," fordert der Gutachter Sascha auf.

Sascha bohrt und stößt natürlich nur auf Beton.

„Er soll noch woanders bohren, das ist vielleicht die einzige Stelle mit Beton," ruft Olaf.

„Na gut, mache ich," beruhigt Sascha ihn.

Er macht noch ein Loch, mit dem gleichen Ergebnis.

„Da hinten soll er auch noch bohren," fordert Olaf.

Sascha bohrt noch zwei Löcher, unsere Kellerwand wird ein Schweizer Käse.

„Ich glaube, das ist nun genug," bestimmt der Gutachter.

„Ich will, dass auch von unserer Seite gebohrt wird, ob der Beton da auch noch ist," quengelt Olaf enttäuscht.

„Gut machen wir das."

Alle gehen wir nun zu Bauer`s. Im Keller angekommen, bohrt Sascha weitere Löcher. Überall nur Beton. Wie könnte es auch anders sein?

„Ich glaube denen nicht, er soll tiefer bohren," fordert Rumpelstilzchen wieder, er springt wieder durch die Gegend.

Sascha holt einen längeren Bohrer und macht weiter.

Inzwischen läuft ihm der Schweiß die Stirn runter.

„Weiter," schreit Olaf.

„Nein!" sagt der Gutachter streng. „Jetzt ist Schluss, es ist hinlänglich bewiesen, dass natürlich alles mit Beton gebaut ist."

Familie Bauer ist die Enttäuschung offen anzumerken.

„Was machen wir nun mit unserem Keller, was schlagen sie vor, was Rings machen sollen?" fragt Frau Bauer.

„Nichts."

„Wie nichts, der ist doch feucht."

„Das hat aber nichts mit ihren Nachbarn zu tun, es ist ein alter feuchter Bruchsteinkeller."

„Unser Schlafzimmer ist auch total verschimmelt durch die," schimpft Frau Bauer, „wir schlafen dort gar nicht mehr."

Ich wundere mich, dass es nun wieder verschimmelt sein soll.

„Dann sehen wir uns das mal an, sagt der Gutachter.

Wieder machen wir uns alle auf den Weg. Frau Bauer möchte nur mit dem Gutachter ins Schlafzimmer.

„Sie waren bei uns auch," sagt Sascha," jetzt will ich den angeblichen Schaden durch uns auch ansehen."

Nun stehen wir im Schlafzimmer. Alle Möbel sind abgebaut. Der Gutachter sieht sich um und hat ein Messgerät für Feuchtigkeit in der Hand.

„Wo soll es feucht sein?"

„Na da in der Ecke." Frau Bauer verschränkt die Arme.

Der Gutachter misst die Feuchtigkeit.

„Alles trocken," sagt er.

„Weiter unten, an dem Rohr," sagt Frau Bauer wieder.

„Es ist alles trocken, ich sehe auch keine Flecken und verschimmelt ist es schon mal gar nicht. Sie können problemlos hier schlafen," der Gutachter ist verwundert.

„Da war aber mal was, versucht es Frau Bauer weiter.

„Ist schon gut," unterbricht ihr Anwalt, „die Versicherung übernimmt schon die Kosten."

Ach die Renovierung wird längst bezahlt, ich bin erstaunt.

„Also die Klage wird zurück genommen," erklärt Bauer`s Anwalt eilig.

Ich bin erleichtert, kann es aber noch gar nicht glauben.

Draußen verabschieden sich alle. Rumpelstilzchen hat

noch eine Frage an den Gutachter.

„Wollen sie mal kontrollieren, ob Rings auch Drainagen im Keller haben?"

„Das werden sie wohl bei einem neuen Haus, doch wenn nicht, geht es sie absolut nichts an." sagt er genervt zu Olaf Bauer.

Das hatten sich die Bauers aber bestimmt alles anders vorgestellt mit „Ihrem" Gutachter......

Es ist vorbei.

„Der Gutachter war nicht gekauft," grinst Sascha.

„Gott sei Dank ,"stöhne ich erleichtert.

6. Februar

Mein Mann kann es noch gar nicht fassen, wir dürfen weiterbauen. Er hat sofort eine Baustellentreppe besorgt, die heute schon eingebaut wird. Eigentlich sollte die vom Hausbauer geliefert werden, ist sie aber natürlich nicht.

Endlich kann er loslegen.

„Stell die vor Schatz," erzähle ich ihm, „die hat wieder behauptet, ihr Schlafzimmer sei verschimmelt.

Obwohl wir alle sehen konnten, dass es nicht stimmt, was denkt die Alte sich dabei?"

„Denk nicht weiter über die Hexe nach, wir können weiterbauen."

„Ich fass es trotzdem nicht."

„Das ist doch jetzt furzegal!"

„Wir bauen jetzt die Treppe ein und heute Abend kannst du dir das Haus ansehen, tschüss."

Ich begebe mich ins Büro, denn die Firma muss weiterlaufen. So richtig hat mein Gehirn noch nicht begriffen, dass es weitergeht. Gegen Abend fahre ich zum Haus. Zum ersten Mal betrete ich die oberen Räume, da ich mich nicht getraut habe, das Gerüst zu erklimmen.

„Oh, sieht wirklich schön aus ,"sage ich bewundernd.

Auch unsere Wohnung sehe ich mir genauer an.

„Du Schatz, ich traue mich nicht, mich zu freuen, wer weiß, was die sich als nächstes ausdenken," flüstere ich meinem Mann zu.

„In den nächsten Tagen bekommen wir es schriftlich, vielleicht geht es dir dann besser."

„Ja, hoffentlich!"

12. Februar

Endlich hat das Gericht geschrieben, dass die Klage eingestellt ist. Wir könnten jetzt Schadensersatz von Bauer`s einklagen, schreiben sie. Natürlich mussten wir unterschreiben, dass wir das gerade nicht tun, schade.

Dafür haben wir die ersten Rechnungen bekommen. 20000 € für ihren Anwalt, bestellte Gutachter über ein Jahr, ihre verlorenen Klagen, dass alles müssen wir schon mal bezahlen. Kein Problem, ich überweise das locker mal eben. Mit zusammengebissenen Zähnen.

14. Februar

Unser Architekt ruft an.

„Hallo Frau Ring, nun geht's voran. Ich habe ein Unternehmen bestellt, die ihre Füllung einspritzt, sie wissen schon, damit die Lücke zwischen Brandwand und Bauer`s Haus zu ist."

„Ja, ok, dann weiß ich Bescheid."

„Es ist die Füllung, die ich schon in die Baugenehmigung reingeschrieben habe. Perlite nennt sie sich, die wollte Herr Ockel gerne haben. Ihr Mann muss dafür die Seiten dicht machen, das schafft er doch sicher in zwei Tagen?"

„Klar, ich bestelle es ihm."

„Gott sei Dank, dann ist das wenigstens erledigt," spreche ich zu mir selber.

Schnell rufe ich meinen Mann an, um ihm Bescheid zu sagen.

„Das geht schnell, ist nicht viel Arbeit, schaffe ich," meint er zuversichtlich.

15. Februar

Mein Mann hat endlich einen Termin bei Herrn Schulz, unserm Hausbauer. Wir warten schon die ganze Zeit, dass er sich meldet, um das Dach zu decken und den ganzen Rest machen zu lassen. Es ist noch viel zu tun, die Haustür fehlt, Gitter vor den Bodenfenstern in den beiden oberen Etagen, der Außenputz, die Holzverkleidung, Dachfenster usw. Ganz abgesehen von vielen Mängeln, die noch beseitigt werden müssen.

Endlich kommt mein Mann zurück.

„Wann macht er das Dach, es wird echt Zeit," frage ich sofort. Er antwortet nicht.

„Hey, sprichst du nicht mit mir," ich stupse ihn in die Seite.

„Schatz, reg dich nicht auf."

„Ach so, er hat natürlich erst mal keine Zeit, richtig?"

Ich hab Dir doch neulich, als wir darüber sprachen gesagt :

„Wenn alle Stricke reißen, können die Jungs und ich zum Glück den Rest zur Not alleine schaffen!"

„Und ?"

Alle Stricke sind gerissen !

„Er macht gar nicht mehr weiter."

„Willst du mich vereimern?"

„Er hat Geldprobleme und will nicht mehr weiterbauen, ich habe mit unserer Statikerin gesprochen, es gibt mehrere Betroffene."

Ich starre ihn an.

„Wir haben ihm doch schon alles bezahlt!"

„Tja, unsere Doofheit."

„Das jetzt auch noch," stöhne ich.

„Bitte bleib ruhig," sagt mein Mann ängstlich, scheinbar erwartet er einen Nervenzusammenbruch.

„Ich bin ruhig, so langsam schockt mich nichts mehr. Was machen wir jetzt?"

„Wir bauen selber auf, die Kinder und ich, für das Dach kommt der Otto, ich habe ihn angerufen."

„Und der macht das, der arbeitet doch für den Schulz?"

„Hat er versprochen, wenn ich Ihn bezahle."

Na dann.

18. Februar

Otto war da und hat versprochen, das Dach zu decken, er macht uns einen guten Preis und die Baumängel, von ihm verursacht, beseitigt er selbstverständlich umsonst. Schon morgen nennt er uns einen Preis. Einen befreundeten Dachdecker haben wir gebeten, die Dachpfannen zu bestellen. Wir müssen alles jetzt noch einmal bezahlen.

„Haben wir nun alles durch, was einem so passieren

kann," frage ich meinen Mann.

„Wir werden sehen."

20. Februar

Otto hat erklärt, dass er die nächsten Wochen leider keine Zeit hat. Sein Preis für das Dach war so hoch, dass wir uns erst einmal setzen mussten, er wollte es natürlich schwarz machen, ohne Rechnung und ohne Garantie.

„Wir machen das selbst," sagt Heiko, unser bekannter Dachdecker," mit eurer Hilfe kann ich das schaffen. Übermorgen fange ich an."

Ich bin erleichtert, doch mein Mann ist ganz still.

„Was ist los mit dir," frage ich ihn.

„Ich bin enttäuscht, kann man denn niemandem mehr vertrauen?"

„Nicht so schnell wie wir, mein Schatz, wir müssen leider umdenken."

„Für die Mängel kommt er noch vorbei, das hat er versprochen," beharrt mein Mann.

„Wann?"

„Nächste Woche."

Ich will ihm den Glauben nicht nehmen, aber ich bezweifele es.

Nachdem er sich wieder beruhigt hat, geht er auf die Terrasse.

„Ich mache eben die Seiten von Bauer`s zu, morgen kommt die Firma mit der Füllung, dann können die sich endlich wieder einkriegen und haben eine schöne Wärmedämmung auf unsere Kosten."

„Nimms nicht so schwer," ermahne ich ihn.

Er klettert auf die Terrasse von Bauer`s und befestigt

Holzbalken an die Ecke.

„Was machen sie da," kreischt plötzlich die alte Bauer, die aus ihrer Terrassentür kommt.

„Ich schließe die Seiten, da morgen der Spalt verfüllt wird."

„Gehen sie sofort hier runter, sie dürfen unsere Terrasse nicht betreten," ruft sie mit hochrotem Kopf."

„Aber anders geht's doch nicht, dann können wir die Arbeiten nicht ausführen, das war doch ihr eigenes Anliegen," schreit nun auch mein Mann.

„Weg hier, sie machen nur Probleme, ich ruf sofort unsern Anwalt an. Ich will auch nicht, dass hier morgen eine Füllung rein kommt."

Sie schreit so laut, als wenn mein Mann ihr etwas antun würde, deshalb erscheint ihre Schwägerin aus dem Nachbarhaus im Fenster.

„Brauchst du Hilfe?"

„Ja, der soll hier verschwinden."

„Sie sind doch nicht mehr ganz gescheit," ruft mein Mann und verlässt die Terrasse.

„Alte böse Hexe," ruft er, als er wieder im Haus ist. Auch er hat einen knallroten Kopf.

„Ruf mal ihren Anwalt an," schlage ich ihm vor.

Verwunderlicherweise tut er dies sofort und erreicht ihn auch.

„Ich spreche mit Frau Bauer und erkläre es ihr nochmal," verspricht er uns.

„Dann kann ich ja sicher gleich weitermachen," vermutet mein Mann und trinkt erst mal einen Kaffee.

„Ja, beruhige dich erstmal, die hat sich sicher erschrocken," rede ich auf ihn ein.

Der Anwalt ruft zurück.

„Tut mir leid, Frau Bauer will erst mal einen Kostenvoranschlag sehen."

„Wieso das denn, das kann ihr doch egal sein, wie teuer
das für mich wird."

„Außerdem sollen sie das nur machen, wenn ein Gutachter dabei ist, sie müssen die Firma wieder abbestellen."

„Was soll denn der Quatsch?" Er regt sich schrecklich
auf.

„Tut mir leid, schimpfen sie nicht mit mir, ich bin nicht
ihre Nachbarn, sie lässt nicht mit sich reden," stöhnt er.

Scheinbar ist auch er mittlerweile genervt.

Wir rufen unseren Architekten an und er bestellt die Firma wieder ab.

Ich glaube mit unseren Nachbarn, das wird nichts mehr.

21. Februar

Unsere Dachziegel werden geliefert. Während wir alles
auf den Bürgersteig stapeln, sitzen Frau Bauer und ihre
Tochter auf dem Beobachtungsposten, offensichtlich hat
sich die Tochter Urlaub genommen, um aufzupassen, dass
ja die Firma mit der Verfüllung nicht kommt. Das verursacht doch ein Grinsen bei mir. Wir arbeiten alle den ganzen Tag bis zum Umfallen. Als wir abends nach Hause
fahren, recken sich die Tochter und die Hexe immer noch
die Hälse aus, um alles zu sehen.

„Jetzt können die beiden ja auch Feierabend machen,"
stelle ich fest, „haben sie sich auch redlich verdient."

22. Februar

Heute wird das Dach gedeckt. Meine Söhne und mein

Neffe helfen mit.

Ich finde es beängstigend, sie dort oben klettern zu sehen.

„Seid bloß vorsichtig", rufe ich zu ihnen hoch.

„Mama", ruft Danny, „wir sind extra total unvorsichtig.

„Ist ja gut", rufe ich. Leider warte ich ständig auf die nächste Katastrophe.

Gegen Abend ist der größte Teil des Daches gedeckt. Gott sei Dank, denn die meiste Zeit regnet oder schneit es. Die Jungens sind total nass und verfroren, doch so leid sie mir tun, ich kann nicht helfen.

23. Februar

Otto schreibt meinem Mann, dass er Grippe habe und sich danach melden werde.

„Kähr, wie so'ne blöde Schulblage, per SMS, so ein feiger Typ. Den können wir auch abhaken" erkennt mein Mann nun auch. Er hatte bis dahin noch an Otto geglaubt.

Wir müssen die Mängel wohl selbst beheben, aber darauf kommt es nun auch nicht mehr an.

27. Februar

Das Dach ist fertig und wir kommen in den Genuss, ein trockenes Haus zu haben. Das ist ein unerwarteter Luxus, den wir genießen. Überall im Haus wird gearbeitet, der Elektriker und der Installateur sind schwer beschäftigt. Die Leerrohre für die Kabel und Rohre sind leider zugebaut worden, so dass mein Mann und meine Söhne schwer beschäftigt sind, sie frei zu schneiden. Überall müssen wir Änderungen vornehmen, da viel falsch gemacht worden ist, aber wir denken nicht darüber nach, hilft ja nichts. Aber es gibt auch gute Nachrichten, wir haben eine Haustür bekommen, total preiswert, da sich jemand vermessen hat. Unser Haus wird immer normaler. Jetzt brauch mein Mann nur noch die Wand im Eingangsbereich ändern und die Tür einbauen.

5. März

Ein Bagger umkreist unser Haus und schachtet die Wände noch einmal aus, da wir den Hausanschluss noch machen müssen. Wegen dem schlechten Wetter und dem Baustopp ist das noch nicht geschehen.

Unsere Kinder machen das selber, ich bin froh, dass sie das alles können, sonst hätten wir alt ausgesehen.

Im Garten von Familie Bauer sehe ich eine Versammlung. Mit Regenschirmen bestückt, steht die gesamte Familie im Garten und diskutiert.

„Was haben die jetzt wieder vor", frage ich meinen Mann.

„Keine Ahnung, vielleicht nur ein Treffen." Er ist am Verputzen und hat keine Zeit.

„Ja klar, die beraten sicher im Regen über die Frühjahrsbepflanzung", sage ich genervt, „jetzt guck doch mal."

Mein Mann sieht stöhnend aus dem Fenster.

„Wenn du dann Ruhe gibst."

„Oh, da ist der beauftragte Gutachter", ruft er aus.

Man hat uns mitgeteilt, dass der Gerichtsgutachter, der alles überprüft hat, keine Zeit für die Begleitung der Bauarbeiten hat, nun macht dies der Bruder, der schon zig mal in dem letzten Jahr bei Bauers war.

„Was macht der hier, mit den Arbeiten, die er betreuen soll, haben wir doch noch gar nicht angefangen", überlegt mein Mann.

Ratlos sehen wir zu, wie sie im Garten tuscheln.

„Ich arbeite weiter, " sagt mein Mann, „lass sie doch.

Kurze Zeit später klopft es an der Tür. Es ist der Gutachter.

„Guten Tag Herr Ring, ich bin angerufen worden von Frau Bauer. Sie hat mir mitgeteilt, dass ein Bagger hier ausschachtet, darf ich fragen, was Sie machen?"

Wir sehen ihn verständnislos an.

„Wir machen unseren Hausanschluss fertig, aber das fällt doch gar nicht in Ihren Zuständigkeitsbereich", sagt mein Mann irritiert.

„Ja, dann ist ja gut, Frau Bauer meinte nur, ich soll das mal überprüfen."

„Und ?" Mein Mann ist gereizt.

„Ist alles in Ordnung, ich erkläre es Frau Bauer, entschuldigen Sie die Störung, auf Wiedersehen."

Schnell ist er wieder weg.

„Die Bauer hat doch den Arsch auf", schimpfe ich.

Vielleicht sollten wir das Haus verkaufen, wenn es fertig ist und woanders hinziehen.

„Dass die ganze Familie diesen Quatsch immer mitmacht, kann ich nicht begreifen, " sage ich zu meinem Mann, „wo die immer die Zeit hernehmen."

„Die haben den ganzen Tag nichts anderes zu tun", meint mein Mann.

„Hoffentlich werden wir nicht so im Alter", überlege ich.

„Das hat nichts mit dem Alter zu tun, die Kinder von ihr sind jünger wie wir."

„Stimmt, steckt wohl drin, oder Frau Bauer erpresst sie irgendwie."

„So wird es sein, " lacht mein Mann, „und jetzt arbeiten wir weiter.

11. März

Mein Mann überschlägt was noch getan werden muss am Haus, um einzuziehen. Er legt ein Datum fest,
und hängt einen großen Terminplaner an die Wand. Dann bespricht er mit den Kindern und den Handwerkern das Datum. Er plant Ende April. Die Kinder sind skeptisch, die Handwerker und alle Bekannten halten Ihn für bekloppt, weil man das unmöglich schaffen könne. Aber das prallt alles an Ihm ab. Er sagt nur:

„Ihr werdet sehen!"

Mir soll es recht sein, desto eher, desto besser.

15. März

Es geht schnell voran, während die Elektroarbeiten im Haus gemacht werden, bringen meine Söhne und mein Mann die Holzfassade an. Die Leute im Dorf bleiben staunend stehen.

„Das ist ja rot", ruft eine Nachbarin aus.

„Bleibt das so?" fragt jemand anderes.

Blöde Frage, denke ich.

Irgendwie sind alle erstaunt, es sieht aus wie ein Schwedenhaus, doch je weiter wir kommen, umso mehr sind die Leute begeistert.

„Das sieht so schön aus, sagt eine andere Nachbarin, viel mehr Leute sollten fröhliche Farben nehmen."

Ich betrachte stolz unser Haus, vielleicht behalten wir es ja doch.

18. März

Unser Anwalt sagt Bescheid, dass die Kosten für den neuen Dachanschluss von Bauers ihre Versicherung übernehmen muss und nicht wir. Es war die ganze Zeit von den Sachverständigen so gesagt worden, deshalb habe ich Bauers Forderung nie verstanden.

„Als nächstes muss die Bezahlung ihres Sichtschutzes geklärt werden, das sollen wir auch anfertigen lassen und bezahlen, das ist auch Aufgabe ihrer Versicherung.

Ich glaube ja, die haben das Geld dafür längst bekommen, " teile ich unserem Anwalt mit.

„Ich kümmere mich darum, " sagt er."

Ein Nachbar berichtet uns:

„Wenn ich spät abends mit dem Hund gehe, sehe ich oft den Sohn von Bauers um euer Haus schleichen, habt mal ein Auge darauf."

Auch unser Nachbar hat ihn schon weggescheucht, was sollen wir sonst noch tun? Wir beschließen am Abend überall Festbeleuchtung anzulassen, vielleicht hilft das.

19. März

Heute kam wieder eine Drohung per Anwalt, dass wir die Bürgschaft für Herrn Bauer noch nicht abgegeben haben. Sie ist längst beantragt, doch bei der Bank herrscht eine Grippewelle. Außerdem haben wir schon fast alles für Bauers bezahlt, es ist eigentlich überflüssig, doch sie wollen sie schnell haben.

„Was wollen sie machen, uns umbringen?" tut mein Mann den Brief ab.

„Vielleicht haben Sie auch ein günstiges Angebot bekommen für einen Schläger", lache ich.

„Ich bin vorbereitet", antwortet er.

22. März

Endlich ist die Bürgschaft abgegeben und schon kommt ein neuer Brief. Warum die Verfüllung zwischen den Häusern noch nicht gemacht worden ist, wollen sie wissen, wenn wir uns nicht beeilen, bestellen sie selbst ein Unternehmen und bezahlen dies von unserer Bürgschaft.

„Sind die vollständig verrückt, " schreit mein Mann, „das habe ich jetzt erst mal aufgeschoben, die Alte wollte das doch nicht."

„Wir sollten uns mal mit dem Gutachter besprechen", werfe ich ein, „vielleicht hören sie dann auf.

„Gut, mache ich, murrt er, doch aufhören tun die bestimmt nie."

Ich widerspreche ihm nicht.

26. März

Wir treffen uns mit dem Gutachter und Anwalt von Bauers und besprechen die Arbeiten, die wir ausführen sollen.

Als erstes wird abgestimmt, wie Bauer`s ihren illegalen Anbau von uns verputzt haben möchten, dann wird beratschlagt, wie die Brandwand verkleidet werden soll, bei den Teilen, die für Bauers sichtbar sind.

Nach langem hin und her beschließen sie, dass dort ein Blech hin soll, damit wir nie mehr die Terrasse betreten müssen, um zu streichen. Uns soll es egal sein.

28. März

Ein neuer Brief. Wir sollen doch erst mal warten mit den anfallenden Arbeiten, außerdem möchte Frau Bauer erst eine Blechprobe. Unsere Söhne amüsieren sich prächtig darüber. Beim nächsten Autokauf machen wir das auch lästern Sie. Also lassen wir es erst mal, andere Arbeiten sind sowieso wichtiger.

20. April

Wir ziehen bald ein, ich kann es noch gar nicht glauben.

Am Wochenende kommen alle Freunde und helfen beim Tapezieren. Meine Freund in Claudia kommt vorbei.

„Wann habt ihr das alles gemacht", ruft sie erstaunt aus.

„Jede freie Minute, wir sind nur noch müde."

„Bald habt ihr es hinter euch und könnt erst mal schlafen."

„Genau das habe ich dann vor", sage ich, „nur schlafen."

22. April

Die Stadt kommt zur Bauabnahme. Hoffentlich haben die nichts einzuwenden. Sie gehen durch das ganze Haus, aber bis auf ein paar Kleinigkeiten ist alles in Ordnung. Herr Ockel geht auf die Terrasse und sieht zu Bauers hoch.

„Wann wird die Brandwand auf Bauers Seite verputzt?"

„Gar nicht, wir haben uns auf ein Blech geeinigt", erklärt ihm mein Mann.

„Das erlaube ich nicht", sagt Herr Ockel streng, „es wird genauso gemacht, wie es in der Baugenehmigung steht, ich habe keine Lust auf einen neuen Rechtsstreit, weil es etwas anders als in der Baugenehmigung ist!"

„Obwohl alles mit Anwalt und Gutachter besprochen ist? Also doch verputzen, " stellt mein Mann fest.

„Ja und auf Bauers Terrasse muss die Brandschutzwand

so aufgefüttert werden, das Sie genau bis zur Grenze geht."

„Wie meinen sie das, verstehe ich nicht", wende ich ein.

„Na, die Grenze verläuft durch den Anbau und der Terrasse von Bauers, nun haben sie absolute Grenzständigkeit eingeklagt und deshalb müsst Ihr die Wand dicker bauen.

„Kann man das mit Styropor machen und dann verputzen?" fragt mein Mann.

„Ja, das wäre auch eine Möglichkeit sagt Herr Ockel.

„Dann fehlt denen aber ein Stück Terrasse", wage ich einzuwenden.

„Die haben geklagt, dass euer Haus auf der Grenze stehen muss, egal ob ihr Anbau im Weg ist, nun wird es so gemacht."

Damit verabschieden sie sich und wir haben die Genehmigung einzuziehen.

„Wer bringt das Bauers bei", frage ich meinen Mann.

„Der Gutachter, ich nicht."

23. April

Der Gutachter kommt, um sich den neu verputzten Anbau von Bauers anzusehen. Er ist richtig schön geworden. Bei dieser Gelegenheit teilen wir ihm die neue Sachlage mit. Er bekommt einen panischen Gesichtsausdruck.

„Wenn ich denen das sage, rasten die völlig aus, die drehen ja sowieso voll am Rad."

Soll er mir jetzt leidtun?

„Warum macht die Stadt das denn?" Er ist total erstaunt.

„Wahrscheinlich weil Bauers zweimal die Stadt verklagt haben", sage ich zu ihm.

Überrascht sieht er mich an.

„Wirklich?"

„Wieso, wissen Sie den Hintergrund denn nicht, weswegen Sie hier sind?" ich bin verblüfft.

„Nein nicht wirklich, Frau Bauer hat was anderes erzählt."

„Ne, ist klar", stöhne ich.

Leider erzählt er mir ihre Version nicht.

25. April

Ein guter Bekannter hat unsere Terrasse gepflastert, nun können wir wieder vernünftig gehen und müssen nicht mehr aus der Terrassentür springen, was meinen lädierten Knochen sehr entgegenkommt. Gerade bin ich noch dabei, das fertige Werk zu bewundern, da ertönt unsere nagelneue Klingel. Vor der Türe steht der Gutachter.

„Tag Frau Ring."

„Hatten wir einen Termin?" frage ich bestürzt, „mein Mann ist nicht da."

„Nein, Frau Bauer hat mich gebeten, mal nachzuschauen, sie haben an Bauers Anbau gefliest."

„Nein, wir haben bei denen nichts gefliest, wie kommt sie darauf?"

„Darf ich mal hereinkommen?"

Ich lasse ihn herein und er geht durch zur Terrasse.

„Ich meine die Terrassenplatten, " erklärt er mir, "Frau Bauer meinte Fliesen."

„Ja, ok, die haben wir gelegt, es ist unsere Terrasse, was hat Frau Bauer damit zu tun?"

„Na, sie wollte, dass ich mal nachsehe", es ist ihm offensichtlich etwas peinlich.

„Sollen wir sie noch mal hochnehmen, damit sie sehen, dass wir nichts merkwürdiges vergraben haben", frage ich etwas gereizt.

Er verabschiedet sich daraufhin sehr schnell.

„Demnächst will die Hexe noch wissen, wie oft wir auf Toilette gehen", schimpfe ich alleine vor mich hin.

26. April

Heute sind wir eingezogen, auch wenn noch nicht alles fertig ist. Wir sind froh, unsere Notunterkunft verlassen zu können. Als wir das Büro abgebaut haben, eins der wenige Dinge, die wir von dort mitnehmen, sind wir entsetzt. Der Schimmel kriecht die ganzen Wände hoch, höchste Zeit um zu verschwinden. Ein Schlafzimmer haben wir noch nicht, also lassen wir uns auf Matratzen nieder.

„Die erste Nacht im neuen Haus", freut sich mein Mann.

„Ja, ich habe noch eben gefegt und schon ist der Brand vergessen, ging doch blitzschnell."

Wir sehen uns an.

„War das ein Kampf", stöhnt mein Mann.

„Ja, das war's", bestätige ich.

27. April

Der erste Morgen im neuen Haus. Vorsichtig mache ich meine Augen auf und hoffe, dass es sich nicht um einen Traum handelt. Erleichtert stelle ich fest, dass es Realität geworden ist.

„Ob ich schon ins Bad kann?" überlege ich mir.

Ein dummer Gedanke, das Bad gehört mir wieder alleine. Andächtig gehe ich hinein und fange an mich zu freuen, ganz langsam und nicht zu überschwänglich, noch traue ich der neuen Sicherheit nicht.

Leise schleiche ich in die Küche und sehe mich um. Erst jetzt habe ich einen Blick für das neue Zuhause, vorher ist man von Tag zu Tag gehetzt, um seine Ziele zu verwirklichen.

Es ist wunderschön geworden, stelle ich fest, auch wenn noch genug Arbeit vor uns liegt. Still setze ich mich auf einen Stuhl und lasse alles auf mich wirken.

„Oh je, ich muss mich noch eingewöhnen" denke ich, „es ist noch alles total unvertraut."

Ein bisschen Frieden breitet sich dennoch in mir aus.

„Oma"!!!! die Tür geht auf und Noah kommt herein gelaufen.

„Wir haben Brötchen gekauft" rufen seine Eltern, die nach ihm in die ungewohnte Stube kommen.

„Anka und Danny kommen auch sofort".

Ich stehe auf und mache Frühstück, das schafft wieder die absolute Normalität.

Gerade sitzen wir gemeinsam am Tisch, da schellt ein Bekannter. Mein Mann geht zur Tür und ich höre nur:

„Kennt Ihr den? Als ich hier vorbeifuhr kam mir das komisch vor".

Wir stürzen alle nach draußen. Vor der Tür stehen das Auto von Sascha und unser Sprinter. Den haben wir gestern nach dem Umzug einfach vor der Tür auf dem Seitenstreifen stehen gelassen.

Zwischen den Autos steht quer und schräg zur Straßenmitte ein Auto eingekeilt.

Kein Fahrer oder Besitzer weit und breit. Der Schaden an den Autos ist groß.

„Ob da einer besoffen gefahren und jetzt weggelaufen ist?" überlegt mein Mann.

Er geht rein und ruft die Polizei. Kurze Zeit später fahren

zwei Polizisten vor. Wir erklären gerade,

das wir auch nicht wissen, was passiert ist, da kommt ein Mann den Berg hinunter gelaufen. Er stellt sich als der Besitzer des PKW vor und erklärt den Beamten, dass der Wagen von alleine dem Berg runtergerollt ist, obwohl er die Handbremse angezogen hätte. Nee, is klar.

Die Beamten nehmen alle Daten auf, schütteln den Kopf und meinen:

„Was ist los bei euch? Habt Ihr das Unglück gepachtet?"

Es sind dieselben Beamten, die vom Nachbarn zur Baustelle gerufen worden sind, als Bauers verhindern wollten, dass wir trotz Genehmigung weiter bauen.

Die junge Polizistin meint noch:

„Wir wünschen euch, dass jetzt mal 'n bisschen Ruhe bei Euch einkehrt. Ihr habt doch jetzt genug hinter euch!" Dann fahren Sie wieder.

2. Mai

Wir bauen die Mauer auf Bauers Terrasse, was nicht einfach ist. Stück für Stück passen wir sie der Grenze an. Jeder Styroporblock muss zentimetergenau ausgemessen und zugesägt werden.

Frau Bauer flippt völlig aus. Der Gutachter ruft an.

„Wie weit sind sie mit der Mauer?"

„Gerade fertig geworden", erwidert mein Mann.

„Schade, weil Frau Bauer den Bürgermeister anschreiben wollte, ob bei ihnen nicht eine Ausnahme bei der Grenze gemacht werden kann."

„Die sie bei uns eingeklagt hat?"

„Ja, nun ist ja jetzt zu spät, " meint er.

„Eben", antwortet mein Mann.

Noch dreister geht's doch wohl gar nicht. Man kann sich nur noch wundern.

5. Mai

Wir werden aufgefordert, jetzt ganz schnell ihren Sichtschutz fertig zu stellen, Frau Bauer will in Ruhe den Sommer genießen. Wenn wir uns nicht beeilen, gibt sie es in Auftrag und bezahlt es von der Bürgschaft. Dieses Druckmittel findet sie einfach köstlich.

17. Mai

Rumpelstilzchen treibt sich schon den ganzen Nachmittag an der Grenze zu unserem Grund stück herum. Ich sitze auf Terrasse und überlege, was er so treibt, ich habe wieder so ein merkwürdiges Gefühl. Als er mich sieht, erschrickt er sich sichtbar.

„Merkwürdig", denke ich.

20. Mai

Ankas kleinem Hund geht es schlecht, er bricht und sieht furchtbar aus. Nun hat er Aufbauspritzen bekommen und wir hoffen, dass es ihm bald besser geht.

21. Mai

Gracy, sabbert und bekommt einen ganz blauen Körper. Rattengift sagt der Arzt, man muss abwarten, ob sie durchkommt.

„Wo soll sie das denn her haben", weint Anka.

„Sie ist schon mal bei Bauers auf dem Grund stück gewesen, da muss irgendwo ein Loch im Zaun sein, hoffentlich haben die nicht etwas auf ihr Grund stück gestreut", überlege ich.

„Lass uns mal nachsehen", meint Anka.

Zusammen suchen wir den Zaun ab. Ganz oben im Garten finden wir ein Loch. Durch dieses Loch wurde tatsächlich Rattengift geschoben. Stücke davon liegen noch am Boden, eins mit Wurst umwickelt. Mein Mann kommt uns nach und sieht es sich an.

„Diese Schweine", schreit mein Mann und greift zum Telefon. Er ruft die Polizei.

Sie sind sehr schnell da und identifizieren es auch als Rattengift.

„Wir haben den Stress mit ihren Nachbarn ja mitbekommen, die haben ja oft genug bei uns angerufen," sagt die Polizistin, "aber nun muss Schluss sein, wir melden es der Staatsanwaltschaft."

Sie stecken das Gift als Beweis ein, machen Fotos und versprechen, sich einzusetzen.

Wir sind entsetzt, hören die nie auf?

„Jetzt weiß ich auch, warum sich Olaf Bauer so erschrocken hat, als er mich gesehen hat", fällt mir plötzlich ein. Was kommt als nächstes?

22. Mai

Danny beobachtet oben aus seinem Fenster, wie Frau Bauer mit der Taschenlampe draußen im Dunklen ihren gesamten Garten absucht. Hin und wieder holt sie etwas aus den Beeten.

„Wetten, dass die Hexe den Rest vom Rattengift aufsammelt", sagt Danny.

„Das kann sein, aber du kannst ja nicht rübergehen", ermahne ich ihn.

„Leider, murrt er.

Wir müssen uns immer wieder sehr zusammenreißen, damit wir nicht schrecklich reagieren. Es gibt Tage, da könnte ich zubeißen, wenn ich sie sehe, aber natürlich gebe ich diesen niedrigen Empfindungen nicht nach, auch wenn sie noch so laut schreien. Es kostet eindeutig viel Energie.

25. Mai

Gracy hat es nicht geschafft. Sie hat in den letzten Tagen unglaublich gelitten. Sie wird von innen zerfressen, sagt der Arzt, also ist sie eingeschläfert worden. Mein Mann hat einen kleinen Holzsarg gebaut und nun vergraben wir sie unter einem Baum. Den Brand hat sie überlebt, aber Familie Bauer war sie nicht gewachsen.

10. Juni

So langsam sind wir mit den Bauarbeiten durch. Es gab doch noch viel zu tun. Jeden Tag war ein neues Problem zu lösen, aber wir haben alles irgendwie hinbekommen. Leider mussten wir uns doch noch einen Kredit aufnehmen, die Kosten sind uns davongelaufen. Unser Hausbauer ist pleite, so dass wir nichts mehr erwarten können und Bauers sind uns auch sehr teuer geworden. Also gehen wir ein paar Jahre später in Rente. Auch das überleben wir, wetten?

22. Juni

Ich liege auf unserer Terrasse und sonne mich. Gestern haben wir eine Einweihungsfeier gehabt. Alle, die uns geholfen haben waren da und haben uns Glück gewünscht. Die nächsten Jahre werden wir auch nicht an Salzmangel leiden, da fast jeder Besucher Salz und Brot in irgendeiner Form mitgebracht hat. Jetzt wird es Zeit, wieder einen normalen Alltag auf die Beine zu stellen, den wir seit dem Brand nicht mehr hatten. Ich lehne mich zurück, ein bisschen Ruhe habe ich mir verdient. Da entdecke ich aus der Ferne Frau Bauer auf ihrer Terrasse, wie sie ein Brot isst. Viele Leute haben mich gefragt, wie ich in Ruhe daneben wohnen kann. So richtig weiß ich es auch noch nicht, aber kommt Zeit kommt Rat. Eine Hypnose habe ich zeitweilig in die engere Wahl gefasst, um alles zu vergessen, doch dann lade ich sie hinterher noch zum Kaffee ein, dieser Gedanke gefällt mir nicht.

Während sie genüsslich kaut, kann ich einfach den Blick nicht von ihr abwenden, ich versuche in ihren Kopf hineinzuschauen, um zu verstehen, warum sie sich so verhält.

In einem Zeitungsartikel unserer Lokalzeitung ist sie interviewt worden, sie war wohl total begeistert, etwas zu uns sagen zu dürfen.

„Endlich fragt mich auch mal jemand nach dem Brand und nicht nur Rings", hat sie dem Reporter nach ausgerufen, "denen ist mit Spenden geholfen worden, uns nicht, darum war es schon eine Prinzipsache, die zu verklagen."

Es waren natürlich viele gute Bekannte, die gespendet haben und es war in der ersten Zeit bitter nötig, wir hatten nichts. Sie hätten uns sowieso geholfen, doch bei Bauers war es doch auch gar nicht nötig.

Also bohre ich meinen Blick weiter in Frau Bauer, die mir mittlerweile den Rücken zugekehrt hat.

Ich werde sie wohl nie verstehen, aber meine Blicke haben eine magische Wirkung, sie kratzt sich immer doller den Hinterkopf.

„Ob ich das zustande bringe?"

Nachdem der Juckreiz immer schlimmer wird, steht sie auf und geht ins Haus.

„Ich habe sie reingeguckt", verkünde ich meinem Mann.

„Was hast du?"

„Ach nichts, schon gut."

Dass ich so dicht neben ihr wohnen muss, da wir unser Haus nicht verkaufen werden, fällt mir wirklich noch schwer, ich bilde mir ein, dass ihre negative Energie durch unsere Wände dringt. Aber auch dagegen, habe ich natürlich ein magisches Rezept bekommen, auch wenn ich das um Mitternacht durchführen musste, doch jetzt fühle ich mich sicherer.

26. August

Heute ist unser zweites Enkelkind geboren worden. Klaus und Dani sind jetzt Eltern. Ein kleines dunkelhaariges Mädchen halte ich im Arm, der lebende Beweis, dass das Leben normal weitergeht.

Ich schaue sie an, sie ist so süß und wunderschön, Matilda.

„Deine Taufe feiern wir nicht bei uns", flüstere ich ihr zu....

1. September

Bauers fordern wieder vehement, dass wir ihnen den Sichtschutz machen, natürlich einen neuen, da der alte angeblich verbeult ist. Wenn wir uns nicht beeilen, dann? Natürlich, sie werden es von unserer Bürgschaft bezahlen. Ich rufe entnervt unseren Anwalt an.

„Was haben sie denn nun erreicht in Bezug auf Bauers Sichtschutz?"

„Frau Ring, das ist nicht so einfach, die Versicherung hält sich sehr geschlossen, aber sie haben gesagt, Bauers sollen einen Kostenvoranschlag hereinreichen, der Gutachter kümmert sich darum."

„Warum bekommen wir dann schon wieder solche Drohbriefe?"

„Wieso, sagen die, ihr sollt das jetzt machen?"

„Ja, natürlich."

„Das ist Unsinn, wir arbeiten daran."

„Ja hoffentlich", ich bin echt entnervt.

Ich warte auf den Tag, ohne Post von Bauers.

2. November

Es geht auf die Weihnachtszeit zu. Diesmal wirklich wieder Zuhause, ich freue mich, wie ein kleines Kind.

Die ersten Weihnachtssachen habe ich schon erworben, ich kann es kaum abwarten. Die letzten Arbeiten im und am Haus sind gemacht. In Gedanken suche ich die besten Plätze für die Dekoration aus.

15. November

Der Gutachter ruft an und informiert uns, dass wir uns um den Sichtschutz nicht mehr kümmern müssen, es wäre alles geregelt mit Bauers Versicherung.

„Bekommen wir das schriftlich von der Versicherung,

nicht das Bauers wieder ankommen", fragt mein Mann.

„Nein, ist nicht nötig, alles geklärt, sie bekommen auch nun die Bürgschaft zurück."

„Das ist merkwürdig, sage ich zu meinem Mann, "jede Wette, dass sie das Geld schon längst bekommen haben und wir sollten nochmal zahlen?"

„Wir werden es niemals herausfinden", antwortet mein Mann.

18. November

Unser Anwalt gibt uns die Bürgschaft zurück. Das ging jetzt aber schnell.

„Schatz, wir sind wieder frei", rufe ich.

21. November

Eine Firma misst die Terrasse von Bauers aus, für den neuen Sichtschutz, doch es gibt Probleme.

Frau Bauer will nicht einsehen, dass sie nun auf die Grenze bauen muss und nicht mehr, wie in den letzten Jahren, unser Grund stück benutzen darf. Sie hat auch wieder vergessen, dass sie die absolute Grenzständigkeit eingeklagt hat. Nun will sie erst einmal wieder an den Bürgermeister schreiben und nachfragen, ob man bei ihr keine Ausnahme machen kann. Diese Dinge gelten doch hoffentlich nur für uns, oder? Schließlich braucht sie unser Grund stück, sonst ist ihre Terrasse ja viel kleiner.

23. Dezember

Mein Mann ist mit seinem Kumpel ein Bier trinken gegangen, so dass ich alleine auf unserem Sofa sitze.

Ich betrachte den frisch geschmückten Baum und denke an die Zeit, die hinter uns liegt, zurück. Wir haben zusammen unfassbar viel geschafft und haben fest zusammengehalten. Nur dadurch haben wir durchgehalten. Nicht nur weil Weihnachten ist, werde ich mir bewusst, wie glücklich ich sein kann, so eine Familie zu haben. Wenn einer einen schlechten Tag hatte, waren die anderen da. Keiner ist gegangen als die Schwierigkeiten begannen, wie man es oft von anderen hört. Auch der Kleine hat keine Auffälligkeiten davon getragen, er ist ein fröhlicher kleiner Kerl geworden. Danny und Anka haben geheiratet. Äußerlich leben wir wieder unser altes Leben, aber bei mir hat sich viel verändert. Ich habe gelernt, dass sich das scheinbar sichere Leben, innerhalb von Minuten, ändern kann und nichts mehr so ist, wie vorher. Dadurch plane ich nicht mehr um Jahre voraus, sondern lasse die Dinge gelassener auf mich zu kommen, da ich weiß, ich habe nicht alles in der Hand. Wenn sich einige Mitmenschen bis aufs Blut über Kleinigkeiten aufregen können, kann ich das nicht mehr nachempfinden, es lohnt sich nicht mehr. Vom Brand abgesehen, haben mir die Nachbarn sehr zugesetzt, es war wie eine Gefangenschaft für mich. Uns waren so oft die Hände gebunden, so dass wir nicht weiter kamen, weil Bauers dies verhinderten.

Es kam mir so vor, als würde man versuchen, aus einem Sumpfloch zu klettern und wenn man gerade denkt, man hat es geschafft, tritt jemand dich wieder hinein. Die Verletzung der Privatsphäre hat mich verrückt gemacht, ständig gefilmt, fotografiert und beobachtet zu werden, macht einen krank. Doch ich versuche, auch das zu vergessen und es gelingt jeden Tag ein bisschen mehr, denn......

Auch aus Steinen, die einem in den Weg gelegt werden, kann man etwas Schönes bauen!

(Zitat von Johann Wolfgang von Goethe)